고한승
선집

고한승
선집

정혜원 엮음

H
현대문학

 한국현대문학은 지난 백여 년 동안 상당한 문학적 축적을 이루었다. 한국의 근대사는 새로운 문학의 씨가 싹을 틔워 성장하고 좋은 결실을 맺기에는 너무나 가혹한 난세였지만, 한국현대문학은 많은 꽃을 피웠고 괄목할 만한 결실을 축적했다. 뿐만 아니라 스스로의 힘으로 시대정신과 문화의 중심에 서서 한편으로 시대의 어둠에 항거했고 또 한편으로는 시대의 아픔을 위무해왔다.

 이제 한국현대문학사는 한눈으로 대중할 수 없는 당당하고 커다란 흐름이 되었다. 백여 년의 세월은 그것을 뒤돌아보는 것조차 점점 어렵게 만들며, 엄청난 양적인 팽창은 보존과 기억의 영역 밖으로 넘쳐나고 있다. 그리하여 문학사의 주류를 형성하는 일부 시인 · 작가들의 작품을 제외한 나머지 많은 문학적 유산은 자칫 일실의 위험에 처해 있는 것처럼 보인다.

 물론 문학사적 선택의 폭은 세월이 흐르면서 점점 좁아질 수밖에 없고, 보편적 의의를 지니지 못한 작품들은 망각의 뒤편으로 사라지는 것이 순리다. 그러나 아주 없어져서는 안 된다. 그것들은 그것들 나름대로 소중한 문학적 유물이다. 그것들은 미래의 새로운 문학의 씨앗을 품고 있을 수도 있고, 새로운 창조의 촉매 기능을 숨기고 있을 수도 있다. 단지 유의미한 과거라는 차원에서 그것들은 잘 정리되고 보존되어야 한다. 월북 작가들의 작품도 마찬가지다. 기존 문학사에서 상대적으로 소외된 작가들을 주목하다 보니 자연히 월북 작가들이 다수 포함되었다. 그러나 월북 작가들의 월북 후 작품들은 그것을 산출한 특수한 시대적 상황의 고려 위에서 분별 있게 이해되어야 할 것이다.

이러한 당위적 인식이 2006년 한국문화예술위원회의 문학소위원회에서 정식으로 논의되었다. 그 결과 한국의 문화예술의 바탕을 공고히 하기 위한 공적 작업의 일환으로, 문학사의 변두리에 방치되어 있다시피 한 한국문학의 유산들을 체계적으로 정리, 보존하기로 결정되었다. 그리고 작업의 과정에서 새로운 의미나 새로운 자료가 재발견될 가능성도 예측되었다. 그러나 방대한 문학적 유산을 정리하고 보존하는 것은 시간과 경비와 품이 많이 드는 어려운 일이다. 최초로 이 선집을 구상하고 기획하고 실천에 옮겼던 한국문화예술위원회의 위원들과 담당자들, 그리고 문학적 안목과 학문적 성실성을 갖고 참여해준 연구자들, 또 문학출판의 권위와 경륜을 바탕으로 출판을 맡아준 현대문학사가 있었기에 이 어려운 일이 가능하게 되었다. 이런 사업을 해낼 수 있을 만큼 우리의 문화적 역량이 성장했다는 뿌듯함도 느낀다.

〈한국문학의 재발견-작고문인선집〉은 한국현대문학의 내일을 위해서 한국현대문학의 어제를 잘 보관해둘 수 있는 공간으로서 마련된 것이다. 문인이나 문학연구자들뿐만 아니라 더 많은 사람이 이 공간에서 시대를 달리하며 새로운 의미와 가치를 발견하기를 기대해본다.

2010년 12월

출판위원 김인환, 이숭원, 강진호, 김동식

　고한승은 당대 신지식인으로서 신극, 아동문학, 강연 등 다양한 방면에 걸쳐 왕성한 활동을 한 작가다. 다수의 외국 작품을 번역하였고, 동요, 동화, 동화극, 기행문, 역사소설까지 총망라하여 자신의 작가적 재능을 과시하였다. 창작활동뿐만 아니라 아동을 위한 계몽운동에도 헌신했는데, 방정환 등과 함께 조직한 '색동회'는 그의 활동을 한층 구체화시키는 데 일조하였다. 또한 전국을 순회하며 수없이 많은 동화극을 공연하고 동화구연을 하며 소년문제 강연회에도 적극적으로 임했다. 그는 이런 일련의 활동을 통해 근대 신연극사 및 한국 아동문학사에 지대한 영향을 미쳤다.

　고한승은 서울 중앙고등보통학교 재학 시절 마해송, 진장섭 등과 《여광》 동인으로 활동하며 문학에 입문했고, 1920년 동경에서 유학생들과 함께 한국 최초의 본격적인 근대극 연구단체이자 학생극회인 '극예술협회'를 발족하였다. 1923년에는 형설회 순회연극단을 조직해 직접 각색한 〈장구한 밤〉, 〈4인 남매〉 등을 공연하기도 했다. 그 뒤 연극보다는 아동문학에 관심을 갖고 방정환과 함께 '색동회'를 조직한 뒤 아동문학 번역 및 창작에 매진했다. 아동문학에서 본격적으로 그 활동을 확인할 수 있는 것은 《어린이》란 아동잡지다. 이 외에도 《소학생》, 《개벽》, 《별건곤》, 《신여성》 등의 잡지는 물론, 《시대일보》, 《고려시보》, 《중외일보》, 《동아일보》 등 다수의 매체를 통해 작품을 발표하였지만 단연 《어린이》지에 발표된 작품의 양이 많았다.

　그가 활동한 30여 년간의 행적을 추적해보면 그는 문학가로서, 사회운동가로서 인생을 온전히 바쳤다고 해도 과언이 아니다. 그가 본격적으로 활동하기 시작했던 1920년대는 일제 식민 치하라는 일촉즉발의 시기였다. 동경유학파인 그는 연극에서 시작하여 시, 동화, 소설 등의 전 장르를 아우르며 활발한 창작생활에 매진했다. 특히 당시 신지식인들이 세계주의에 압도되었던 것처럼 그도 외국문학에 매료되었고, 이를 국내에 번역해 소개하는 데 주력하였다. 그가 번역한 장르는 아주 광범위한데, 그중 아동잡지에 발표한 것은 외국의 동화, 전설, 우화, 소설, 미담 등이 주류를 이룬다. 번안보다 번역이 압도적으로 많은데 이것은 당대 지식인들이 가지고 있었던 의식의 발현이었으며 일본의 영향을 받은 것이었다. 선진화된 서구의 문물을 먼저 체험하고 온 유학생으로서, 그 역시 조선의 근대화에 천착했던 것이다. 그는 당대의 시대 상황과 풍토에서 아동 독자들에게 주고자 한 것, 시대가 요구하는 것을 담은 작품을 선별하여 번역하였다. 특히 독립이나 숭고한 희생정신, 어려운 상황을 잘 넘길 수 있는 지혜, 또 아동들에게 꼭 필요한 보편적인 덕목인 권선징악을 주제로 한 작품을 소개하였다. 매체가 발달하지 못한 상황에서 아동문예지나 아동잡지에 발표되는 작품들은 독자들에게 큰 호응을 받았다. 작가로서의 능력뿐만 아니라 그와 연관된 일에서도 두각을 나타냈는데, 동화구연 방송활동과 잡지 발행에도 힘썼다.

한편 그는 사회운동가의 삶도 살게 된다. 일제 치하란 특수 상황을 감안할 때 민족의 계몽이나 독립은 그가 당연히 받아들여야 할 절대 과제였다. 신지식과 신진문물을 먼저 경험하고 온 지식인으로서 막중한 책임을 가지고 민중을 계몽해야 하는 위치에 있었던 것이다. 작품창작도 그 연장선상이라 볼 수 있으나 그는 더 적극적인 방법인 전국 순회 강연회나 연극공연을 선택했다. 강연회의 내용은 대부분은 민족계몽과 관련된 것이었고 연극은 외국작품을 선보이거나 당시 관객들의 취향에 맞는 내용을 선별하였다.

이렇듯 그는 신극은 물론 아동문학, 방송, 잡지, 강연회 등 다양한 방면에서 왕성한 활동을 벌였다. 그러나 그의 다방면에 걸친 문학사적 · 사회적 역할에도 불구하고 현재 그에 대한 연구는 거의 전무한 상태다. 사망하기 전까지 수많은 날들을 동화를 창작하고 동화극 공연과 동화구연, 소년들을 위한 강연회, 문예지 창간과 편집 · 발행 등의 활동을 게을리하지 않으면서 한국 아동문학을 위해 헌신한 그에 대한 평가가 제대로 이루어지지 않았던 것은 연구자와 문단의 게으름이라 할 것이다. 그가 여러 장르에 걸친 창작활동으로, 어느 한 분야에서 집약적인 성과를 보이지 못했다는 것은 분명히 아쉬운 점이다. 하지만 국내에서 창작동화가 한 장르로서 자리매김을 제대로 하지 못한 실정에서 그가 번역한 외국의 동화나 전설, 우화 등이 독자들에게 풍성한 읽을거리를 제공했다는 점, 그리고 우리의 아동문학이 꽃피울 토대를 마련했다는 점 등을 고려할 때 그의 번역 · 번안동화 발표나 동화 · 동화극 창작활동은 재조명되고 재평가되어야 한다.

이 선집에는 동요, 번역동화, 창작동화, 우화, 전설, 역사소설, 동화극을 중심으로 그의 가치관과 세계관이 응축된 대표적인 작품을 선별해 수

록했다. 창작동화나 번역동화에는 아동들의 섬세한 감정이나 심리상태
가 잘 표현되어 있으며, 동요와 역사소설에서는 그가 독자들에게 전달하
고자 한 민족의식과 독립의 의지가 엿보인다.

　모쪼록 이 선집이 수많은 동화와 동요를 창작하면서 어린이의 정서
함양에 힘쓰고, 어린이들의 지위와 인격향상 및 복지증진에 힘을 기울여
온 고한승의 문학사적 재평가에 일조하기를 바란다.

　작가 고한승을 다시 부활시킬 기회를 준 한국문화예술위원회와 책이
나오기까지 아낌없는 지원을 해준 현대문학에도 감사드린다. 그리고 작
은 것이라도 아동문학 연구자들과 독자들과 나눌 수 있어 행복하다. 미
흡하지만 조금이라도 보탬이 되기를 희망한다.

2010년 12월

정혜원

* 일러두기

1. 이 선집은 고한승이 신문이나 아동잡지, 창작집에 발표한 작품으로 구성되어 있다. 수록 순서
   는 1부 동요, 2부 동화(번역동화, 우화, 전설, 창작동화), 3부는 역사소설, 4부는 동화극, 5부는
   기타로 하였다.
2. 표기는 현행 '한글맞춤법'과 '표준어 규정'을 근거로 최대한 현대 표기로 바꾸었다. 단 동요는
   고유의 운율을 살리기 위해 원문 그대로 두었다.
3. 문장부호는 되도록 원문을 그대로 살렸으나, 현대 독자를 배려해서 문장부호가 빠진 것은 현대
   맞춤법에 맞게 끼워 넣었다. 특히 줄표(—)는 작가의 의도를 존중하고 독자들이 긴 호흡을 느낄
   수 있도록 그대로 두었다.
4. 원문의 맛을 살리기 위해 문단의 나눔은 원문과 동일하게 하였다.
5. 확인되지 않은 인명, 지명, 책과 자료명은 원문 그대로 표기하였다.
6. 「해설」과 「작품 연보」에서는 작품명을 원문대로 표기하였다.
7. 그 밖의 경우는 일반적인 관례를 따랐다.

차례

제 1 부　동요

엄마 없는 참새[*]

1. 엄마 없는 작은 새를 어찌할까요
   뒷동산 꽃밭에다 혼자 둘까요
   아니아니 그것은 외롭습니다

2. 엄마 없는 작은 새를 어찌할까요
   푸른 하늘 구름 속에 날려 보낼까
   아니아니 그것은 외롭습니다

3. 엄마 없는 작은 새를 어찌할까요
   좁고좁은 장 속에다 넣어둘까요
   아니아니 그것은 슬프겠지요

4. 엄마 없는 불쌍한 작은 참새는

[*] 이 작품은 『1920년대 아동문학집』(평양 : 문학예술종합출판사)에도 수록되어 있는데 본문은 똑같고 제목만 '엄마 없는 작은 새'로 바뀌어 게재되어 있다.

꽃밭 속 수정궁 양털방석
그 위에 고히 누워 잠을 재우면
사랑하는 엄마새가 찾아옵니다

—《어린이》 제1권 제8호, 1923. 9. 15.

우는 갈매기*

둥근달 밝은 밤에 바다가에는
엄마를 찾으려고 우는 물새가
남쪽나라 먼 고향 그리울 때에
늘어진 날개까지 젖어 있고나

밤에 우는 물새의 슬픈 신세는
엄마를 찾으려고 바다를 건너
달빛 밝은 나라에 헤매 다니며
엄마엄마 부르는 작은 갈매기

—『1920년대 아동문학집』

* 『1920년대 아동문학집』(평양 : 문학예술종합출판사)에서는 원전을 《어린이》 제1권 제8호(1923. 9.)로 게
재해놓았으나 확인한 결과 이 작품은 없었다. 같은 잡지 제1권 제10호(1923. 11.)에 게재되어 있다.

제2부 동화

1. 번역동화

보석 속에 공주*

　이 이야기는 독일 유명한 문호 헵멜 선생이 지은 것인데 이 이야기만
으로 책 한 권씩이 되어 있습니다. 그렇게 길고 뒤숭숭한 것을 그대로 번
역하여 여러분께 보여드릴 수 없어 그것을 광주리로 건져서 대강 그 뜻
만 쓰겠습니다.

　어느 청명하고 따뜻한 봄날이었습니다. 무르녹는 봄빛을 따라 젊은
청년 남녀들은 한 떼 한 떼가 몰려 산으로 들로 공원으로 행길로 유쾌하
게 이야기하면서 산보를 다닙니다. 이 아름다운 어린이들은 손을 쥐고
이곳저곳의 꽃밭으로 꽃싸움을 하면서 뛰어다니며 노래를 부릅니다.

　넓은 시가에는 봄날의 장식을 눈이 부시게 해놓고 시골서 올라온 사
람들의 마음을 끌고 있습니다. 그중에 '앗사드'라고 하는 마음 착하고 신
수 좋은 청년이 하나 있는데, 그는 참말 시골에서 처음 구경 나왔는지 이
곳저곳 상점에 장식해놓은 것을 재미있게 보면서 넓은 행길을 천천히 걸

ㅣ *《신문예》 (1924. 3.) 수록 작품. 『무지개』에서 발췌함.

어갑니다.

많은 상점 가운데 제일 앗사드의 마음을 끄는 것은 큰 보석 파는 가게에 장식해놓은 것이었습니다.

찬란한 비단 휘장 앞에 금은으로 기둥을 해 세우고 그 가운데 눈이 부실 만큼 광채 나는 금강석, 비취석, 홍보석, 산호, 진주, 이름도 모를 귀중한 보석이 가득히 벌려 있었습니다. 더욱 그중에 제일 윤이 나고 제일 아름답게 생긴 홍보석 한 개가 어찌 앗사드의 마음에 들었는지 앗사드는 그 앞을 떠날 줄 모르고 멀거니 서 있었습니다. 더욱이 그 홍보석에서 이상한 두 줄기의 광채가 내 쏟는 것은 마치 앗사드의 마음을 이끄는 아름다운 여왕의 눈동자같이 생각되었습니다.

시간이 가고 해가 지는 줄도 잊어버리고 앗사드는 그 영롱한 홍보석에 취하여 보고 있었습니다. 자기에게 저 값 많은 홍보석을 살 돈이 있었으면 좋겠지마는 원래 그 같은 많은 돈을 만져도 보지 못한 앗사드라 도저히 살 수가 없었습니다. 그러자 이 보석가게 주인 되는 유복한 노인이 나왔습니다. 앗사드는 입에 침이 마르도록 그 보석의 훌륭한 것을 칭찬하면서 '아마 당신네 상점이 이 나라 안에서 제일 될 줄 압니다' 하고 말하였습니다.

마음 넓고 유복한 주인 노인은 젊은 앗사드의 칭찬해주는 말에 기쁘기도 하고 귀엽기도 해서 안으로 불러들여 금으로 만든 좋은 반지 한 개를 주었습니다.

참말 의외의 금반지 한 개를 얻은 앗사드는 대단히 기뻐할 줄 알았더니 조금도 그런 빛을 보이지 않고 '이까짓 금반지 같은 것은 소용없습니다. 저 홍보석을 주시오' 하면서 반지를 내놓았습니다.

주인은 크게 웃으면서

"하 그것은 안 되오. 저 홍보석은 참말 몹시 귀중한 물건이요" 하고 돌아서서 이것저것 다른 물건을 만지는 사이에 다만 광채 나는 홍보석에만 눈이 어두운 앗사드는 전후를 돌아다볼 여지없이 얼른 홍보석을 집어들고 뛰어나왔습니다.

자— 큰일났습니다.

'보석 도적놈 잡아라' 하면서 주인이 뛰어나오자, 동네사람이 뛰어나오고 순사가 뒤를 쫓아와서 앗사드는 그만 잡혀갔습니다.

불쌍하게도 앗사드는 그렇게 가지고 싶어하던 보석도 가지지 못하고 강도라는 죄로 사형선고를 받아 죽게 되었습니다. 이제 앗사드가 사형장에 끌려가게 될 때 다만 죽을 때까지만 그 홍보석을 가지고 있게 해달라고 재판장에게 울면서 청을 하니까 재판장도 너무 불쌍해서 그 홍보석을 앗사드에게 빌려주었습니다. 앗사드는 자기가 가장 사랑하는 홍보석을 가슴에 꼭 품고 사형장으로 죽으러 갔습니다.

그런데 이상하게도 길가에서 어떤 신수 좋은 백발노인이 나타나더니 앗사드의 손목을 잡았습니다. 그러더니 앗사드의 몸은 어느덧 나는 것같이 노인과 함께 그곳을 벗어나서 어느 아무도 없는 언덕에 와 있었습니다. 앗사드는 이것이 꿈인지 생시인지 몰랐습니다. 다만 가슴에 꼭 품은 홍보석만이 여전히 이상한 광채를 내쏟고 있을 뿐입니다.

이상한 노인은 웃음을 띠고 '네가 가지고 있는 홍보석 속에는 이 세상에 제일 아름다운 공주가 들어 있다. 그러니 네가 꼭 그 공주만 생각하고 다른 마음을 먹지 않고 있다가 밤중에 그 홍보석에 세 번 입 맞추면 그 속에 있는 공주가 살아 나오리라.' 말을 마치고 이상한 노인은 연기같이 사라졌습니다.

앗사드는 기쁜지 무서운지 제 마음을 알 수 없을 만치 놀랐습니다. 그리고 그때부터 곁눈질 한번 하지 않고 한마음으로 '보석 속에 공주님이여, 살아나라. 살아나라' 하고 생각하였습니다. 해가 지고 밤이 깊어

삼경이나 되어서 앗사드는 노인이 말한 대로 홍보석에 다가가 뜨겁고 힘 있게 세 번 입을 맞추었습니다. 그러니까 아— 이상도 합니다. 홍보석에 서는 구름 같은 연기가 무럭무럭 나오더니 그 가운데로 예쁘고 훌륭한 공주가 나타났습니다. 공주는 물결치는 금빛머리를 옥 같은 두 손으로 쓰다듬으면서 영롱한 두 눈에 눈물을 머금고 하는 말이 '들어주시오. 나 는 이 나라 임금님의 무남독녀 딸이었습니다. 금지옥엽같이 자라났는데 심사 고약한 마귀가 하나 있어서 나를 그의 술법으로 이 보석 속에 가두 었습니다. 아— 그러나 나는 어떠한 어렵고 중한 수단이 아니면 다시 이 세상에 나올 수가 없습니다. 그러나 그 수단은 나도 알 수가 없습니다.' 말을 마치고 어여쁜 공주는 다시 보석 속으로 사라졌습니다.

앗사드는 어찌된 영문을 모르고 한참이나 앉았다가 다만 저 예쁜 공 주를 이 세상에 다시 나오게 할 술법을 궁리하려고 일어섰습니다.

하루 가고 이틀 가고 달이 바뀌고 해가 바뀌도록 앗사드는 한결같이 보석을 품에 품고 세상을 돌아다니면서 공주를 구할 수단을 배우려고 했 습니다. 그러나 심사 고약한 못된 마귀의 술법으로 갇힌 공주를 구원할 도리는 조금도 없었습니다.

어느 날도 여전히 앗사드는 돌아다니다가 어느 물가에 앉아서 흘러 가는 강물을 바라보고 근심된 얼굴로 한숨만 쉬고 있었습니다. 사랑하고 사랑하는 보석을 꺼내어 들어 입을 맞추면서 '아— 이 속에 갇혀 있는 공주를 구하지 못하는구나' 하고 탄식만 할 뿐이었습니다.

그런데 문득 뒤에서 '그 보석을 나에게 팔아라' 하는 소리에 깜짝 놀 라 돌아다보니까 어떤 훌륭한 의복을 입고 신하들을 수백 명 거느린 노 인이 있었습니다. 앗사드는 그 위엄에 놀라서 어찌할 줄을 모르는데 노 인은 하는 말이

"그 보석을 보니까 나의 없어진 귀한 딸의 눈동자같이 광채가 나서

내 딸 생각이 간절하니 그 보석을 나에게 팔아라" 하고 말합니다.

앗사드는 기가 막혀 "이 보석은 이 나라 땅을 다— 나에게 준대도 드리지 못하겠습니다. 만약 내가 죽으면 무덤 속까지라도 가지고 갈 터이니 결코 드릴 수가 없습니다" 하였습니다. 그 노인은 방자한 앗사드의 말에 대단히 성을 내어 신하들에게 '저놈을 잡고 그 보석을 빼앗으라' 하고 호령을 하였습니다. 힘이 센 신하들이 우르르 몰려 들어와 앗사드를 얼싸안고 귀하고 중한 보석을 빼앗으려 하였습니다. 아— 큰일났습니다. 이 홍보석은 앗사드의 목숨보다 더 귀하게 알고 한때도 놓지 못하는 중한 것입니다. '내가 가지지 못할 바에야 남의 손에 빼앗기기는 싫다' 하는 생각이 앗사드에게 번개같이 났습니다. 앗사드는 그같이 귀중한 보배를 드디어 결심하고 강물에 내던졌습니다. 그리고 '나는 이 세상에 살아서 무엇을 하랴' 하는 생각에 신하의 칼을 빼어 가슴을 찔러 죽으려고 하였습니다.

그러자 공중에서 '아—' 하는 예쁜 소리가 나며 홍보석 속에 갇혀 있던 공주가 나타났습니다.

앗사드는 깜짝 놀라 죽으려던 것을 멈추었습니다. 신하를 많이 데리고 온 이 노인은 '아— 내 딸이여' 하고 공주를 안았습니다. 이 훌륭한 노인이 바로 공주의 아버님이요, 이 나라 임금님인 것을 비로소 앗사드가 알았습니다.

공주는 다시 앗사드의 앞으로 와서

"당신의 덕으로 오랫동안 마귀의 술법 때문에 갇혔던 내가 살아났습니다" 하고 치사하였습니다.

"아닙니다. 나는 공주님을 살린 것이 아니라 도리어 공주님을 물속에 던져버린 죄인이올시다" 하고 앗사드가 말하였습니다.

공주는 다시 예쁘게 웃으며 "아니요. 당신께서 목숨보다 더 귀하게 아시던 그 보석을 내버리신 그것이 곧 나를 살리는 하나의 수단이었습니다" 하고 다시 치사를 하였습니다.

임금님도 대단히 기뻐하시고 앗사드와 예쁜 공주님과 혼인을 정하여 주셨습니다. 그리고 임금님은 아들이 없어서 앗사드를 황태자로 봉하셨다 합니다.

—《어린이》제1권 제3호, 1923. 4. 23.

국기 소녀*

　여러분! 이 국기 소녀라는 이야기를 하기 전에 한 가지 기억해둘 것
이 있습니다. 이야기는 저 멀고 먼 불란서라는 나라의 예쁘고 재미있는
이야기인데, 그 나라 국기는 푸른 빛, 흰 빛, 붉은 빛의 세 가지 빛으로
줄이 진 것입니다. 이것을 똑똑히 기억해두십시오. 그러면 지금부터 이
야기를 시작하겠습니다.

　옛날 불란서 나라는 수십 년 동안 원수같이 지내던 그 옆 나라와 큰
싸움을 하게 되었습니다. 몇 달 동안을 싸움을 계속하며 애매한 병정들
도 많이 죽었으며 그 나라 큰돈도 많이 없어졌습니다.
　그러나 불란서의 국운이 불길하였던지 적국 병정들은 일조**에 여러
곳을 쳐서 무찌르고 불란서 서울 파리라는 곳까지 왔습니다. 자 큰일났
습니다. 임금님은 성을 넘어 어느 시골로 몸을 피하시고 백성들은 어린
아이와 늙은 부모를 업고 도망을 하였습니다. 용감한 불란서 청년들은

---

* 《신문예》(1924. 2.)에 수록되어 있으며, 본문은 『무지개』에서 발췌했다.
** 일조—朝. (주로 '일조에' 꼴로 쓰여) 하루아침이라는 뜻으로, 갑작스럽도록 짧은 사이를 이르는 말.

의용대를 꾸며가지고 적군을 막으려 하였으나 원래 강한 적병은 도저히 막을 길이 없었습니다.

든든한 성과 화려한 집은 무지한 적병이 쏘는 대포탄환에 다 헐리고 애처로운 흔적만 남아 있으며, 예전에 기쁘게 산보하던 행길에는 비린내 나는 시체가 여기저기 쌓였습니다. 사람마다 무서움과 원통함으로 울고 부르짖지만 인정사정없는 적병은 귀 한번 기울이지 않았습니다. 그나마 일찍 도망을 간 사람은 모르지만 도망도 하지 못하고 적병이 둘러싼 파리에 갇히다시피 한 사람들의 신세야말로 정말 불쌍했습니다. 맛있는 음식, 고운 의복은 모두 다 적병이 가져가고 말았으며, 어디를 나가다가도 적병의 그림자만 보이면 그대로 돌아서서 피하여 달아나버립니다. 신성한 예배당에서 구슬프게 종을 울리면 예배당으로 모이지 못하고 각기 자기의 집에 앉아서 눈물을 섞어가며 기도를 올립니다. 가여운 어린이들! 아 그들의 생활은 또한 얼마나 슬프겠습니까. 고운 의복 한 벌 없고 맛있는 과자 한 개 없으며 매일같이 재미있게 다니던 학교문은 닫혀버렸고 학교는 헐려져버렸으니 그들은 어디 가서 놀며 어디 가서 이야기하겠습니까. 다만 예쁜 두 손을 한데 모으고 '아 아버지시여! 평화와 영광을 가득 차게 하여 주소서' 하고 가만히 기도를 올릴 뿐이었습니다.

이럭저럭 슬프고 쓸쓸한 가운데 며칠이 지나갔습니다. 그런데 다시 불란서 사람들에게는 큰 근심거리가 생겼습니다.

그것은 다름이 아니라 불란서의 국립기념일이 돌아온 것이었습니다. 이 국립기념일은 불란서의 여러 경축일 중에 제일 중요한 경축일이었습니다. 어떤 해든지 이 경축일이 돌아오면 학교와 관청이 다 쉬는 것은 물론이고 상점까지도 문을 닫고 이날 하루는 유쾌히 축하하는 것이었습니다. 궁중에서는 임금님을 위시하여 큰 연회가 있었으며 집집마다 떡과 과일을 준비하고 적은 연회를 베풀었습니다.

어린이들은 새 옷과 새 댕기를 늘어뜨리고 머리를 곱게 빗고 이날 하루를 즐겁게 보냈습니다. 각 예배당에서는 기쁜 종소리를 울리며 시내의 집집마다 색등과 만국기를 달아 곱게 장식하였습니다.

각처에서 울려나오는 유량*한 음악 소리와 한 가지 여러 시민들이 하는 가장행렬이 행길을 지나갑니다. 그러면 집집마다 이층 삼층으로 높이 올라가서 창문을 열고 준비한 꽃송이를 뿌려줍니다. 행길은 모두 꽃밭이 되고 그날 하루는 정말 아름다운 꿈나라같이 곱고 유쾌한 것이었습니다.

그러다가 이윽고 밤이 돌아오면 사방에서 별별가지의 매화총을 놓아 공중을 재미있게 장식하며 반짝반짝하는 별의 무리는 더욱 빛나서 여러 사람의 유쾌한 마음을 돋아줍니다.

달아놓았던 색등에 일제히 불이 켜지며 각 학교 어린이들은 아름다운 노래를 부르고 제등행렬을 하는 것이었습니다. 정말 이날 하루는 불란서 국민으로는 잊지 못할 날이었으며 일년 중 제일 영광스러운 날일 것입니다. 어느 때든지 어린이들은 이 국립기념일 돌아오기를 손꼽아 기다리며 어른들은 이날의 경축을 잘하려고 며칠 전부터 준비를 하는 것이었습니다.

이와 같이 평생 잊지 못할 국립기념일이 저같이 슬프게 지내게 된 불란서 사람에게 돌아왔습니다.

비록 곤란하고 쓸쓸한 날을 보낼지언정 이날 하루는 어떻게 하든 재미있게 보내려고 애를 써보았으나 원래 무지하고 인정이 적은 적병들은 결단코 그날 하루의 경축을 허락하지 않았습니다. 경축을 못하게 할 뿐만 아니라 만약 그날에 무엇이든 경축하는 뜻으로 하는 사람이 있으면 그 자리에서 죽여 없애겠다는 무섭고 엄한 명령이 적병대장에게서 나왔

| * 유량嚠喨. 음악 소리가 맑으며 또렷함.

습니다.

아— 이 명령을 받은 불란서 국민들의 마음이 어떠했겠습니까. 나라에 무슨 일이 있든지 반드시 기념식은 거행하여왔건만 그것조차 하지 못하게 되었으니 그들의 억울하고 원통한 마음이야 무엇에 비교하겠습니까. 그대로 명령을 거역하고 기념식이나 경축하는 뜻을 표한다 하면 당장에 적병에게 죽을 것이고, 분나는 대로 하면 적병을 죽이고 싶지만 맨주먹으로 어찌 수많은 적병을 당하겠습니까? 집집마다 근심뿐이고 사람들마다 이마에 주름살을 펴지 못하였습니다.

늙은이들은 흰 수염을 날리면서 모여 앉으면 그날을 경축할 근심뿐이며, 어린이들은 어린이대로 서로 모여 앉으면 그날을 어떻게 맞이할까 걱정할 뿐이었습니다.

'그래도 적병들도 사람이니 잘— 청을 하면 들어주겠지.'
하고 여러 시민들은 모여서 의논해보았습니다. 그중에 전부터 정사도 제일 잘하고 학문도 제일 많으며 말도 제일 잘하기로 유명한 한 사람을 뽑아서 적병에게 교섭하러 보내기로 하였습니다.

'아마 저 사람이 가서 말을 잘— 하면 되겠지.'
하고 여러 사람은 기대하였고 교섭하러 가는 그 사람도,

'아마 내가 가면 들어주겠지.'
하고 갔습니다. 그러나 만민이 믿고 바라던 것은 여전히 실패로 돌아갔습니다. 적병은 절대로 그날을 경축하지 못하게 하였습니다.

이 회답을 들은 여러 사람은 어찌나 실망을 하였는지 그 자리에 쓰러져서 뜨거운 눈물을 방울방울 흘리면서 슬퍼하는 이도 한둘이 아니었습니다.

'아— 올해는 기어코 경축을 못한단 말인가. 축하는 못할지라도 국기라도 달게 하여주었으면—'

하고 여러 사람들이 부르짖었습니다.

그때에 그곳에 제일 유명한 변호사 한 사람이 자청하여 나와서

'내가 반드시 교섭을 잘— 하여가지고 그날 하루는 축하하도록 할 터이니 여러분은 염려치 마시오.'

하고 적병에게 갔습니다.

그러나 포악무도한 적병이 허락할 리가 있겠습니까.

'그날에 만약 국기를 다는 집이 있으면 집도 불 질러버리고 사람도 죽여버릴 테다'는 무지한 명령을 내렸습니다. 이 말을 들은 불란서 국민들은 정말 마른하늘에 벼락을 맞은 것같이 놀랍고 분하였습니다. 그렇지만 힘이 없는 그들이야 어찌하겠습니까? 다만 원통한 가슴만 두드리면서 슬프게 기도나 올릴 따름이었습니다.

날은 자꾸 가서 벌써 내일이 경축일입니다. 저녁을 먹고 동네동네 모여 앉은 사람들은 얼굴에 근심이 가득하여 말하지 못하고 긴— 한숨만 쉬고 있었습니다.

그때에 어느 집 조그만 방에 열두어 살쯤 된 예쁜 처녀들 세 사람이 둘러앉았습니다. 그들은 앞뒤 집 사는 사이좋은 동무로 같이 한 학교 한 반에 다니는 소녀였습니다. 매일 놀 때에는 서로 불러가지고 놀며 산보할 때에는 서로 손목을 잡고 다니는 정다운 친구였습니다.

"애, 작년에는 오늘밤부터 매화총을 놓고 각처에서는 연회가 있지 않았니?"

하고 한 소녀가 말했습니다.

"그래. 우리 셋이 바로 이 방에서 창문을 열고 내다보면서 손뼉치고 놀지 않았니?"

하고 또 한 소녀가 말했습니다.

"그런데 올해는 왜 이리 쓸쓸하냐. 내일은 어떻게 쓸쓸할지 모르겠

지. 그 망할 전쟁 때문에."

하고 나머지 한 소녀가 말했습니다. 세 소녀는 일제히 어린 가슴에 억울한 한숨을 내쉬었습니다. 작년에 재미있고 유쾌한 생각을 하다가 올해에 슬프고 외로운 생각을 하며 얼마나 전쟁을 미워하고 원망하였는지 모릅니다.

'작년에는 서로 아름다운 음악 소리를 맞추어 춤도 추었고 작년에는 맛있는 음식을 서로 나누어 먹으면서 노래를 부르고 즐거워하였지.'

하는 생각을 하며 그들은 얼마나 평화로운 때를 사모하는지 모릅니다.

그들은 참을 수 없다는 듯이 셋이서 고개를 숙여 기도하였습니다.

'제— 발 국기라도 달게 하여주십시오.'

하고 그들은 마음을 다— 하여 아름답게 기도하였습니다.

세 처녀는 기도를 그치고 고개를 번쩍 들었습니다. 조금도 더러움이 없고 잡됨이 없는 세 처녀의 마음에는 빛 고운 불란서 국기가 생각이 났습니다.

별같이 곱게 진주같이 영롱한 세 처녀의 눈에는 불란서 삼색 국기가 번쩍였습니다. 세 처녀는 멍—하니 국기를 바라보고 앉았습니다. '아— 국기다!' 세 처녀는 말하였습니다.

다시 번갯불이 번쩍하듯 세 처녀의 앞에는 삼색국기가 변하여 자기네 세 처녀가 되어 보입니다.

세 처녀는 일시에 '아—' 하고 소리치면서 손뼉을 쳤습니다. 세 처녀의 눈에서는 광채가 돌며 세 처녀의 두 뺨에는 기쁨이 가득했습니다.

"야! 좋은 수가 있다."

하는 한 처녀의 소리에 셋은 꿈에서 깬 것같이 얼굴을 마주 보았습니다.

"너는 내일 아침에 모자며 저고리, 치마, 구두까지 흰 것으로 해 입고 오너라. 그리고 또 너는 위에부터 아래까지 푸른빛으로 해 입고 오너라.

그러면 나는 모자부터 구두까지 붉은 빛으로 해 입으마."
하고 말했습니다.

"그래. 그래."
하고 두 처녀는 손뼉을 치면서 대답하였습니다. 세 처녀는 기쁨과 감사함으로 다시 기도하고 헤어졌습니다.

그날 밤이 새고 이튿날 아침이 되었습니다. 동편 하늘에서는 화려하고 붉은 태양이 전날과 다름없이 불끈 솟아 올라왔습니다. 하늘은 구름 한 점 없이 맑았습니다. 그러나 불란서 전국은 구슬픔과 눈물로 가득 찼습니다.

지난해와 달리 국기 하나 달린 집이 없었으며 웃음소리 하나 나오는 집이 없으며 음악 소리 하나 나오는 집이 없으며 오직 한숨소리와 원통한 부르짖음뿐이었습니다.

집집마다 창문을 열고 늙은이 젊은이 어린이 할 것 없이 시름없이 내려다보면서 하늘만 쳐다보며 탄식할 뿐이었습니다. '작년에는 이 길로 가장행렬이며 제등행렬이 지나갔는데!' 하고 생각하나 올해는 행길로 다니는 사람조차 없습니다. '아— 무니한 놈들! 국기조차 못 달게 하다니—' 하고 늙은 할머니들은 눈물을 지었습니다.

어느 누가 저들의 마음을 위로하겠습니까?

아! 문득 이때에 행길 저편에서 유쾌한 경축의 창가를 부르며 나란히 서서 오는 세 처녀가 있었습니다.

아니 아니! 세 처녀가 아닙니다. 불란서 국기입니다. 그들이 집 앞에 달기 원하던 불란서 국기입니다. 앞선 처녀는 위에서부터 아래까지 푸른 옷이며 가운데 처녀는 흰 것이고 끝에 선 처녀는 붉은 것이었습니다. 세 처녀의 비단 치맛자락이 불어오는 아침 바람에 펄펄 나부끼는 것이 아— 이것이 그들이 바라던 불란서 국기가 아니고 무엇이겠습니까?

여러분! 맨—처음에 불란서국기는 푸른 것 흰 것 붉은 것의 세줄 진 것이라고 한 것을 기억하십니까?

지금 세 처녀의 삼색 옷을 입고 국가를 부르면서 넓은 행길을 타박타박 걸어갈 것을 생각하여 보십시오. 아— 이것이 불란서 국기 하나가 바람에 떠가는 것 같지 않겠습니까?

경축하려고 애태우던 좌우 창에서 내다보는 저— 사람들의 마음이 어떠하겠습니까? 정신 모르게 손뼉을 치면서 국가를 합창하였습니다.

'아— 아름다운 불란서 소녀여! 아— 예쁜 국기 소녀여!'
하고 그들은 소리쳤습니다.

이 아름다운 세 처녀의 행동에 대하여 어느 적병인들 그를 못하게 하겠습니까? (미완)

—『무지개』

우물귀신

옛날 옛적에 어떠한 곳에 나무를 베어다가 팔아서 살아가는 사람이 하나 있었습니다. 그런데 이 나무꾼의 마나님은 어찌 영악하고 무섭고 딱정떼*인지 나무꾼이 벌어가지고 들어오는 돈이란 돈은 모조리 자기가 다 뺏어가지고 한 푼도 주지 않으며, 또 저녁 반찬 맛이 조금 짜서 '소금을 너무 많이 쳤다'고 하는 날에는 그 이튿날 반찬에 소금을 단 한 알도 넣지 않아서 싱겁고 싱겁게 만들어놓는 그러한 성미 고약한 마누라였습니다.

그래서 나무꾼은 참다 참다 못하여 하루는 말을 타고 도망을 나왔습니다. 그것을 안 마누라가 성이 벼락같이 나서 자기도 말에 올라타고 나무꾼의 뒤를 따라나섰다가 산속에서 잘못하여 큰 우물에 빠졌습니다.

앞에 말을 타고 도망하던 나무꾼이 돌아다보니까 그 모양이 되었는데 아무리 밉고 고약한 마누라라도 우물에 빠진 것을 보고는 그대로 두기가 너무 불쌍해서 우물 앞까지 와서 들여다보았습니다. 그러나 우물은

| * '딱장대'의 잘못된 말. 성질이 온순한 맛이 없이 딱딱한 사람이나 성질이 사납고 군센 사람.

얼마나 깊고 캄캄한지 도무지 어디 있는지, 어디까지가 물인지도 모르겠으므로 할 수 없이 집으로 돌아와서 그 이튿날에는 굵은 노끈을 가지고 다시 우물을 찾아갔습니다. 그래서 노끈을 우물 속으로 넣고 '얼른 이 노끈을 잡으면 올려주마'라고 소리를 치니까 참말 노끈을 붙잡았는지 무거워졌겠지요? 그래서 힘껏 잡아 당겨 끌어내보니 아— 이것은 마누라가 아니요. 무섭고 무섭게 생긴 우물귀신이었습니다. 얼마나 무서운지 나무꾼은 귀신 앞에서 두 무릎을 꿇고

　　"제—발 살려주십시오."

하고 애걸을 하였습니다. 그러니까 의외로 우물귀신 말이

　　"아니요. 조금도 염려할 것이 없소. 나는 도리어 당신을 고맙게 생각합니다. 나날*까지 물속에서 아무 일 없이 평화스럽게 살아왔었는데 어저께 어떤 무섭게 생긴 늙은 마누라가 떨어져서 나의 귀를 끄들며** 뺨과 머리를 때리는 등 참말 못 견디게 굴어서 어떻게 하면 이 마누라를 피해 나가나 하고 무한히 걱정을 하고 있던 차에 당신이 내려 보내준 노끈을 다행히 내가 먼저 붙잡고 살아 올라왔으니 당신의 은혜는 무엇으로 갚을지 모릅니다."

하고 절을 자꾸 하더니 무슨 나무 이파리 셋을 주면서

　　"나는 지금부터 당신의 은혜를 갚기 위하여 임금의 무남독녀 외딸 되는 공주의 방으로 몰래 들어가지요. 그러면 공주는 금시로 큰 병이 들어서 아무리 유명한 의사를 불러와도 고치지 못할 터이니 그때에 당신이 들어와서 고친다 하고 이 나뭇잎 셋을 공주의 얼굴에 대시오. 그러면 나는 당신이 온 줄 알고 도로 나올 터이니 나만 나오면 공주의 병은 저절로 나을 것입니다."

---

* '나날이'의 옛말. 계속 이어지는 하루하루의 날들.
** '꺼들다'의 잘못된 말. 북한어. 잡아 쥐고 당겨서 추켜들다.

하고 그대로 가버렸습니다. 그래서 우물귀신은 즉시 임금의 대궐로 들어가서 공주의 방으로 뛰어 들어가니까 그때부터 말짱하던 공주가 머리를 부둥켜* 쥐고

"아이고 머리야. 아이고 죽겠네."

소리를 치며 떼굴떼굴 구릅니다.

자— 큰일났다 하고 유명한 의사란 의사는 다— 불러다가 약을 쓰고 유명한 학자란 학자는 모조리 불러다가 점을 쳐보았으나 공주의 병은 조금도 낫지를 않았습니다. 그래서 드디어 임금은,

"만약 공주의 병을 낫게 하는 사람이 있으면 사위를 삼고 이후에 내가 죽으면 이 나라의 임금을 삼을 터이다."

라는 령을 내렸습니다.

아직까지 아무것도 알지 못하고 나무만 하러 다니던 나무꾼이 이 소식을 듣고 물귀신이 준 나무 이파리 셋 생각이 갑자기 났습니다. 그리하여 즉시 궁전을 찾아가서 임금께

"신이 아무것도 모르는 자이올시다만, 신명의 도움을 받아 공주의 병을 고치겠습니다."

하니까 임금이 오죽 기뻤겠습니까? 곧 공주의 침실로 인도를 하니까 나무꾼은 준비하였던 나뭇잎 셋을 꺼내어 공주의 얼굴에 대었습니다. 그러니까 벌써 물귀신은 알아차리고 공주의 몸에서 떨어져서 밖으로 나가버리자, 지금까지 몹시 아프던 공주의 병은 씻은 듯이 나았습니다.

임금과 여러 신하는 얼마나 기뻐하였는지 며칠 후에는 나무꾼과 공주의 성대한 결혼식을 거행하였습니다.

그러나 여기 한 가지 큰 걱정이 생겼습니다. 그것은 다름 아니라 원

| * '부둥켜'의 잘못된 말.

래 물귀신은 나무꾼에게 은혜를 갚고자 좋은 일을 하였지만, 본마음은 착한 놈이 아니었으므로 그 옆 나라 임금의 따님 되는 공주를 괴롭히려고 그 나라 공주의 방에 또 뛰어 들어가서 그같이 이상한 병에 걸리게 하였습니다. 그래서 그 나라 임금도 무한히 걱정을 하여서 약을 쓰다 못해 할 수 없이 나무꾼(지금은 임금의 사위)을 청하여 왔습니다.

한번 한 일이 있으므로 지금은 싫단 말도 못하고 옆 나라 대궐로 가면서 크게 근심을 하였습니다. 그러다가 그 나라 대궐 앞에서 그 우물귀신을 만났습니다. 그런데 물귀신이

"나는 당신에게 한 번은 은혜를 입었으니까 그것을 갚으려고 임금 사위를 만들어드리지 않았소? 그러나 이 나라 공주에게는 내가 장가를 들 작정으로 이렇게 아프게 만들었으니 잔소리 말고 그대로 가시오. 만약 그렇지 않으면 나는 당신 부인 된 공주를 빼앗아 오겠소."

합니다.

참말 이거야 큰일났습니다. 이러지도 못하고 저러지도 못하여 어떻게 하면 좋을까 하고 한참 생각하다가 한 꾀를 내어가지고

"응, 그것은 걱정 마라. 나는 이 나라 공주를 살리려고 온 것이 아니다. 그리고 또 우리 공주도 네가 가져가려면 가져가려무나. 그러나 나는 큰 걱정이 생겨 이렇게 왔다."

하고 한숨을 쉬었습니다. 그러니까 물귀신이

"무슨 걱정이란 말이요?"

하고 묻습니다.

"다른 것이 아니라 그때 우물에 빠졌던 힘센 마나님이 있지 않았느냐? 그 여자가 내 아내였단다. 아— 그런데 그 마누라가 나를 자꾸 쫓아오는구나."

하니까 물귀신이 눈이 둥그레지면서

"아―니 그 마누라가 우물에서 살아나왔단 말이오?"

"살아나오고말고. 그래서 내가 가는 곳은 어디든지 따라 다닌단다.
에그! 참 저기 왔구 먼. 저― 문 뒤에―"

하고 소리를 지르니까 우물귀신은 어찌 그 마나님에게 진저리를 냈던지

　"아이쿠― 나는 간다."

하고 멀리 멀리 도망하여 다시는 사람 사는 동네에 들어오지도 못하였습
니다.

　이렇게 하여 그 나라 공주의 병도 나아서 임금에게 많은 상을 받고
자기 나라로 돌아와 착한 공주와 길이길이 행복하게 살았다고 합니다.

―《어린이》 제4권 제6호, 1926. 6. 9.

재판장의 빨간 코

난쟁이 난쟁이 할머니가 작은작은 오게* 암탉을 길렀습니다.

작은 암탉은 또 작고 작은 닭의 알을 낳았습니다.

그래서 작은작은 난쟁이 할머니는 작은 암탉에게 먹이려고 눈에 보이지도 않는 빈대떡을 만들었습니다.

"아— 얼마나 맛있게 저녁을 먹을 수 있을까—"

하고 기뻐하면서 작은작은 닭의 우리에 넣었습니다.

그랬더니 작은 암탉이 먹기 전에 작은작은 파리가 날아와서 작은 빈대떡을 모조리 먹어버렸습니다.

다 먹어버리고 작은작은 파리는

앵 앵 파르르!

하고 날아갔습니다.

그것을 본 난쟁이 할머니가 어찌 분한지 달음질로 재판관에게 가서 호소를 하였습니다.

| * 오골계.

44

그러니까 재판관이 하는 말이

"어찌해서 파리를 놓쳤단 말이요. 응? 왜 놓쳤단 말이요. 나에게 소지* 올리지 말고 파리란 놈을 때려죽이지 못해서."

하고 재판관은

"이걸로 파리를 때려라."

고 조그만 물푸레 채찍을 난쟁이 할머니에게 주었습니다.

그때 바로 그때!

앵 앵 파르르!

하고 아까 작은작은 빨간 빈대떡을 죄다 먹은 작은작은 파리란 놈이 재판관의 빨간코 꼬부라진 매부리코 끝에 날아와서 거만스럽게 앉았습니다.

그것을 본 난쟁이 할머니는 벌떡 일어나서 몹시 기뻐서 물푸레 채찍으로 딱 갈겼습니다.

그러니까 "아……. 아……. 아파!"

하고 빙빙 돌았습니다.

작은작은 파리는 앵 앵 파르르 하고 죽었대요.

—《어린이》 제5권 제3호, 1927. 3. 1.

자동차 3등

　서양 어떤 나라에 기차나 기선이 다니지 않는 조그만 시골이 있었습니다. 그래서 그 시골에는 날마다 정기적으로 버스가 다녀서 손님들을 태우는 것이었습니다.

　그런데 이상하게도 이 자동차에는 1등, 2등, 3등의 구별이 있었습니다. 여러분도 아시는 바와 같이 기차나 기선이면 1등이나 2등이니 하고 구별이 있지만, 조그만 자동차는 차칸이 단지 하나밖에 없는데 1등, 2등, 3등의 구별이 있을 리가 있겠습니까?

　그러나 여전히 이 자동차는 등급을 가려서 표를 팔고 있습니다. 그래서 그중에 돈 많은 사람은 1등표를 사고, 돈 없는 사람은 3등표를 사가지고 탔더랍니다.

　손님들을 차례로 태운 후, 자동차는 얼마쯤 가다가 큰 고개 밑에 이르렀습니다. 이 고개가 어떻게 높은지 자동차는 제 힘으로는 도저히 올라갈 수가 없습니다. 그래서 그 고개 밑에 차가 딱 정거를 하더니 운전수가 하는 말이,

　"1등표를 산 손님은 그대로 타고 계시고, 2등과 3등 손님은 내리십

시오."

하였습니다.

"그리고 2등 손님은 그대로 걸어서 이 고개를 올라가시고, 3등 손님은 미안하지만 자동차 뒤를 좀 밀어주셔야겠습니다."

고 하더랍니다.

오오라 그제야 자동차에 1등, 2등, 3등의 등급을 지은 이유를 알았습니다.

그래서 1등 손님은 그대로 차를 타고 앉아서 고개를 넘었고, 2등 손님은 두 활개를 치면서 걸어갔고, 3등 손님은 땀을 뻘뻘 흘리면서 자동차 뒤를 밀고 올라갔습니다.

여러분! 여러분은 1등 손님이 되시렵니까? 2등 손님이 되시렵니까? 혹은 다른 사람을 위하여 땀 흘려 일하고 힘들여 남을 도와주는 손님이 되시렵니까?

—《소학생》 53호, 1월호, 1948. 1. 1.

2. 우화

까마귀와 공작새

옛날 옛날 오랜 옛날! 까마귀 한 마리가 공작새 기죽지* 털을 다섯, 여섯 개 얻었습니다. 그래서 그것을 자기의 시꺼먼 기죽지 사이에다가 꽂고 산속으로 날아가서 여러 새들 앞에 가서 자랑을 하였습니다.

"어떠냐? 내 깃이야말로 참 훌륭하지?"

여러 새들은 참말 그 깃이 아름답고 훌륭한 데 놀라며 칭찬을 한 후에 드디어 까마귀를 새들 중의 임금님으로 삼았습니다.

그래서 까마귀가 새로이 임금님이 된 잔치를 크게 벌이고 모두 춤을 추는데 까마귀 임금도 같이 춤을 추다가 그만 그 훌륭한 털이 모두 빠져 버렸습니다.

자— 그러니까 여러 새들이 그때야 속은 줄 알고 모두 분해서 달려들어 까마귀를 물고 쪼아 죽였습니다.

그러자 지금은 참말 공작새가 어디서인지 천천히 걸어 나왔습니다. 그래서

| * 깃털.

"자— 어떠냐? 내 날개야말로 훌륭하지!"

하면서 공작새는 부채같이 무지개같이 그 예쁜 날개를 활짝 폈습니다.

그러나 여러 새들은 까마귀에게 한번 속아본 뒤임으로 그렇게 쉽게 공작새 말을 믿지 못하고 모두 의심스럽게 보고 있는데, 그중에 눈 큰 '올빼미'가 있다가 하는 말이

"저 놈도 우리를 속이는 거짓말쟁이다."

하고 소리를 쳤습니다.

그래서 여러 새들은 전과 같이 우르르 몰려들어 공작새를 물고 쪼아서 죽였습니다.

—《어린이》제4권 제2호, 1926. 2. 1.

사자와 토끼

옛날 어떤 산속에 몹시 기운이 세고 사나운 사자가 한 마리 있었습니다. 사자는 자기 기운 있는 것만 믿고 산속에 사는 짐승을 만나는 대로 잡아먹고 죽이고 하는고로 여러 짐승은 언제든지 기를 펴고 지내지 못하였습니다. 그래서 하루는 여럿이 의논을 하고 사자를 찾아가서 "우리들이 서로 약속을 하고 오늘부터 매일 한 마리씩 당신께 가기로 하였으니 잡아 자십시오. 그러면 당신도 평안히 앉아서 배가 부르시고 우리도 안심하고 다닐 수 있겠습니다."

하고 청하니까 사자도 그 말이 해롭지 아니하여

"그러면 그렇게 하여라. 그러나 만약 하루에 한 마리씩 오지 않으면 나는 너희들을 모조리 잡아 죽일 터이다."

하였습니다.

그래서 그 이튿날부터는 여러 짐승들이 차례차례 사자의 밥이 되려고 죽으러 가게 되고, 따라서 다른 짐승들은 마음 놓고 다니게 되었습니다.

그런데 어느 날 작은 토끼 한 마리가 사자에게 잡혀 먹히러 가게 되었습니다. 여럿이 가라고 야단을 하니까 가기는 가야겠는데 너무 죽기가 억울하여 느릿느릿 가면서 어떻게 사자를 죽여볼 궁리를 하였습니다. 그러다가 길가에 깊은 우물이 있는 것을 보고 무심히 들여다보니까 우물에 자기의 그림자가 비쳤습니다. 이것을 보던 토끼가 갑자기 무슨 생각이 나서 '옳다. 되었다. 내 꾀로 사자를 죽여버리겠다.'

'그까짓 놈 한 놈 때문에 여럿이 자꾸 죽는 것보다 그놈 한 놈을 죽이는 것이 옳고 마땅한 일이 아닌가……'
하고 기뻐서 춤을 추며 사자에게 갔습니다.

사자가 오늘은 먹을 것이 다른 날보다 늦게 오는고로 조급증이 나서 주린 배를 안고 침을 흘리고 있는 판에 토끼가 톡―톡 뛰어오니까 소리를 벌컥 지르며

"요놈아, 무엇을 하고 이제 온단 말이냐? 내가 배가 고파죽겠으니 너를 잡아먹고 내일은 다른 놈들까지 죄다 잡아먹겠다!"

토끼는 아주 공손한 말로,

"네― 그저 늦게 온 것은 저의 탓이 아니라 다른 짐승 때문에 그렇습니다. 용서하십시오."

"어떤 놈 때문에 늦었단 말이냐?"
고 사자가 소리를 질렀습니다.

"네― 말씀드리죠. 내가 여기를 오는데 중간에서 어떤 커―다란 사자가 한 마리 나오더니 어디를 가느냐고 그랬지요. 그래서 당신에게 잡혀 먹히기 위해서 간다고 하니까 그 사자가 하는 말이, 이 산에서는 내가 임금인데 내 말을 안 듣고 어디를 가느냐 너를 잡아먹을 사자란 놈은 멀쩡한 도적놈이다. 만약 그놈이 이 산에 임금이라고 하거든 나에게 오라고 그래라. 나와 싸움을 해서 내가 당장에 이겨놓겠다고 그러겠지요. 그래서 이렇게 늦었습니다."
하고 능청스럽게 이야기를 하니까 사자가 어떻게 분하던지

"그놈 있는 데를 가르쳐다오. 감히 날더러 도적놈이라니 그놈을 당장에 죽여놓을 터이다."
하였습니다.

"네. 가르쳐드리기는 어렵지 않지만 그 사자는 깊은 성 속에서 살기 때문에 잡기 어려울걸요."

"상관없다. 어떻게 하든지 내가 그놈을 혼을 내어놓을 터이니 있는 데만 가르쳐다오."
하고 사자가 나섰습니다. 그러니까 토끼는

"그러면 가르쳐드리지요."
하고 앞서서 아까 그 우물 근처로 갔습니다. 그래서

"아마 그놈이 당신이 무서워서 깊이 성 속에 숨었나봅니다."
하고 우물을 가르쳐주었습니다. 사자는 몹시 분한 김에 우물을 들여다보니까 물속에 자기의 그림자가 비친 것인 줄 모르고 과연 그 속에 사자가 한 마리 숨어 있는 것인 줄 알고 큰 소리를 질렀습니다. 그러니까 소리가 우물물에 부딪쳐 다시 돌아 나오는 것을 성 속에 숨어 있는 사자의 소리인 줄로만 알고 분을 참지 못하여 어흥! 소리를 치면서 한숨에 잡아 죽일 듯이 물속으로 뛰어 들어갔습니다.

그래서 사자는 그 속에 빠져죽고 토끼는 여러 짐승들과 같이 기쁘게 뛰놀았습니다.

—《어린이》 제4권 제10호, 1926. 11. 1.

토끼의 꾀

어떤 호숫가에 토끼가 여러 마리 살고 있었습니다.

그런데 어떤 해에는 코끼리 떼들이 매일 이 호숫가로 물을 먹으러 옴으로 약한 토끼들은 항상 코끼리 발에 밟혀 벌써 여러 마리가 죽었습니다.

그래서 토끼들이 여러 가지 생각하던 끝에 그중에 제일 영리하고 꾀가 많은 토끼 한 마리를 코끼리에게 보냈습니다.

그 토끼는 코끼리의 왕을 보고 하는 말이,

"나는 저― 달님의 심부름을 온 옥토끼인데 어찌하여 당신들은 달님의 사랑하는 토끼들이 사는 호수에 왔소? 그래서 달님이 매우 노하셔서 지금 호숫가에 내려오셔서 여러 토끼들을 위로하시는 중이니 빨리 다른 데로 가시오. 만약 그래도 가지 않고 또 토끼들을 밟아 죽이는 일이 있으면 달님이 큰 벌을 내리신다고 하시오."

하였습니다.

그러니까 코끼리 왕이 크게 놀라

"아― 참말 달님이 내려오셨소. 그러면 내가 가서 뵙고 인사를 여쭙고 속히 다른 데로 가겠소."

하였습니다.

　토끼는 즉시 코끼리 왕을 데리고 호숫가에 왔습니다.

　마침 그때는 달 밝은 보름날이었으므로 달님이 호수 속에 비춰 있었습니다.

　코끼리는 과연 달님이 호수 속에 내려오신 줄로만 알고

　"잘못하였으니 용서하여주시오."

하면서 공손히 절을 하고 그곳을 떠나가서 다시 오지 않았습니다.

　어떻습니까? 이같이 영리하고 꾀 많은 토끼가 올해에는 여러분을 찾아왔습니다. 기쁘지요.

—《어린이》제5권 제1호, 1927. 1. 1.

여우와 고양이

어떤 날 고양이가 꾀 많다는 여우를 만났습니다.

고양이는 원래 여우가 꾀가 많은 줄은 앎으로 아주 공손한 말씨로

"여우님, 안녕하십니까? 요사이는 얼마나 재미가 좋으십니까?"

이 말을 들은 여우는 몸이 으쓱하여 아주 뽐내는 소리로

"어— 평안한가? 그러나저러나 자네는 밤낮 수염만 쓰다듬고 있으면 제일인가? 겨우 조그만 쥐나 잡아먹고 다니면 그만이란 말인가? 도대체 자네의 재주는 무엇인가?"

하였습니다.

그러니까 고양이가 하도 부끄러워서

"네— 그저 나는 재주도 없고 꾀도 없는 놈입니다. 그러나 재주가 하나 있다면 꼭 하나 있지요. 다른 것이 아니라 만약 개가 나를 물려고 쫓아오면 나무 위에 올라가는 것밖에는 없습니다."

"아—니 모두 고것뿐이야? 겨우 나무에 올라가는 재주밖에는 없단 말인가? 나는 이 뱃속에 꾀주머니가 있어서 무슨 꾀든지 마음대로 꺼낼 수 있다네."

하고 여우가 자랑을 하면서 앞발로 제 배를 쓰다듬으니까 고양이는 황송하여서 공손히 절을 하였습니다.

마침 그때 저쪽으로부터 어떤 사냥꾼이 무섭게 생긴 사냥개 두 마리를 데리고 이리로 왔습니다.

그러니까 고양이는 깜짝 놀라서 얼른 근처에 있는 나무 위로 뛰어 올라가서 몸을 피하였습니다.

그러나 여우는 나무에 올라가는 재주가 없어서 머뭇머뭇하고 있는데 벌써 사나운 사냥개가 달려들어 다리와 꼬리를 물어뜯었습니다.

지금까지 자랑하던 여우도 어쩔 수 없어서 씩—씩 소리만 지르고 있으니까 나무 위에 있던 고양이가 깔깔 웃으며

"여우님, 여우님, 뱃속에 있는 꾀주머니를 좀 끄르시구려. 끌러요. 하하하."

여우는 아무 말도 못하고 사냥꾼에게 잡혀갔더래요.

—《어린이》 제7권 제1호, 1929. 1.

3. 전설

저주咀呪받은 샘물

　충충*한 삼림의 구석으로부터 가만가만히 거두어 나오는 것 같은 석양의 어두움이 넓은 대지를 차츰차츰 휘여 싸고, 벽공에 반짝이는 별은 하나씩 둘씩 늘어갈 때 멀고 먼 외국으로부터 걸어온 무사武士 한 사람이 자세하지 않은 삼림길을 걸어가면서 광채 나는 눈을 들어 사방을 둘러보았다.

　저— 건너쪽 나무 사이에 새빨간 불빛이 비쳐 나오는 곳은 확실히 그 무사가 찾는 헤루테(譯者, 서양미신종교의 神)의 신사神社가 분명하였다.

　제단에 켜놓은 불꽃이 춤추는 곳에 무녀巫女 예쓰테가 혼자 앉아서 무심히 불을 들여다보고 있다. 무녀가 입은 흰 의복은 불빛에 반사되어 붉게 빛나며 고요히 생각하고 있는 그의 얼굴은 참으로 대리석大理石으로 깎은 여신같이 아름다웠다.

　그는 아직 나이 어린 처녀의 몸으로 헤루테 신神에게 몸을 바쳐 과연 신통자재神通自在하였다.

| * 물이나 빛깔 따위가 맑거나 산뜻하지 못하고 흐리고 침침하다.

그의 이름은 멀고 먼— 여러 나라에 들려 그에게 점을 치려고 이 하이델벨희의 산림까지 찾아오는 사람이 하나둘이 아니었다. 혹 그중에는 이 예쓰테의 아름다운 자태를 탐하여 오는 청년도 없지 아니하나, 신명에게 몸을 받치는 것 외에 세상의 물욕을 알지 못하는 이 소녀에게 사랑을 쏘삭대는 사람은 하나도 없었다. 그렇게 침범할 수는 신비神秘의 위엄을 갖춘 예쓰테도 하루의 직무를 무사히 마치고 사람 없는 고요한 산림 속에 어두움이 쏘여 들어올 때에는 나의 중대한 직무도 잠시 잊어버리고 상쾌한 저녁바람에 금발金髮을 나부끼면서 즐거운 노래를 한 곡조 불러보고 싶은 이 세상 보통 처녀와 조금도 다름이 없는 여자일 것이다. 예쓰테의 이같이 한가로이 쉬고 있는 모양을 나무 그늘에서 엿보고 있는 저 무사도 역시 멀리서 그의 점을 치러 온 사람의 하나였다.

꿈꾸는 듯이 아름다운 이 모양을 오랫동안 보고 있던 무사는 드디어 마음을 정하고 처녀의 고요한 마음을 놀랠까 겁내어 극히 부드럽고 고운 소리로

"아름다운 무녀巫女시여! 나의 운명을 점쳐 주시겠습니까?"

이 소리를 들은 예쓰테는 꿈에서 깨인 듯이 얼굴을 번쩍 들었다.

알지 못하는 젊은 무사의 아름답게 타는 듯한 눈자위에 마주칠 때에 처녀의 가슴에는 알 수 없는 파도가 쳤다. 예쓰테는 어지러운 마음을 진정하려고 애쓰면서

"멀리서 오신 무사시여! 당신께서는 마침 나에게 예언豫言의 힘이 없어진 뒤에 오셨습니다. 점을 칠 때에는 신명께 제물을 올려야 하는 것입니다. 내일 이맘 때 오시면 당신의 운명을 점쳐 드리겠습니다."

말하는 그의 소리는 몹시 떨렸다. 참으려고 애쓰면 애쓸수록 그의 가슴의 파도는 더하여가며 그 가운데로 이상한 기쁨조차 도는 것 같았다.

"그러면 내일 저녁 때."

말을 남기고 마음을 남기면서 무사는 돌아갔다.

예쓰테는 시뻘건 불빛을 등지고 사라진 무사의 뒷모양을 언제까지 보고 앉았었다. 돌연히 울려오던 부드럽고도 정 있는 그 소리, 불붙는 광채 나는 그 눈에 그는 정신을 모조리 빼앗긴 것이었다.

누구에게나 점을 쳐주지 않으면 안 되는 나의 몸으로 그 직무를 게을리한 생각을 하면 죄송스럽기도 하지마는, 내일 다시 그 미목청아한 무사를 보게 되겠구나 하고 생각할 때에는 오늘 점을 쳐주지 아니한 것이 큰 은혜같이도 생각된다. 아— 저 예쓰테의 티 없는 마음에는 지금 벌써 아름다운 젊은 무사의 모양밖에는 다른 것이 비치지 않게 되었다. 그것을 스스로 깨닫고 잊으려고 잊으려고 해도 그의 모양은 꿈같이 무지개같이 나타나니 이때부터 예쓰테의 마음의 평화는 영원히 사라지고 두 번 돌아오지 않았다.

이튿날 저녁때 과연 약속같이 무사는 찾아왔다. 그러나 예쓰테는 또 다시 점칠 수 없다 핑계하고 내일로 미루었다. 무사도 역시 서로 볼 기회가 많아짐을 기뻐함인지 그대로 돌아갔다. 이렇게 하기를 하루 이틀 사흘 되는 날 저녁때 예쓰테는 무사를 보고 곧 고개를 숙이고 쏘삭댔다.

"나는 당신의 운명을 점칠 수 없습니다. 저 별이 그것을 가르쳐주지 않습니다. 그러나 당신의 별과 나의 별이 점점 가까워지는 듯합니다."

이 말 한 마디를 하고 그는 도화같이 불거진 얼굴을 잠간 들어 무사를 쳐다보았다.

"오— 예쓰테, 그러면 당신은 나를 사랑하여주시겠습니까?"

무사는 떨리는 가슴을 억제하면서 말하였다. 대답은 안 하고 반쯤 웃는 예쓰테의 모양은 확실한 허락이 분명하였다.

"그러면 나와 같이 우리집으로 돌아갑시다."

하고 붙잡는 무사의 힘센 손을 뿌리치고 예쓰테는

"아니요. 헤루테의 신에 몸을 바친 무녀는 사람의 아내가 되지 못하는 법입니다. 만약 그렇게 하면 헤루테 신에게 노여움을 사서 벌을 받을 것입니다. 나는 나는 당신을…… 사랑하고 사랑합니다. 그러나."

이같이 말했다. 그러나 무사는 대담하게

"예쓰테! 나는 그대를 데리고 가서 푸레야 신에게 기도를 드려 헤루테 신의 저주咀呪를 풀게 할 터입니다."

"아니요. 헤루테의 저주는 그렇게 쉽게 막을 수 없는 것이에요. 그렇지만 다만 뵈옵고 이야기만 하는 것은 죄가 되지 않겠지요. 요 고개 넘어가면 맑은 샘물이 흐르는 곳이 있습니다. 그곳이면 사람도 오지 않는 고요한 곳이니 천천히 이야기할 수도 있겠지요. 나는 벌써 마음속으로는 당신의 아내가 되어 있습니다. 언제까지 언제까지 돌아가지 마시고 있어 주세요."

말을 마치고 예쓰테는 무사를 이끌어 샘물을 찾아갔다. 샘물은 졸졸졸 두 청춘남녀의 가슴을 씻어주는 것같이 고요히 흘렀다. 풀 위에 둘이 앉아 그치지 않는 꿀같이 따스한 이야기를 하다가 다시 내일 저녁때를 약속하고 손을 놓았다.

일각이 천추* 같은 하루도 지나고 석양이 되었다. 산림을 통해 어둑어둑해올 때 예쓰테는 연보를 옮겨 샘물을 찾아갔다. 아직 약속한 시간은 되지 않았는데 문득 저편에서 풀을 헤치고 오는 발자국 소리가 사뿐사뿐 들려온다. 예쓰테는 벌써 사랑하는 무사가 찾아오는 힘 있는 발소리인 줄 알고 만면의 기쁨이 빛나는 얼굴로 돌아보았다.

보라! 그곳에는 잊지 못하고 잊지 못하는 애인이 빙그레 웃고 섰을 줄 알았더니 아― 천만뜻밖에 보기에도 소름끼치는 한 마리 이리(狼)가

| * 오래고 긴 세월. 또는 먼 미래.

66

등잔 같은 눈을 휘두르며 뾰족한 이빨을 악물고 지금 당장 뛰어 달라붙을 듯이 서 있지 아니하랴.

그는 정신이 아득하고 눈이 캄캄하여 '사람 살려'라고 소리소리 질렀으나 맹폭한 이리는 벌써 아름다운 처녀의 목을 향하여 뛰어들어 물었다.

마침 이때에 샘물을 향하여 걸음을 빨리하던 무사는 문득 산림 사이로 들리는 여자의 외치는 소리에 귀를 기울였다. 저— 전심전력을 다하여 고통을 호소하는 슬픈 부르짖음이야말로 꿈에도 잊지 못하는 예쓰테의 소리로구나 생각할 때에 무사는 공중을 나는 것같이 번개처럼 뛰어갔다.

보니 나의 사랑하는 처녀는 무참하게도 물어 뜯겨 시뻘건 피에 젖어 이리의 발아래 넘어져 있었다. 분노와 슬픔과 원통함을 참지 못하는 무사는 찾던 바 장검을 빼어 날쌔게 한 칼에 이리를 죽여버렸다. 이렇게 애인의 원수는 갚았지만 아— 애처로운 일이다. 헤루테의 저주는 벌써 다— 이루어서 사랑하는 예쓰테의 따뜻한 몸은 차고 푸른 시체로 변하였구나.

그 뒤로부터 이 샘물은 '저주 받은 샘물'이라 이름지어 길이길이 가련한 무녀 예쓰테의 사랑 이야기와 함께 세상에 퍼졌다 한다.

—《개벽》 통권 50호, 1924. 8. 1.

원한의 화살

벨크의 성주 오스트왈트가 다만 심복 하인 한 사람만 데리고 근처 산속으로 놀러간 지 벌써 십여 일이 지났건만 아직도 돌아오지 않은고로 아버지가 돌아오시기를 몹시 기다리는 효성이 지극한 아들 에트벤의 마음 졸임은 여간 아니었습니다. 그는 여러 날 동안 아버지를 찾아 돌아다녔습니다. 미친 사람모양으로 산과 들로 헤매고 혹은 마을로 돌아다니며 늙은이를 본 일이 없느냐고 사람마다 붙잡고 묻기도 하였습니다. 그러나 아버지를 찾아도 아버지의 모양은 영영 볼 수 없었습니다. 때는 한창 전쟁의 시기라 내 집 문만 나서면 천하 사람이 다— 나의 원수라고 하여도 좋을 만큼 험한 때이니 어디 가서 어떤 일을 당하셨는지 알 수가 없습니다. 혹은 도적의 무리에 잡혀서 목숨을 빼앗기지나 않으셨는지 혹은 전부터 세력을 다투는 원수의 흉계에 빠져서 비참한 죽음을 당하지나 아니하셨는지 이런 생각 저런 생각 하면 할수록 아버지의 신변이 염려되어서 산속 깊이 가시넝쿨을 쳐가면서 찾아보았습니다. 아버지의 소식은 묘연히* 알 길이 없습니다.

이제는 아버지의 행적을 찾을 수 없다고 낙망을 한 에트벤은 풀 없이

성으로 돌아와서 밤이면 괴로운 꿈을 꾸며 낮이면 평안치 못한 가슴을 어루만지면서 그날 그날 보낼 때 아침부터 저녁까지 성의 높은 층대 위에 올라가서 이제나 아버지가 돌아오실까 저제나 돌아오실까 하고 헛되이 기다릴 뿐이었습니다.

서산에 붉은 해는 지금 바야흐로 먼— 나라로 가라앉으려고 할 때 인적은 고요한데 한숨과 눈물로 높은 하늘을 무심히 쳐다보니 하나씩 하나씩 은실 같은 광선을 뿌리고 나타나는 별의 무리는 반짝 내려다보고 있습니다.

아— 저 별은 아버지가 계신 곳을 알겠건마는…… 하고 그는 가슴이 무너지는 듯한 탄식을 하였습니다. 그때였습니다! 문득 에트벤의 마음에 번개같이 번쩍하는 생각이 있었으니 그것은 '손넥크' 성의 '윌룸'이란 흉악한 인물이었습니다.

손넥크 성은 이 벨크 성과 멀지 않은 곳에 있는 성입니다. 그 손넥크의 성주 윌룸이란 사람과 아버지 오스트왈트와는 오래전부터 서로 원수같이 반목하고 지내던 터였습니다. 무예와 덕망이 높은 자기 아버지 오스트왈트를 어떻게 하든지 죽음의 구렁에 쓸어 넣으려고 한다는 소문은 전부터 들은 터이라 마음이 호화로운 아버지 오스트왈트는 원수를 무서워하지 않고 손넥크 성 근처에 가셨다가 간교한 원수에게 잡히시지 않았나— 생각하니 전신이 불연 중 부르르 떨렸습니다.

그 이튿날이었습니다. 손넥크 성 앞 넓은 길가 어느 커다란 정자나무 그늘에 앉아서 악기에 맞춰 처량한 노래를 부르는 유랑의 음악가 한 사람이 있었습니다. 이는 물론 아버지를 찾으려고 위험한 원수의 땅으로 들어온 에트벤이었습니다. 원래 에트벤은 전국시대에 난 무사이지만 풍류에

| * 묘연杳然히. 소식이나 행방 따위를 알 길이 없게.

도 장기가 있는 청년이라 스스로 마음속의 비통한 정을 한 곡조 한 곡조 연주할 때 나무 끝에 불어오는 소리까지 같이 떨리는 것 같았습니다.

때마침 지나가던 농군 하나가 그 아름다운 노랫소리에 취하여 걸음을 멈추고 이슥이* 듣다가 옆에 있는 나무 등걸이에 와서 걸터앉으며

"매우 잘하는걸! 어디서 온 사람인고?"

하고 구수하게 말을 청하는 고로,

"먼— 나라에서."

하고 에트벤은 대답하였습니다.

"그렇게 노래를 부르고 이 나라 저 나라를 돌아다니면 아마 재미있는 일이 많지?"

"재미있는 일도 있고 슬픈 일도 있지요."

"하하하하 그렇겠지."

농군은 이 같은 문답을 하는 중에도 저 에트벤의 별 같은 눈이 늘 높은 성만 바라보는 것이 퍽 이상하다고 하였을 것입니다. 푸른 강물을 굽어보는 높은 언덕 위에 하늘을 찌를 듯이 솟아 있는 그 성 속에 한편으로 돌로 벽을 쌓고 영창**도 몇 개 되지 않는 단단한 탑은 묻지 않아도 죄인을 가두어두는 감옥이 분명하였습니다. 아— 만약 나의 아버지가 이곳에 오셔서 그놈의 손에 잡히셨으면 저 감옥에서 밝은 햇빛을 보지 못하고 갇히셨겠구나! 어린 에트벤은 가슴을 저미는 듯이 아팠습니다.

이런 줄을 알지도 못하는 농군은

"어때? 저 성은 참 잘 지었지? 아마 다른 성보다 우리 성주의 사시는 성이 제일일걸."

"참 훌륭합니다. 그런데 저 성 속에 또 높은 탑 같은 곳은 감옥인가

---

* '이슥히'의 옛말.
** 영창映窓. 방을 밝게 하기 위하여 방과 마루 사이에 낸 두 쪽의 미닫이.

요?"

"응. 그곳은 우리 성주가 혹 무엇을 잡아다가 넣어두는 곳인데 요전에도 큰 물건을 잡아왔다는데. 지나가는 무사를 붙들었다든가 꽤 나이도 먹은 모양인데 불쌍하지."

이 말을 들은 에트벤의 가슴은 몹시 뛰었습니다.

"혼자 지나가던 무사인가요?"

"뭐 자세히는 모르나 같이 가던 하인이 하나가 있었다고 불시에 잡아갔음으로 대항도 못해보았다네."

"그것은 왜 그랬을까? 무슨 죄가 있었던가요?"

"아—니 무슨 원한이 있는 사람인 모양이야. 좌우간 큰 소리로는 못할 말이지마는 우리 성주는 마음이 좋지 못해……."

"내가 성주 앞에 가면 내 노래를 들어주실까요? 노자로 돈이나 좀 벌어가지고 가게."

"응 좋은 수가 있지. 사오 일 지나면 이 성에 큰 연회가 있어서 여러곳 성주들이 오신다니까 자네가 가서 노래를 잘 부르면 벌이가 괜찮으리. 가보게. 자— 너무 오래 이야기했네. 또 보게."

농군은 일어나 집으로 돌아갔습니다.

아— 벌써 의심할 여지도 없습니다. 아버지 오스트왈트가 저 손넥크 성 속에 갇혀 계신 것은 사실이다. 하루바삐 구해내지 않으면 안 될 텐데, 그렇게 하려면 며칠 후에 열린다는 연회를 기다리는 수밖에 없다고 우선 벨크 성으로 돌아와서 일각이 천추같이 그날이 돌아오기를 기다렸습니다.

대연회가 열리는 날이 왔습니다. 손넥크 성은 아침부터 준비하기에 분망*하였습니다. 초대받은 귀빈은 차례차례 참여하였고 굉장한 요리는

| * 분망奔忙. 매우 바쁨.

산같이 쌓였으며 비싸고 독한 술은 여기저기서 술잔이 넘쳐 흘렀습니다. 이런 때는 흥을 돋우러 자진해오는 음악사들을 거절하지 못하여 한 사람 두 사람 들어오는 대로 내버려두되 흉중에 큰 배포를 품고 들어오는 에 트벤이 나타날 때 벌써 손님들은 반 넘어 취하였습니다.

에트벤은 이 사이에 애교를 부려가면서 유행가를 하나둘 불러가면서 자석같이 차츰차츰 들어갔습니다.

이때에 어떤 무사 한 사람이 들었던 잔을 마시고 나서 성주 윌룸에게 하는 말이

"당신께서는 벨크 성주 오스트왈트를 사로잡았다더니 참말입니까?"

윌룸은 얼굴에 자랑하는 웃음을 띠고

"그랬어요. 사로잡았을 뿐 아니라 두 눈을 빼버린 후에 감옥 속에 넣 어두었습니다."

"그것은 좀 불쌍한걸요. 오스트왈트는 활 잘 쏘기로 유명한 사람인데." 하고 다른 무사가 말을 하니

"그러나 앞을 못 보아도 움직이지 않는 과녁이면 맞출걸요. 내기라도 하지요."

하고 이번에는 먼저 말하던 무사가 말하였습니다. 이 말 한 마디에 성주 윌룸은 퍽 마음이 분한 듯이 벌떡 일어나 서며

"그것은 재미있는 일입니다. 자— 내기합시다."

내기는 곧 성립되어서 오스트왈트를 성 속에서 불러내오게 되었습니다. 이 말을 가만히 듣고 있는 에트벤의 마음이야 어떠했겠습니까? 사모 하는 아버지가 나쁜 성주의 손에 잡혀 앞 못 보는 장님이 된 것도 원통하 고 슬프거늘, 하물며 만인의 앞에서 저런 술 취한 놈들의 희롱거리가 되 어 놀림감이 되게 된다니 세상도 너무나 무정하다고 이를 갈면서 몸을 떨었습니다. 그러나 아아 그러나 거기에 끌려나오는 눈먼 아버지! 그 불

행한 늙은 성주를 보느라고 이 젊은 음악가의 태도에 주의하는 사람은 하나도 없었습니다.

여위고 창백한 주름살 잡힌 얼굴에 분함과 원한을 가득히 품은 오스트왈트는 활과 살을 받아들고 떨리는 소리로

"손넥크 남작! 과녁은 어디 어디 있습니까?"

"응, 내가 여기 지금 갖다놓은 이 술잔을 맞춰."

눈먼 아버지는 한 개의 살을 활에 끼었습니다.

깍지손이 딱 떨어지는 그곳에 나는 살대의 꽂힌 곳은 책장 위에 술잔을 맞췄나? 아니 아니 늙은 성주의 원한 많은 화살은 과녁의 술잔이 아니라 손넥크 성주 윌룸의 포악무도한 가슴의 한복판을 뚫어 맞췄습니다.

연회의 아래 위에는 대소동이 일어났습니다. '저놈을 죽여라 눈먼 장님을 죽여라' 하고 그 성 안의 사람들이 칼을 들고 우르르 달려들었습니다. 그러나 그때 벌써 손에 장금을 빼들고 오스트왈트를 호위하여 앞을 가리고 나간 사람이 있으니 이는 물론 유랑의 음악사인 그의 아들 에트벤이었습니다. 그는 소리를 높이해서 외쳤습니다.

"자— 손넥크 성주인 극악한 흉인을 쏘아 죽인 불쌍한 앞 못 보는 오스트왈트 성주에 대하여 대항할 사람은 주저 말고 덤벼라! 여기 의 있는 칼을 잡은 그 아들 에트벤이 있다!"

누가 감히 이 용감한 에트벤을 대적할 사람이 있습니까. 그들은 입을 같이하여 에트벤의 효심과 정의의 승리를 칭찬할 뿐이었습니다.

늙은 앞 못 보는 무사는 벨크에 돌아와 효심 많은 아들의 위로를 받으면서 편안히 살았습니다.

—《어린이》 제5권 제8호, 1927. 12. 1.

라인 강가의 형제

서양하고도 독일나라 남쪽에 라인강 하면 물 맑고 경치 좋기로 유명하여 우리 조선의 부여 백마강을 생각하게 하지만, 라인강 맑은 물결에 엉클어져서 몇백 년을 두고 전해오는 깨끗하고 아름다운 전설이 많고 많습니다. 그중에서 하나를 빼내서 여러분께 소개할까요!

독일나라 남쪽에서 라인 강물을 따라 위로 위로 올라가면 강가 푸른 언덕에 쎈트골―이라는 고적古跡이 있는 곳이 있고, 거기에는 교당教堂이 있는데 그곳에서 토지를 가지고 싸워오던 어느 형제가 별안간 마음이 풀어져서 서로 손을 잡고 화해를 하였다는 이야기입니다.

지금으로부터 한 천 년 전 독일에는 뻬빈이라는 형과 카―로만이라는 아우가 있었는데, 아버지께 받은 재산과 토지를 가지고 서로 다투느라 그만 사이가 틀어져 원수같이 되어버렸습니다.

그의 아버지 되는 이는 뻬빈과 카―로만 형제를 먼 곳에서 불러올렸음으로 두 형제는 아버지의 명령을 받고 둘이 다 라인강으로 배를 저어 아버지를 찾아가지 않으면 안 되게 되었습니다.

그러나 원래 사이가 좋지 못한 형제라 한 배를 같이 타고 올라갈 리는 만무하였습니다. 그래 형 되는 뻬빈은 먼저 배를 저어 라인강의 고요한 물결을 헤치며 올라가다가 문득 그 센트골—교당 있는 곳을 지나게 되었습니다.

물결은 푸르고 언덕은 높은데 크고도 장엄한 교당은 흘러가는 물결을 굽어보고 있는 듯! 뻬빈의 머리에는 문득 생각지 않던 옛일이 이곳에 이르러 갑자기 생각되어졌습니다.

지금은 원수같이 서로 못 볼 사이가 되어 서로 서로 눈을 흘기고 있는 형제간이지만 그 전에는 사이좋은 형제로서 이 센트골—성당에서 자기 아우 카—로만과 따뜻이 손을 잡은 일이 있었으나, 그때 이후로 그만 서로 갈라져서 재산과 토지를 가지고 다투게 되어 다시는 얼굴을 대하지 않게 되었던 것입니다.

그래 뻬빈은 그 앞을 지나다가 평화롭던 옛날 형제의 일이 생각나며 그 성당에 올라가 참배한 생각이 문득 났습니다. 배를 저어 언덕에 대고 뻬빈은 고요한 마음으로 성당을 향해 올라갔습니다.

백년이나 천년이나 묵은 고목나무 숲속에 엄연히 서 있는 센트골—의 성당은 잠잠히 아래로 아래로 흘러 내려가는 굼실'거리는 라인강을 내려다보고 다시 돌아오지 못하는 옛날을 속삭이는 듯.

'서로 싸우기 시작하기 전까지는 손톱만 한 틈도 없이 친절하고 정다운 사이였었는데, 되지 못한 재산과 토지를 가지고 한 부모의 혈육을 타고난 형제로서 이렇게도 서로 못 볼 사이가 되어온 지가 벌써 몇몇 해이냐? 아버지의 명령을 받아 지금 가는 이 길로 서로 손목을 잡고 돛대를 치며 평화로운 노래를 같은 목소리로 부르면서 가지는 못할지언정 많은

| * 구불구불 물결을 이루며 자꾸 넘실거리는 모양.

감정과 원망을 품고 가게 되다니 이게 차마 형제간에 할 노릇이냐?'

이렇게 생각이 뻬빈의 가슴에서 일어나자 솟구쳐 나오는 진정한 우애에 어쩔 줄을 몰라 그의 눈에서는 섭섭함과 뉘우침의 눈물이 한꺼번에 쏟아지고 말았습니다.

마침 그때입니다. 언뜻 보니 자기보다 먼저 앞에 서서 센트골―성당 앞에 소리를 높여 우는 듯한 목 맺힌 소리로 기도를 하는 사람이 있었습니다.

그러나 그는 딴 사람이 아니요. 자기 아우 카―로만이었습니다. 카―로만 역시 자기 형처럼 여기를 지나다가 옛날에 평화로이 형제가 서로 손을 잡던 일이 생각나고 지금 싸우는 일이 뉘우쳐져서 형제간의 서로 화목하기를 하느님에게 빌고 빌고 하던 판이었습니다.

그것을 본 뻬빈의 마음은 어떠하였겠습니까? 온갖 느낌이 가슴에 사무치며 어느 겨를인지 모르게 카―로만의 앞으로 가서 아우의 손을 잡고 사과하였습니다.

"애! 카―로만아! 내가 잘못했다. 너는 나를 용서해라. 지나간 모든 잘못은 여기 흘러 내려가는 라인 강물에 떼어 내려보내자!"

카―로만은 형의 손을 굳세게 굳세게 뜨거운 눈물을 뚝뚝 흘리며

"형님! 제가 잘못입니다. 형님! 형님은 저를 용서하십시오. 우리의 잘못은 벌써 저 아래 내려가는 저 물결 속에 씻겨 내려갔습니다."

그 후 이 두 형제는 영구히 영구히 정다운 형제로 일생을 지냈습니다.

지금도 독일에서는 라인강에 배를 저어 오르고 내리는 사람들의 이 야깃거리가 되어 있다 합니다.

—《어린이》제6권 제1호, 1928. 1. 1.

꼽추 이야기

우리나라에는 '혹쟁이' 이야기가 있지 않습니까? 독일에도 있습니다. 그 이야기를 쓰지요.

예전에 아—헨시에 곱추*(등곱쟁이) 음악가 두 사람이 있었습니다. 하나는 푸리—델이라 하여 마음도 곱고 재주도 있는 사람이요, 하나는 하인쓰라 하여 마음도 나쁘고 재주도 없는 사람이었습니다.

그래서 같은 꼽추라도 푸리—델은 사람들이 좋아하고 돈도 많이 벌지만, 하인쓰는 그렇지가 못해서 늘— 푸리델을 시기하고 미워하였습니다.

그런데 그들이 늘— 음악을 하면서 돈을 버는 어느 술집이 있는데 그 술집 딸 아가타라는 처녀에게 푸리—델이 장가를 가고 싶었습니다. 그러나 그는 돈도 한 푼 없는 가난뱅이요 더구나 몸이 꼽추라 욕심 많은 처녀의 아버지가 들어주지 않았습니다.

푸리—델은 억울하고 슬픈 마음이 간절하여 아침부터 밤까지 정처 없이 헤매며 다니다가 정신을 차려보니까 밤은 깊은데 어느 으슥한 생선

| * '꼽추'의 오기. 이후 본문에는 '꼽추'로 정정해서 수록함.

파는 장터에 혼자 서 있는 것을 알았습니다. 이러다가 가만히 보니까 푸른 달빛 아래 무수한 요녀妖女들이 큰잔치를 벌이고 있었습니다.

그중에 제일 큰 요녀가 하나 오더니 푸리―델에게 바이올린을 주면서 한 곡조 타기를 청하였습니다.

푸리―델은 정신을 가다듬어 재미있는 무도곡을 타기 시작하였습니다. 여러 요녀들은 무한히 기뻐하면서 그 곡조에 맞추어 춤을 추기 시작하였습니다. 푸리―델은 마음을 다―하여 미묘한 곡조를 가장 재미있게 탔습니다. 춤추기를 그친 후 요녀는 너무도 감사하다고 무엇을 주었으면 좋을까― 하고 생각하더니 푸리―델의 앞에서 무엇이라고 주문을 외웠습니다. 미구*에 한 시를 치는 종소리와 같이 그 많은 잔치와 그 많은 요녀는 일시에 없어져버렸습니다. 푸리―델은 어이가 없어서 그대로 집으로 돌아와서 보니 이상한 일이었습니다. 등에 붙었던 꼽추는 간 곳 없고 훌륭한 몸이 되었으며 더욱이 주머니에는 보물이 가득 들어 있었습니다.

푸리―델은 너무나 기뻐서 미친 듯이 술집으로 뛰어갔습니다. 이같이 훌륭한 몸이 되고 더욱이 돈을 많이 가졌으니까 즉시 욕심 많은 아가타의 아버지는 혼인을 승낙하게 되었습니다.

푸리―델이 갑자기 행복하게 된 것을 한없이 부러워하는 하인쓰는 그날 밤으로 그 생선장터를 일부러 찾아갔습니다. 여전히 요녀들의 연회는 벌어졌는데 하인쓰에게도 똑같이 바이올린을 타달라고 청하였습니다.

그러나 하인쓰의 눈에는 춤추는 곡조보다 상 위에 놓인 황금그릇만이 보였습니다. 그의 바이올린 곡조는 자꾸 틀렸고 그의 곡조는 흥을 돋우기는커녕 있는 흥을 깨뜨려버렸습니다.

---

* 얼마 오래지 아니함.

요녀들은 크게 노하여 춤을 중지하였습니다. 이런 줄은 모르고 하인쓰는 '옳다 됐다' 하고 빨리 나아가 꿇어앉아서 오늘의 보수로는 저— 상 위에 있는 황금그릇을 달라고 하였습니다. 요녀들은 크게 웃으며 어저께 푸리—델에게서 뗀 꼽추 혹을 하인쓰의 가슴에다 붙여주었습니다. 그때에 한 시를 치는 종소리가 나서 여러 요녀들은 여전히 모두 달아나고 말았습니다.

앞과 뒤로 아픈 꼽추가 된 하인쓰는 울고불고 하였으나 이미 할 수 없었습니다. 그는 일생을 웃음거리가 되어 지냈으나 마음 고운 푸리—델은 그를 잘— 먹여살렸습니다.

—《어린이》 제6권 제6호. 1928.

4. 창작동화

옥희와 금붕어

1

따뜻한 봄날이 되었습니다. 부드러운 대기 가운데는 아릿*한 아지랑이가 끼고 간사히 가는 바람이 사르르 불어와서 버들가지를 흔듭니다.

옥희의 집 뒤뜰에도 어리고 생기 있는 파—란 풀들이 하나씩 둘씩 나기 시작하더니 이제는 벌써 비단 위에 고운 채석**을 옥침***한 듯이 가지런히 요를 깔았습니다. 겨울 동안 창문을 꼭 닫고 무거운 이불을 덮고 병상에 누워서 답답하고 괴롭던 옥희의 방에도 이제는 들창문을 할신**** 열어놓고 연하고 따뜻한 태양광선을 마음껏 받아들이게 되었습니다. 옥희는 창문으로 들어오는 봄바람에 다— 헤치며 펴버린 머리칼을 날리면서 바깥뜰을 내려다보게 된 것을 얼마나 기뻐했는지 모릅니다. 그는 오다가다 다리팔이 아픈 것도 잊어버리고 열심히 바깥을 내다보고 있게 되었습니다.

울타리에 나란히 선 진달래와 노란 꽃이 벌써 반쯤 봉오리가 폈습니

* 눈앞에 어려오는 것이 아렴풋하다.
** 아름다운 색깔로 꾸민 자리.(북한어)
*** 옥으로 장식한 베개.
**** '활짝'의 오기. '활짝'과 같은 말.

다. 오다가다가 멀리서 제비와 참새가 봄을 노래하는 것 같은 유쾌히 지저귀는 소리가 들립니다.

그리고 그것들을 둘러싼 공기는 스스로 가엽고 녹신—하였습니다. 옥희는 매일 그 꽃들이 봉오리가 조금씩 벌어지는 것을 재미있게 내다봅니다. 버들잎이 하나씩 둘씩 점점 늘어가는 것을 손꼽아 셀 것 같이 주의해서 보는 것으로 하루하루의 봄날을 보내며 갑니다.

그중에도 옥희가 매일 열심히 보고 어리고 고운 근심으로 생각하는 것은 저— 푸른 하늘이었습니다. 컴컴하고 음침하던 것 같은 겨울 하늘과 달라 푸르고 양기 있는 봄 하늘은 무슨 경치보다 고상하고 좋았습니다.

맑고 푸르고 멀고 높은 그 정한 하늘 그 아래 솜송이 같고 함박꽃 같고 연사*의 춤추는 것 같은 흰구름 만 덩이가 뭉게— 떠 있는 것은 무엇이라고 할 거룩한 경치인지 몰랐습니다. 그것은 맑은 바다 속 같고 훌륭한 성인의 가슴속 같았습니다. 오다가다 그 넓고 깊은 하늘을 그 솜송이 같은 흰구름이 다— 가리고 그 사이로 조금씩만 푸른 하늘이 내려다보일 때에는 꽃처럼 연신 웃는 얼굴을 내놓고 옥희를 손짓하여 부르는 것 같고 혹은 거룩하고 뜻 깊은 종소리가 가랑랑히 울려 새어나올 것만 같았습니다.

그 푸른 끝 모르는 하늘에는 옥희의 알지 못할 무슨 힘이 가득한 것 같습니다. 옥희는 그것이 무엇인지도 모르면서도 그것을 사모하며 사랑하였습니다. 어떻게 그곳에 갈 수가 없을까 어떻게 그 힘을 가득히 마음껏 쐴 수가 없을까 하는 것으로 어린 가슴을 적지 않게 태웠습니다.

화려한 태양의 나라, 기이한 종소리가 들리는 저 나라를 가고 싶고

| * 생실을 비누나 잿물에 담가서 아교질을 없애 희고 광택이 나게 만든 실.

가고 싶어서 못 견뎠습니다.

'내 이제 병이 나으면 가리라' 하고 생각하였으나 저— 한없이 높고 깊은 곳에는 아무리 병이 나아도 갈 것 같지도 않았습니다.

그래서 옥희는 더 어렸을 때 어마님*이나 혹은 시집간 형님들에게 들은 이야기를 생각하였습니다.

'어느 시골 어린 남매들이 자기 어머니를 잡아먹고 어머니 복색**을 하고 온 호랑이 때문에 밤중에 도망을 나와서 하나님에게 열심히 기도를 한 결과 금동아줄을 내려 보내서 곧 타고 올라가서 누의는 해가 되고 오래비***는 달이 된 이야기'를 늘— 생각하였습니다. 그리고 나에게도 금동아줄이나 내려 보내주셨으면 하고 가만히 기도하였습니다.

2

사방에서 버들호렉이**** 소리가 점점 많아지고 진달래 노란 꽃이 만발할 때 오랜 병상에 누웠던 옥희의 병도 많이 나았습니다. 아직 기운이 회복되지 못하였음으로 그대로 누워 있기는 하지마는 두통과 열은 거진 다없어졌습니다. 그러나 옥희의 몸에 병이 점점 나아갈수록 옥희의 마음은 점점 무거워갑니다. 옥희의 얼굴에는 날로 근심의 빛이 늘어갑니다. 조금만 무슨 심사 틀리는 일이 있으면 금방 눈물이 핑— 돌면서 여윈 손으로 가슴을 괴롭게 만지는 일이 많습니다. 그리고 항상 먼— 하늘만 쳐다

---

* '어머님'의 옛말. 이후 나오는 단어는 '어머니'로 통일함.
** 예전에, 신분이나 직업에 따라서 다르게 맞추어서 차려 입던 옷의 꾸밈새와 빛깔.
*** '오라버니'의 낮춤말. 여자가 남에게 자기의 남동생을 이르는 말. 또는 여자의 남자 형제를 두루 이르는 말. 이후 '오라비'로 통일함.
**** 호루라기.

보고 하염없이 누웠습니다.

어머니는 다만 병을 앓고 나서 몸과 마음이 약하여졌음이라고 말하실 뿐입니다.

하루는 전에 옥희의 다니던 학교 선생님이 옥희에게 금붕어 세 마리 담은 유리 어항 하나를 갖다주었습니다. 옥희는 낮에는 창으로 바깥 하늘을 내려다보는 것으로 날을 보내지만 어젯밤에는 머리맡 상 위에 금붕어를 보는 것으로 심심함을 참고 지냈습니다.

조그만 유리 항아리 속에 물은 칠분*이나 담겼습니다. 전신이 다— 밝고 금빛 도는 조금 큰 붕어가 한 마리요, 등으로부터 배까지 반만 벌겋고 꼬리는 세 갈래로 난 조금 작은 붕어가 두 마리였습니다. 이 세 마리 붕어들은 잠시도 가만히 있지 않고 돌아다닙니다. 옥희는 그것이 마치 유쾌히 노는 것 같지는 않고 어디로 도망갈 길을 찾으려고 애쓰는 것만 같았습니다. 그래서 옥희는 저 금붕어가 불쌍하게도 생각되었습니다.

붕어들이 옥희의 앞으로 올 때에는 조금 조그맣게 제대로 보이지마는 옥희의 저편으로 갈 때에는 제 몸덩이보다 몇 배나 더 크게 보였습니다. 옥희는 그것이 퍽 이상하고도 재미있게 보였습니다.

옥희는 차차 그 금붕어에 대하여 이상한 생각이 많이 나기 시작하였습니다. '저것들은 돌만 먹고 사나?', '왜 사람처럼 말을 못하나?', '물속에서 어떻게 살까? 나 같으면 한시도 못할 터인데' 하는 의심을 품을 때마다 옥희는 자기가 금붕어보다 얼마나 행복한 지위에 있는 것을 짐작하였습니다.

이런 것을 생각할수록 옥희의 마음은 점점 더 무거워갑니다.

| * 십분의 칠이라는 뜻으로, 어느 정도 상당한 부분을 이르는 말.

옥희는 한번 어머님에게 이렇게 물었습니다.

"어머니, 저 금붕어들은 저— 넓은 연당* 속으로 가고 싶겠지?"

어머님도 부드럽게 웃으면서 고개를 끄덕하였습니다.

"그러면 우리가 다 살려줘요."

하였습니다. 이 말에 어머님은 아무 대답도 안 하시고 그대로 바느질을 하시는 것을 보고 옥희는 다시 말을 이어

"너무 불쌍해요. 어머니— 좀 답답하겠지요? 나는……."

하고 눈물이 그렁그렁 하였습니다. 어머님은 앞으로 와서 옥희의 머리를 어루만지시면서 눈물을 씻어주시며

"울지 마라! 왜 우니? 남들도 다— 놓고 보는걸. 그리고 도로 갖다 놓아주면 또 잡혀가지 않겠니?"

하셨습니다.

옥희는 속으로 '그렇다' 하였습니다. 그리고 더 금붕어의 신세가 불쌍하게 생각되었습니다.

"내가 잘— 사랑해서 기르리."

하였습니다.

조금 있다가 여덟 살 된 옥희의 오라비가 들어왔습니다.

"아— 금붕어 봐!"

하고 손으로 어항 놓인 책상을 탁 쳤습니다. 고요히 돌아다니는 금붕어들은 갑자기 난리를 만난 듯이 도망을 다닙니다. 물은 흔들— 파도를 치는 대로 붕어들이 꼬리를 빨리 저으며 좁은 자기네들 세계에서 피해 다닙니다. 더욱이 제일 작은 놈이 제일 무서움을 많이 타는 것 같이 제일 빨리 빙빙 돌아다닙니다.

| * 연못.

오라비는 재미나는 듯이 손가락을 어항 속에 넣어 물을 휘저었습니다. 그때는 세 마리가 일제히 한 군데로 우— 몰렸다가 손가락 가는 데마다 피해 돌아서서 또 우— 몰려다닙니다. 마치 까막잡기를 할 때에 눈감은 사람이 오면 서로 우르르 몰려나는 듯이 죽을 기를 다— 쓰면서 도망을 다니는 것을 옥희는 차마 볼 수가 없었습니다.

옥희는 "야— 장난 마라!" 하였습니다. 그러나 오라비는 들은 척 만 척하고 그대로 손가락을 휘두르고 섰습니다. 금붕어들은 숨이 찬 것 같이 입을 자주 놀리면서 부르르 떨듯이 전신을 놀리면서 피해다닙니다. 옥희는 그만 눈물을 머금고 목 메인 소리로,

"글쎄, 가만 두어라! 만약 붕어가 말을 해봐……."
하고 원망하듯이 오라비를 보았습니다.

3

옥희는 하루 아침에 거룩하고 이상한 꿈에서 깼습니다.

옥희는 전과 같이 금붕어를 열심히 들여다보고 있었습니다. 그러더니 금방 유리 어항이 수백 칸 되는 큰 바다같이 커지면서 그 속에 물은 깊고 푸른 강물같이 고요히 파도를 칩니다. 그 많은 강물 위에는 아름다운 무지개가 곱게 걸쳐졌습니다.

무지개는 물에 비쳐 아래위로 채석다리를 놓은 것 같았습니다. 옥희는 한편으로 너무 휘황하여 무서운 마음조차 들었습니다. 그러더니 지금까지 꼬리를 치고 놀던 금붕어가 변하여 번쩍— 하는 금빛 밝은 빛의 활옷 같은 것을 입고, 황금빛 머리를 뒤로 곱게 풀어 헤친 아름다운 여신이 되어 물속에서 불끈 솟아올라 무지개다리 위에 섰습니다. 그 까맣고 또

렷—한 눈으로 처음에는 옥희를 무섭게 보더니 차차 부드럽게 내려다보며 예쁜 얼굴에 웃음을 띠었습니다. 옥희는 화려하고 기이하고 예뻤으나 목이 꽉 막혀 말은 나오지 않았습니다. 조금 있다가 넓고 푸른 하늘 문이 열리면서 오색구름을 타고 금붕어 여신은 나는 것같이 고요히 올라갑니다. 하늘 위에부터 오는 상쾌한 바람에 여신들의 고운 옷자락은 펄펄펄 나부낍니다.

그 깊은 알 수 없는 하늘 속 세계에는 금은들로 지붕을 하고 산호, 진주로 기둥을 한 궁전 같은 누각이 있으며, 그 속에서는 금붕어를 환영하는 유량한 음악 소리가 새어나옵니다. 금붕어의 여신들이 타고 올라가는 구름 양 끝에 백설 같은 날개가 달린 여신이 서서 인도를 하며 오색구름이 올라가는 곳마다 눈을 쏠 듯한 기이한 서광이 빛나서 온— 하늘을 색색으로 곱게 장식합니다. 옥희는 그 거룩한 광경을 감격한 눈물조차 머금은 눈으로 쳐다보고 있었습니다. 금붕어의 여신 셋은 백옥 같은 손으로 옥희를 향하여 손짓을 하면서 셋이 같이 노래를 불렀습니다.

옥희야 오너라
옥희야 오너라
하늘 나라로
구름을 타고
무지개 나라로
노래를 부르며

옥희야 오너라
옥희야 오너라
거룩한 저 나라

해의 나라로
펄펄펄 날아서
무서움 없이

옥희야 오너라
옥희야 오너라

옥희가 이런 알 수 없는 꿈을 깨니 봄날 아침 해가 옥희의 베갯가를
비춥니다.

옥희는 그 꿈에 보던 그 광경이 아직 눈을 휘황케 하며 그 노랫소리
가 아직까지 귀를 울립니다. 옥희는 마치 거룩한 예배를 드리는 것같이
마음이 시원한 듯하고 환―한 듯하였습니다.

옥희는 얼른 생각난 듯이 어항을 보았습니다. 이상하게도 세 마리의
금붕어는 죽어서 둥둥 떠 있었습니다.

'아― 금붕어는 그만 갔구나.'
하고 옥희는 속으로 부르짖었습니다.

옥희는 그만 눈물을 흘리면서 꿈꾸는 듯한 눈으로 창을 열고 넓고 푸
른 하늘을 쳐다보았습니다.

하늘은 티끌 한 점 없이 환―하였습니다. 옥희는 그 자리에 엎드려
흐느끼며 울었습니다.

옥희는 그날부터 도로 병이 더해 점점 열이 높아졌습니다. 눈은 상혈
이 되어 붉으면서도 항상 꿈꾸는 것같이 몽롱하였습니다.

진달래 노란 꽃이 지고 복사꽃이 만발한 때, 푸르고 넓은 하늘은 다
른 날보다 한층 더 밝고 정한 날, 새벽 해가 동산에서 붉은 빛과 무한한

기운을 토하면서 올라올 때, 옥희의 집 조그만 문에서는 옥희의 장사가 나왔습니다.

　옥희의 적은 영혼은 아마 아름다운 금붕어와 같이 저— 해의 나라 무지개 나라로 올라갔을 것입니다.

—《동아일보》신년 제4호 3면, 1923. 1. 1.

백일홍 이야기*

　싸늘한 바람이 건건히 불어오는 첫가을이었습니다. 여러 날 두고 비가 조금씩 오던 날이 겹겹이 싸였던 검은 구름까지 시원하게 벗겨지고 파란 하늘에 화려한 햇볕이 빤하게 빛나는 정신이 번쩍 나는 날이었습니다.

　아침부터 비에 갇혀서 방 안에 꼭 들어앉아 골무를 만들고 있던 정희도 즐겁고 가벼운 마음으로 일어나서 뒤뜰로 나왔습니다.

　저녁 해 비치는 뒤뜰에는 담 앞에 선 오동나무가 석양 해에 비춰 길게 그림자를 뻗치고 있고, 지난 봄에 정희가 손수 모종하여다가 심은 봉선화며 맨드라미들의 아름다운 화초들이 이파리를 나팔나팔하고 있어서 그 번쩍번쩍 윤 흐르는 이파리가 나부끼는 것이 마치 마음 고운 동무 정희를 웃고 손짓하며 반겨주는 것 같습니다.

　그런데 그중에도 가을이 된 까닭으로 벌써 다른 화초들은 늙어 시들었는데, 그중에 다만 하나 빛 여읜 분홍빛 백일홍 한 송이는 쓸쓸하고 근심스러운 얼굴이나마 아직 생기 있고 끈기 있는 얼굴로 반짝 피어서 정

---

* 『무지개』에서 발췌. 이 작품은 《어린이》 제1권 제1호(1923. 3. 20.)와 제1권 제10호(1923. 11. 15.)에 수록되어 있다.

희를 보고 반기는 것 같았습니다.

정희는 이상하게도 그 백일홍에게 마음을 끌렸습니다. 그래서 그 백일홍을 한참이나 들여다보다가

'저 가운데 금빛같이 산호 모양으로 도톨도톨한 것은 꼭 혼인날 새아씨 쓰는 족두리 같네' 하고 정희는 생각하였습니다.

'이제 서리가 와서 다른 꽃은 하나도 안 남고 다 쓰러져도 저 백일홍만은 남아있겠지……. 저렇게 족두리를 쓰고 활옷을 입은 채로 신랑을 기다리듯이.'

정희는 그 영롱한 눈으로 백일홍을 들여다보면서 이렇게 생각하였습니다.

정희는 못 참을 듯이 백일홍이 곱기도 하고 귀엽기도 해서 가만히 고사리 같은 손을 들어 어루만져보았습니다. 백일홍의 꽃잎은 차면서도 더할 수 없이 부드러웠습니다.

정희는 다시 사랑스런 마음에 고개를 숙여 따뜻한 입술을 꽃 위에 살그머니 대었습니다.

그때 바람은 사르르 불어오고 날은 조용하였습니다. 어디서인지 기이한 향기가 가만히 모르는 사이에 날아왔습니다. 정희는 고요하고 아름답고 가지런한 마음으로 눈을 스르르 감았습니다. 정희는 멀고 또 먼 꿈의 나라로 마음이 펄펄펄 날아가는 것 같았습니다. 그러더니 어디선지 모르게 가느다란 애달픈 노래가 들려옵니다.

나는 나는 백일홍
예쁜 백일홍
활옷 입고 연지 찍고
족두리 쓴 백일홍

나는 나는 백일홍
가여운 백일홍
백일 동안 초례상에
기다리는 백일홍

아름답고도 맑은 목소리로 부르는 이 노래가 끝이 나자 정희의 앞에는 언뜻 세상에도 드물게 예쁜 색시가 한 명 나타났습니다. 오색무늬를 놓은 비단활옷을 몸에 입고 토실토실한 고운 얼굴에는 새빨간 연지를 찍었으며, 까만 물결치는 머리 위에는 산호 진주와 금은보석으로 장식을 한 족두리를 썼습니다.

정희는 화려한 그 색시에 정신이 황홀하여 한참 멍하니 앉았다가 겨우 입을 열어

"예쁜 새아씨! 당신은 누구십니까?"
하고 물었습니다.

"나는 당신이 지금 착하고 고운 마음으로 어루만지고 입 맞춰주신 저 백일홍입니다. 나는 당신의 아름다운 마음을 고맙게 여겨 감사를 하러 나왔습니다."
하고 옥을 부수는 소리같이 맑고 깨끗한 목소리로 말을 하면서 두 눈에 웃음을 머금었습니다.

정희는 반갑고도 정다운 소리로 백일홍 색시의 두 손을 잡고

"오 당신이 백일홍! 그리고 당신께서 지금 부르신 그 슬픈 노래는?"
하고 물었습니다.

"그것은 나의 가련하고 애처로운 신세랍니다. 아 나의 몸에는 당신네들이 알지 못하는 슬픈 이야기가 숨어 있답니다."
하면서 그는 쓸쓸한 얼굴을 지었습니다.

"여보세요. 당신이 아직 세상에 알리지 않은 그 신세 이야기를 나에게 들려주세요."

정희는 마음을 다해 청했습니다.

"너무나 슬픈 이야기에요. 당신이 듣고 싶어 하시면 이야기를 시작하겠습니다."

백일홍 색시는 몸을 단정히 하고 나직한 소리로 슬픈 신세 이야기를 시작했습니다.

이야기는 이렇게 불쌍하였습니다.

벌써 오랜 옛날이었습니다. 어느 해변가에 고요하고 깨끗한 시골이 하나 있었습니다. 그 시골 사람들은 모두 마음이 착하고 근실한 사람들이라 바다 저편에서 아침 해가 솟아오를 때에 그물과 낚싯대를 메고 고기를 잡으러 나가서는 저녁별이 석양 하늘에 반짝일 때 돌아와서 그날 하루 잡은 생선을 세고 즐겁게 평화롭게 하루하루를 보내는 죄 없고 탈 없는 사람들이었습니다. 매일 화려한 태양은 이 어촌을 평화롭게 비춰주며 바위를 치는 파도소리는 이 시골의 아름다움을 노래하였습니다.

그러나 다만 한 가지 이 시골에 걱정과 무서움이 있으니 이것은 다름 아니라 이 바다 속에는 큰 짐승이 하나 있습니다. 그 짐승은 혹 전하는 말에 용이 되다가 못 된 것이라고도 하고 또는 악어의 왕이라고도 하는데, 대가리가 셋 달리고 몸에는 검고 번쩍이는 큰 비늘이 덮혔으며 두 눈은 번개같이 번쩍이는 참말 무섭고 소름 끼치는 짐승이었습니다. 그런데 이 시골에서는 일 년에 한 번씩 그 동네 십칠팔 세 되는 처녀 한 명을 그 짐승에게 시집을 보내지 않으면 일 년 동안 고기 잡으러 나가는 배는 하나도 남지 않고 깨어져 부서지며, 그곳에 탔던 사람은 물속에 가라앉으며 그뿐 아니라 그 짐승이 물결을 몹시 쳐서 온 시골에 집이 헐리고 사람이 하나도 남지 아니하도록 다 죽는다고 합니다.

이와 같은 무서운 짐승으로 인해서 할 수 없이 일 년에 한 번씩 집집 마다 돌아가면서 자기의 딸이나 만약 딸이 없으면 어디서 처녀를 사다가 라도 그 짐승에게 시집을 보내야 하는 것이었습니다. 시집을 보내는 처 녀는 해변가에 큰 장막을 치고 초례상을 해놓은 후 여러 사람이 울고 느 끼는 동안에 어느덧 짐승의 꼬리가 나와서 처녀를 안고 물속으로 들어간 다 합니다. 그리고는 그 후에 어떻게 되었는지 아무도 아는 사람이 없지 만 그 이튿날 아침에 무참하게도 처녀의 해골과 뼈가 바닷물에 떠오른다 합니다. 시골 사람들은 슬피 울면서 그 뼈를 골라서 장사 지내는 것이 으 레 해마다 당하는 무섭고 기 막히는 일이었습니다.

어느 해였습니다. 이 시골 가장 마음 착하고 편안한 김 첨지의 집에 이 돌림차례가 돌아왔습니다. 김 첨지에게는 이 시골에서 제일 아름답고 똑똑한 딸이 하나 있었습니다.

일 년에 한 번 돌아오는 이 무서운 일이 차례가 되었으니 이 일을 장 차 어찌하면 좋겠습니까? 사랑하는 예쁜 딸을 무서운 짐승에게 시집을 보내어 죽게 하기도 차마 못할 노릇입니다. 원래 넉넉하지 못한 집안에 몇 천량 돈을 내어 처녀를 사올 수도 없는 일입니다. 김 첨지 부부는 낮 밤을 눈물과 근심으로 보내게 되었습니다.

토실토실한 뺨에 까만 머리를 늘어뜨리고 밖에서 일하는 딸을 볼 때 에 더욱 눈물과 한숨이 앞을 가릴 뿐이었습니다. 날은 점점 가까워오고 근심은 더욱 더욱 더해갔습니다.

그러나 원래 마음이 곱고 부모에게 효성이 지극한 처녀는

"아버님, 울지 마세요. 제가 짐승에게 시집을 갈게요."

하고 위로를 하고는 혼자 돌아서서 눈물을 흘렸습니다.

드디어 무서운 날은 돌아왔습니다. 해변가 바위 위에 초례상을 차려

놓고 회색빛 장막을 쳐놓았습니다. 시골의 남녀노소 할 것 없이 근심과 눈물로

'아 그 예쁜 색시가 내일이면 몹쓸 짐승에게 죽겠구나.'

하면서 애처로운 한숨만 쉬었습니다. 그러나 누가 그 무서운 짐승에게 감히 대적할 사람이 있겠습니까? 쓸데없는 탄식만 낼 뿐입니다.

아침 해가 동편에서 솟아오를 때 슬프게 울리는 북소리를 따라 김 첨지의 딸 처녀는 곱게 단장을 하고 활옷을 입고 족두리를 쓰고 울고 따라오는 부모에게 의지하여 초례상 앞에 나왔습니다. 시골 남녀노소들은 불쌍한 부모와 예쁜 처녀를 보고 소리 내어 울었습니다.

처녀는 가만히 꿇어앉아 기도를 올렸습니다.

'아 하나님! 나를 구원해주실 수 없으십니까?'

처녀는 고요히 흐느꼈습니다.

문득 멀리서 신악* 소리가 들리면서 기이한 광채가 빛났습니다. 울고 숙였던 시골 사람들은 고개를 들고 바다를 보았습니다.

바다 저편 동쪽에서 조그만 금빛 배 한 척이 살같이** 달려왔습니다.

"아 저것이 무엇이냐?"

"신동이다."

이런 소리가 그들의 입에서 새어나왔습니다.

찬란한 금빛 배 속에는 신수 좋은 귀공자 무사 한 사람이 긴 칼을 짚고 이곳을 향하여 섰습니다.

활옷 입고 족두리 쓰고 짐승에게 안겨가기를 기다리던 불쌍한 처녀와 촌사람들은 일제히 그 이상한 배를 보았습니다.

금빛 배는 살같이 달려왔습니다. 신수 좋은 젊은 무사는 모든 사람의

* 신의 음악 소리.
** '쏜살같이'와 같은 말.

97

반김을 받는 중에 배에서 내려,

"무슨 일이 있기에 사람이 많이 모였느냐?"
고 묻습니다.

여러 사람들은 이 무서운 이야기의 처음부터 끝까지 일일이 말하고
는 '여간 무서운 짐승이 아닙니다. 결코 경솔하게 싸우지 못할 짐승입니
다' 하면서 젊은 무사의 얼굴을 귀신같이 우러러보았습니다.

무사는 칼을 짚고 한참 묵묵히 무엇을 생각하더니

"염려 마시오. 초례상에 내가 대신 서겠습니다. 그래서 여러분의 무
서움과 근심을 영영 끊어드리겠습니다."

말을 하고 처녀에게 공손히 인사한 후 초례상에 섰습니다.

많은 사람들과 불쌍한 처녀는 이제 살게 되었다 하는 기쁨으로 용감
한 무사의 이길 것을 빌면서 한편으로는 너무 젊고 너무 예쁜 저 공자의
몸이 위험할 것을 염려하였습니다.

미구에 날이 흐리며 물결이 몹시 치면서 짐승의 꼬리가 나타나서 서
있는 무사를 처녀로만 알고 안고 들어가려 하였습니다. 그러나 힘이 센
무사는 꼼짝 않고 섰습니다. 그러자 물속에서 무서운 짐승이 대가리 셋
달린 고개를 들더니 화가 난 눈을 번쩍이면서 하늘이 무너지는 듯한 맹렬
한 소리를 지르며 입에는 연기 같은 푸른 독을 내뿜고 달려들었습니다.

여러 시골 사람들은 무섭고 지긋지긋하여 얼굴을 가리고 서로서로
붙들고 의지하고 있었습니다.

푸른 연기 속에서 칼 소리와 짐승의 소리만 한참 들리더니 다시 산이
무너지는 듯한 소리가 나며 바다 물속으로 무엇이 떨어지는 철벅 소리가
나고는 다시 고요해졌습니다.

연기가 거친 후 시골 사람들은 무서움과 근심으로 그곳에 가보았습니
다. 아 놀라운 일입니다. 젊은 무사의 칼에는 짐승의 목이 하나 꽂혔고 그

자리에 피가 먹물같이 흐르며 무사도 정신을 잃고 쓰러져 있었습니다.

　시골 사람들의 정성스런 간호를 받아 겨우 정신을 차린 무사는

　"오! 여러분 염려 마시오. 그 몹쓸 짐승도 대가리가 하나 없어져서 이제는 아모 힘도 없고 여러분을 괴롭게 할 수도 없게 되었습니다. 오직 저 바다 속에서 적은 물고기나 잡아먹고 지낼 것입니다. 조금도 근심하지 마시고 평안히 지내세요."

하고 기쁜 듯 말하였습니다.

　여러 사람은 행복과 기쁨을 참지 못하고 무사를 떠메고 칼에 짐승의 목을 꿰어 들고 무사의 만세를 부르며 즐겁게 뛰어 놀았습니다.

　그리고 모든 사람들의 소원대로 아름다운 처녀와 신수 좋은 무사는 해변가 초례상에서 혼인예식을 치르기로 되어 있었습니다.

　아까 근심되던 초례상은 이제 정말 행복한 초례상이 되었으며 아까까지 울던 모든 사람들은 이제 웃음과 기쁨으로 신랑 신부를 축수하였습니다.

　그러나 다시 그들 아름다운 남녀에게는 불행이 닥쳐왔습니다. 그것은 다름 아니라 이 이름 모르는 무사는 어느 먼 나라 임금님의 맏아들인데 그 임금님께서 보내신 신하가 여기 온 것이었습니다. 신하는 초례상 앞에 임금님의 편지를 가지고 와서 공손히 무사에게 드렸습니다.

　왕자 무사는 임금님의 편지를 읽더니 얼굴이 점점 파래지면서 슬픈 소리로 처녀를 향하여 말했습니다.

　"나는 이제 당신을 작별하고 저 마음 착한 시골 분들을 작별하고 가야겠습니다. 나의 아버지 되시는 임금님이 당신과 나와 허락 없이 혼인하는 것을 아시고 대단히 화가 나셨습니다. 그리고 그뿐 아니라 우리나라에는 가장 중요한 보배가 세 가지가 있습니다. 그 세 가지 보배는 어느 때든지 우리들 세상에 착하고 아름다운 사람들을 위하여 쓸 것인데, 그

귀중한 세 가지 보배를 이제 고약한 마귀의 왕이 훔쳐갔다고 하니 만약 내가 이제부터 그 마왕을 잡고 그 세 가지 보배를 찾아오면 아버지께서 나를 용서하시고 당신과 다시 혼인하게 될 것이요. 그렇지 못하면 세상에서 무서운 마왕에게 잡혀 죽을 것입니다."

하고 왕자는 눈물을 지었습니다.

이 뜻밖의 말을 들은 촌사람들의 근심보다도 처녀의 근심과 섭섭함이 어떠하겠습니까?

처녀는 왕자의 무릎에 기대어서 흐느끼며 울었습니다. 왕자는 손으로 처녀의 머리를 어루만지며

"염려 마시오. 아무리 무서운 마왕이라도 내가 반드시 잡은 후에 세 가지 보배를 찾아가지고 오겠습니다. 오늘부터 백일 동안만 기다리시오. 백일 안에 나는 기쁘게 돌아오지요."

그는 말을 마치고 일어섰습니다.

처녀는 흐느끼는 소리로

"백일 동안 나는 족두리를 쓰고 활옷을 입고 연지 찍은 대로 이 초례 상에서 기다리겠습니다."

하고 맹세를 하였습니다.

왕자는 깃거운* 소리로,

"반드시 그렇게 하여주시오. 내가 성공을 하고 돌아올 때에는 저 황금 배에다가 흰 기를 달고 올 것이오. 만약 내가 불행히 마왕에게 죽으면 내 신하들이 내 흘린 핏빛 같은 붉은 기를 달고 올 것입니다. 번쩍이는 저 황금 배에 흰 깃발 날리기만 기다리시오."

말을 마치고 왕자는 배에 올랐습니다. 촌사람들의 슬픈 작별을 받으

| *기쁜. 마음에 즐거운 느낌.

면서 처녀의 흐느끼는 소리를 들으면서 용감한 왕자 무사를 태운 황금 배는 살같이 동편으로 사라졌습니다.

꿈같이 만나 살같이 작별을 하게 된 처녀는 그날부터 수심과 적막한 마음으로 단장한 채로 초례상에 앉아 왕자가 돌아오기만을 기다렸습니다.

촌민과 부모님의 위로하는 말도 듣기가 싫고 세 때의 음식도 제대로 먹지 않고 다만 한없이 넓고 푸른 바다만 바라보면서 왕자의 무사히 돌아오기만 축수할 뿐이었습니다. 아침에 뜨는 해와 밤에 돋는 별과 바위에 나는 까마귀밖에는 보이지 않는 처량한 바다가 처녀의 다만 하나인 세상이었습니다.

처녀의 얼굴은 근심과 쓸쓸함으로 여위고 말라갔습니다. 편안히 집에 들어와서 쉬라고 하는 부모님의 말도 들은 척 만 척하고 한결같이 초례상에 앉아서 바다만 바라보며 눈물의 기도를 올릴 뿐이었습니다.

이와 같은 슬픈 날이 하루 가고 이틀 가고 어느덧 백일이 다 되었습니다. 야 오늘이 반가운 왕자가 성공하고 돌아올 날입니다.

아침 해가 동편에서 불끈 솟을 때 처녀의 수척하고 힘없는 눈은 졸리듯이 동편 바다만 바라보았습니다.

촌의 모든 사람들까지 새벽부터 해변가에 가득 모여 서서 왕자의 황금 배가 오기를 기다렸습니다.

해가 중천에 높이 떴을 때 동편 바다 저쪽에서 번쩍번쩍 하는 배가 나타났습니다.

'아 왕자님의 배다! 금배다!'

하는 소리가 촌민들의 입에서 나왔습니다.

'무슨 기를 달았나보자.'

하고 무서움과 근심으로 그 배가 가까이 오기를 기다렸습니다.

'왕자님은 성공하고 오시겠지. 저 배에는 흰 기가 달렸겠지.'
하고 처녀는 떨리는 가슴을 어루만지며 생각하였습니다.

황금 배를 타고 신부를 맞으러 오는 왕자님은 과연 무서운 마왕을 잡고 세 가지 보물을 찾은 후 아버지 되시는 임금님의 허락을 받아가지고 흰 기를 달아놓고 오시는 길이었습니다.

'어서 가자! 그래서 가엽게 기다리고 있을 신부에게 이 기쁜 소식을 알리자.'
하고 왕자님은 배를 재촉하고 있는데 문득 물속에서 백일 전 처녀를 위해서 모가지 하나를 베인 짐승이 나오면서 배 속으로 뛰어 들어왔습니다. 이 못된 짐승은 기운이 다 없어져서 전같이 무서운 짓은 하지 못하지마는 남은 힘을 다해서 왕자가 탄 황금 배 돛대를 부러뜨리려고 머리로 돛대를 쳤습니다. 그러나 마음 착한 왕자의 돛대가 못된 짐승으로 해서 부러질 리가 있습니까?

이것을 본 왕자는 찼던 칼을 빼서

"내가 너를 불쌍히 여겨 죽이지 않고 네 못된 힘만 없앴거늘 아직 마음을 고치지 않고 나를 해치려고 하니 너는 살려둘 수가 없다."
고 소리를 치고 짐승의 허리를 칼로 베었습니다.

두 동강이 난 짐승의 머리가 펄펄 뛰다가 돛대 위에 가서 걸렸습니다. 철철 흐르는 짐승의 붉은 피는 배 안으로 하나 가득 차고 돛대 위에 달린 머리에서 흐르는 피는 그 밑에 달린 흰 기에 흘러서 그만 붉은 기가 되고 말았습니다.

왕자는 배 안에 피를 씻으라고 신하에게 분부를 하면서 어서 가서 처녀를 만나고 반가운 이야기를 하고 싶은 마음에 배 앞에 단 흰 기가 붉은 기가 된 줄은 생각지도 못하였습니다.

이와 같은 풍파가 배 안에 있는 줄을 알지 못하고 촌민들과 처녀는 눈을 비벼가면서 배 앞에 단 기의 빛을 보느라고 정신이 없었습니다.

배가 점점 가까이 올 때에 돛대 위에서 날리는 기는 확실히 붉은 기였습니다.

'아 붉은 기다! 왕자는 그만 마왕에게 잡혀 죽었구나.'
하는 가슴을 찌르는 듯한 소리가 촌민의 입에서 나왔습니다.

백일을 두고 밤낮으로 잠을 안 자고 음식을 안 먹고 왕자가 성공하고 돌아오기를 기다리는 처녀가 저 붉은 기를 보고 얼마나 기가 막히고 슬펐겠습니까?

'오 왕자님은……'
하고 말을 못 마치고 그 자리에 처녀는 쓰러져 기절을 하였습니다.

아무것도 모르는 왕자님이 배에서 내려다보니 가엽고 애처롭게도 처녀는 활옷 입고 족두리 쓴 채로 초례상에서 죽었으니 왕자의 미어지는 듯한 가슴이 어떠하였겠습니까? 왕자는 흐느껴 울면서 처녀를 안고 장사지내 주었습니다. 그리고 용감한 왕자님은 촌민들의 만류함도 듣지 않고 다시 배에 올라 동편 바다를 향하여 사라졌습니다.

백일홍꽃 색시의 신세 이야기는 이렇게 슬프게 끝났습니다.

"그래 나는 그 처녀의 죽은 넋인데 꽃으로 되어서 지금도 활옷 입고 족두리 쓴 채로 백일 동안을 곱게 피어 있답니다."
하고 정희에게 이야기를 그친 백일홍 색시는 눈물을 씻으면서 고개를 숙이더니 그냥 사라져버렸습니다.

정신을 번쩍 차린 정희는 석양의 붉은 해에 빗방울을 머금어 마치 눈물 흘리는 듯이 적막히 핀 백일홍을 애달프게 들여다보고 있었습니다.

—『무지개』

나비와 가락지꽃[*]

산과 들에 쌓였던 흰 눈도 이제는 거의 다 녹았습니다. 차갑게 불어와서 사람의 뺨과 귀를 베어갈 듯하던 바람도 차차 부드럽고 따뜻해졌습니다.

오랜 겨울 동안을 차고 무거운 땅속에서 꼼짝 못하고 웅크리고 숨어 있던 예쁜 가락지꽃 나무 한 그루가 있었습니다.

'아 어느 때나 따뜻한 봄날이 돌아와서 나도 한번 세상 구경을 하나, 나의 아름다운 얼굴을 들고 마음껏 햇빛을 쏘여보나.'

하고 조그만 가락지꽃은 몹시 봄날 돌아오기를 기다렸습니다.

그러더니 하루는 정말 푹신푹신한 햇볕이 땅을 녹이고 부드러운 봄바람이 불어왔습니다.

'옳아! 봄이 왔나보다.'

하고 가락지꽃은 뛰며 반가운 마음으로 오래 진저리나던 겨울 땅을 뚫고 고개를 반쯤 내밀어보았습니다.

---

* 『무지개』에서 발췌. 《어린이》 제2권 제5호(1924. 5. 11.)에는 '나비와 장사꽃'으로 되어 있으나 『무지개』에서 제목을 '나비와 가락지꽃'으로 변경하였다.

아직 사방에는 마른 풀들이 기운 없이 몸을 휘청거리고 있을 뿐이었습니다. 동무될 꽃이라고는 아무도 나온 것이 없었습니다.

  '아직 봄이 이르구나. 도로 들어갈까보다.'

하고 가락지꽃은 생각하였으나 오래 보지 못하여 그립고 그리운 태양을 볼 때에 정말이지 도로 차고 쓸쓸한 땅속으로 들어갈 생각은 없었습니다.

  '무얼 내가 먼저 피면 다들 따라 나와서 피겠지.'

하면서 가락지꽃은 가만가만히 솟아나왔습니다.

  그립던 햇볕을 보려고 반가운 봄바람을 마시려고 아름다운 새소리를 들으려고 가락지꽃은 방긋 웃고 피었습니다.

  그러더니 원래 이른 봄이라 하늘에 구름이 밉살맞게도 모여들며 어디서인지 싸늘한 바람이 몹시 불어오기를 시작하였습니다.

  '아이고 큰일났다!'

하고 가락지꽃은 어쩔 줄 모르는데 바람이 점점 더 불면서 눈 조각까지 날아왔습니다. 가락지꽃의 예쁜 얼굴은 추운 바람과 눈바람 때문에 얼굴이 찌그러지게 되었습니다.

  큰일났습니다.

  '아이고 이를 어떻게 하나?'

하고 가락지꽃은 그만 눈물을 흘리면서 울기를 시작하였습니다. 가락지꽃의 온몸은 아프고 떨리면서 그만 정신을 잃고 눈을 감았습니다.

  그런데 무엇인지 가락지꽃 몸을 따뜻이 덮혀주는 것이 있는 것 같았습니다. 그러나 가락지꽃은 희미한 가운데 아무것도 모르고 정신을 잃고 있었습니다.

  며칠 후에 다시 날이 따뜻해지고 정말 부드러운 봄바람이 불어왔습니다. 이제는 사방에서 파릇파릇 풀들도 솟아나오고 진달래, 개나리들도 봉우리를 벌렸습니다. 사방에서는 나비들이 펄펄 날아들고 꾀꼬리는 즐겹게 노래를 부르게 되었습니다.

맨 처음 피었다가 얼어서 정신을 잃고 있던 가락지꽃도 어떻게 살아나서 다시 정신을 차렸습니다.

'아 어떻게 내가 살아났을까? 그리고 내가 얼어 죽게 되었을 때 무엇이 와서 따뜻이 덮혀준 것 같은데……'
하고 가락지꽃은 방실방실 웃으면서 사방을 둘러보았습니다.

아! 이상한 일이 아닙니까? 가락지꽃 앞에 하얀 나비 한 마리가 죽지를 벌린 채 얼어 죽어 있었습니다.

맨 처음 나온 저 흰나비가 그 날개로 죽게 된 가락지꽃을 덮혀주었던 것이었습니다. 그 나비는 이곳저곳으로 꽃을 찾으러 다녔어요. 그러다가 다만 하나 핀 가락지꽃을 보았겠지요. 그리고 제 날개로 덮혀주어서 가락지꽃을 살리고 저는 가락지꽃 속에서 얼어 죽었겠지요.

맨 처음 나온 나비는 맨 처음 핀 가락지꽃 때문에 죽은 것을 오히려 기뻐하였겠지요.

가락지꽃은 불쌍히 죽은 흰나비를 하염없이 내려다보았습니다. 그리고 윤나는 눈으로 뜨거운 눈물을 한 방울 한 방울 흘렸습니다.

여러분! 이른 봄날 푸른 잔디 사이에 보랏빛 도는 예쁜 가락지꽃이 애달게 고개를 소곳*하고 있는 것을 보시면 반드시 죽은 흰나비를 내려다보고 눈물 짓는 것인 줄 알아주십시오.

—『무지개』

| *북한어. 고개 따위를 숙이는 모양.

바위의 슬픔*

어떤 산 아래 커다란 바위가 하나 서 있습니다. 그런데 그 바위 속에는 세상에도 제일 귀하고 중한 금강석이 한 개 박혀 있었습니다. 그러나 바위 속에 있는 이 금강석을 아는 사람은 하나도 없었습니다.

그래서 그 바위는 어떻게 하든지 자기의 가슴속에 숨어 있는 이 금강석을 끄집어내어 세상 사람에게 유익하게 쓰게 하려고 애를 쓰다 못해서 하루는 자기의 몸을 쪼개려고 하였습니다. 그렇지만 원래 단단한 몸이라 웬만한 힘을 가지고는 쪼갤 수가 없었습니다. 공연히 힘은 힘대로 들이고 몸은 쪼개지도 못하고 몸통의 한 모퉁이만 우수수 부서졌습니다.

큰 바위의 한 모퉁이가 부서져서 그 아래서 살던 어린 나무 가지만 꺾어지고 개암과 벌레의 집만 헐렸습니다. 원래 이 바위는 몸이 우툴두툴 험하게 생긴데다가 공연히 한 모퉁이가 부서져서 나무와 개암들을 못 살게 하였기 때문에 이제는 아주 마음이 고약한 바위라고 소문이 나게 되었습니다.

| * 『무지개』에서 발췌. 《샛별》(1924. 5.)에도 수록되어 있다.

그래서 그 바위 아래에는 풀이나 나무도 나지 않고 새들이나 나비들도 놀러오지 않게 되었으며 예쁜 강아지나 고양이 같은 것도 이 바위 위에는 오지 않게 되었습니다.

봄이 돌아와서 다른 바위 아래에는 풀들이 파릇파릇 싹이 나고 그 옆에선 버들나무는 입이 돋기 시작하여 아침부터 저녁까지 예쁜 새들이 와서 재미있게 노래를 부르지만 유독 이 바위에는 나무도 없고 풀도 없이 시커먼 얼굴에 햇볕을 쏘이면서 온종일 혼자 지내게 되었습니다.

'흥! 내 가슴속에는 너희들이 가지지 못한 금강석이 있는 줄 모르고……'
하고 바위는 혼자서 분했습니다.

'이제 이 보석을 너희들이 보아라. 내가 어떠한 분인 줄 알리라.'
하고 바위는 있는 힘을 다해서 몸을 다시 쪼개려고 하였습니다.

그러나 바위는 겨우 조금 갈라져서 금이 지고 영영 쪼개지지 않았습니다. 바위는 홀로 긴 한숨을 쉬고는 아무 말 없이 섰습니다.

'야 저 못된 바위 보아라. 또 갈라지려고 하는구나. 그 앞에 가지 마라. 무섭다.'
하고 저편 나무에서 노래를 부르고 있던 꾀꼬리가 말하였습니다.

이 말을 들은 바위는 슬프고 쓸쓸하기 짝이 없었습니다.

'아 내 가슴속을 아는 이는 하나도 없구나.'
하고 눈물을 흘렸습니다.

그런데 하루는 어디서인지 예쁜 꾀꼬리 한 마리가 황금날개를 펼치고 펄펄 날아와서 그 바위 위에 앉아서 가장 고운 목소리로 노래를 불렀습니다.

세상에 험상궂게도 생겼다고 그림자도 안 보던 꾀꼬리가 와서 노래를 부르는 것도 이상한 일이거니와 다른 동무들이 떼 지어 앉아 부드러운 버드나무를 버리고 이곳에 홀로 온 것이 더욱 알 수 없었습니다.

'인제 이 꾀꼬리도 얼마 있다가 저편 버드나무로 가겠지.'

하고 바위는 생각하였습니다.

그러나 웬일인지 꾀꼬리는 날아갈 생각도 안 하고 정말 고운 소리로 노래를 부르고 있었습니다. 그 목소리는 다른 여러 꾀꼬리들보다 맑고 아름다웠습니다. 굽이굽이 쳐서 저 푸른 하늘 구름 사이로 뚫고 올라가는 것 같았습니다. 그리고 그 몸은 내려쬐는 봄날 햇빛을 받아 황금빛이 찬란히 돌았습니다.

얼마 만에 바위는 거친 목소리로 물었습니다.

"여보시오. 어째서 당신은 저 동무들이 모여 있는 부드러운 버드나무로 가지 않고 이곳에 홀로 와서 있습니까?"

그러니까 꾀꼬리는 또렷또렷하고 별같이 반짝이는 눈으로 내려다보며

"나는 저 곳에 가지 못한답니다. 저기 모여 앉은 꾀꼬리들은 매화나라 골짜기에서 태어난 분들이오. 나는 저 바다 건너 남쪽에서 왔답니다. 그래서 같이 앉아 놀지 못해요. 그리고 또 나는 당신에게 와서 노래를 부르는 것이 좋아요. 아무리 다른 새들은 당신을 욕하고 미워해도 나는 당신이 좋아요. 당신은 쓸쓸하게 혼자 지내시지요? 나도 혼자 지내요. 이제부터는 내가 당신을 위해서 노래를 부르겠습니다."

하고 꾀꼬리는 다시 고운 노래를 부르기 시작했습니다.

바위는 정말 기뻤습니다. 정말 고마웠습니다. 아무도 자기를 돌아보지 않고 아무도 자기를 알아주지 않고 욕하고 비웃는데 다만 아름다운 한 마리 꾀꼬리가 자기를 알아주고 자기를 위해서 노래를 불러줍니다. 바위는 어쩌나 고맙던지 눈물까지 흘렸습니다.

그래서 바위는 눈물을 거두고 자기의 기막힌 사정을 하소연하였습

니다.

"여보시오. 예쁜 꾀꼬리시여. 내 말을 들어주시오. 나의 가슴속에는 세상에도 귀중한 금강석이라는 보배가 있습니다. 언제든지 이 보석은 세상 사람을 위해서 유익하게 쓰일 것이지만 이것을 알아주는 사람은 하나도 없습니다. 그래서 나는 이것을 알리려고 나의 몸을 쪼개려고 애썼지만 보시는 바와 같이 지금도 이렇게 금이 갈라졌을 뿐이오. 쪼개지지는 않습니다. 그래서 새들과 벌레들은 험하고 무섭다고 욕하고 비웃을 뿐이었습니다. 아, 어느 때나 나의 가슴속을 세상이 알아주려는지 쓸쓸하고 기막힐 뿐입니다."

이 말을 들은 예쁜 꾀꼬리는 두 눈에 눈물을 그렁그렁 고이면서

"너무 슬퍼하지 마세요. 그래도 이제 당신의 마음을 알아줄 때가 있겠지요."

하고 다시 바위를 위로하려는 듯이 노래를 불렀습니다.

저편 버드나무에서 노래를 부르는 다른 꾀꼬리들이

"아, 저것 봐라. 그 고약한 바위 위에서 노래를 부르는구나."

하고 웃고 놀렸습니다.

그러나 꾀꼬리는 들은 척 만 척하고 노래만 부르고 있었습니다.

며칠이 지났습니다. 하루는 마음 사나운 시골 사람들이 총을 가지고 꾀꼬리 사냥을 나왔습니다. 이곳저곳 다니다가 이곳에 왔습니다.

'야 큰일났다. 우리를 잡으러 온다.'

하고 저편 버드나무에 있던 꾀꼬리들이 푸르룩 날아갔습니다. 그렇게 친하고 기쁘게 놀던 버드나무라도 사냥꾼을 보고는 버리고 달아났습니다. 버드나무는 혼자서 쓸쓸하게 서 있었습니다. 그러나 바위 위에 홀로 노래를 부르는 꾀꼬리는 여전히 앉았습니다. 사냥꾼이 오거나 무엇이 오거나 그대로 노래를 부르고 있었습니다.

"여보시오. 당신을 잡으러 오니 빨리 달아나시오."

하고 바위는 소리쳤으나

"아니요. 나는 잠시라도 쓸쓸히 지낼 당신을 버리고 가기가 싫어요."

하고 꾀꼬리는 꼼짝도 하지 않았습니다.

"그러나 당신은 여기 있으면 반드시 죽을 터이니 제발 달아나주세요."

하고 바위는 목 메인 소리로 권하였습니다.

"아니요. 나는 죽어도 좋아요. 당신을 위해서 아무데도 가지 않습니다."

하고 꾀꼬리는 조금도 두려움 없이 노래만 불렀습니다.

꾀꼬리를 다 잃어버린 사냥꾼들은 휘휘 둘러보다가 이 바위를 보았습니다. 그 위에 이상하게도 예쁜 꾀꼬리 한 마리가 앉아 있는 것을 발견하고는,

'야 저기 한 마리 있다.'

하고 사냥꾼은 무참하게도 총을 들어 한 방 탕! 놓았습니다.

아 불쌍한 일입니다. 예쁜 꾀꼬리의 부드러운 가슴을 총알이 바로 뚫고 들어갔습니다.

꾀꼬리는 새빨간 피를 줄줄 흘리면서 날개를 퍼덕퍼덕 하다가 쓰러졌습니다. 쓰러져서는 바위의 갈라진 틈 속으로 들어갔습니다.

바위는 자기의 가슴으로 예쁜 꾀꼬리를 안고 슬피 울었습니다.

사냥꾼들이 다가왔습니다. 보니까 꾀꼬리는 반쯤 갈라진 바위의 틈에 끼여 있었습니다. 어찌나 잔뜩 끼여 있는지 도저히 꺼내지지 않았습니다. 그래서 드디어 바위를 쪼개기로 하였습니다.

오랫동안 쪼개지지 않던 바위도 사냥꾼의 손으로 반을 갈랐습니다. 그러니까 그 속에서는 눈부시게 번쩍이는 금강석이 나왔습니다.

'아! 이것 봐라. 그 험하고 못난 바위가.'

하고 그들은 입을 딱! 벌렸습니다.

　바위의 가슴속에 깊이깊이 파묻혀 있던 귀하고 중한 보석도 이제
는 아름다운 꾀꼬리의 죽음으로 말미암아 세상에 유익하게 쓰게 되었
습니다.

　그리고 시골 사람들은 또 있나 보려고 바위를 깨트리고 깨트리고 해
서 나중에는 험상한 바위도 영영 없어져버렸습니다.

　이제 사람이나 꾀꼬리나 벌레들이나 험하고 못났다고 그 바위를 비
웃지 않게 되었습니다. 그리고 비웃고 욕하던 것이 잘못인 줄 깨달았습
니다.

　　　　　　　　　　　　　　　　　　　　　　　　　―『무지개』

크리스마스 선물*

유쾌한 크리스마스가 돌아왔습니다. 어디든지 즐겁고 광명한 빛이 가득하였습니다. 집집마다 사람 사람마다 크리스마스를 즐기고 크리스마스를 축복하였습니다.

영희도 고운 비단 댕기를 새로 드리고 머리를 곱게 빗고 솔문**과 색등을 예쁘게 달아놓은 예배당으로 갔습니다.

예배당에는 거룩하고 뜻 깊게 우러나와 바야흐로 어린 예수의 탄생을 아뢰는 것 같은 종소리를 듣고 모여 든 사람들이 남녀노소 수천 명이었습니다.

고요히 높은 천정을 장식한 만국기는 휘황한 전등불에 곱게 보이며 단 위에 장식해놓은 승탄수***에는 각시며 꽃이며 은실금실이 서로 어울렸고 새알전등은 오색으로 찬란한 빛을 나타내고 있습니다.

참으로 유쾌하였고 참으로 기뻤습니다. 온 세상 모―든 사람마다 오

---

* 이 이야기는 작가가 특별히 유년주일학교 어린이를 위하여 쓴 글이다.
** 경축하거나 환영하는 뜻으로 나무나 대로 기둥을 세우고 푸른 솔잎으로 싸서 만든 문.
*** 트리 장식을 한 나무.

늘 하루의 영광과 오늘 하루의 기쁨을 마음껏 받지 않을 사람이 어디 있겠습니까?

얼마 지난 후 흰 수염이 휘날리는 늙으신 목사님은 찬송과 기도를 인도하고 가장 거룩하고 즐거운 크리스마스 축하식은 열렸습니다.

곱고 예쁜 어린 영희도 주일 학교 선생님이 지어주신

'어린 예수 오시니 세상 밝게 되도.'

의 노래를 독창하였습니다. 촛불 휘황한 승탄수 아래 남녀노소 수천 명이 둘러앉은 그 위에서 영희는 참말 진정에서 흐르는 기쁨과 축복하는 마음으로 꾀꼬리같이 예쁜 목소리를 가다듬어 노래를 불렀습니다. 영희가 노래를 그치고 파도치는 머리를 숙여 인사하고 내려올 때 여러 사람은 미칠 듯이 손뼉을 쳤습니다.

"아— 누구네 딸인가? 예쁘기도 하다."

하는 칭찬하는 소리가 물결치듯이 들려왔습니다.

과연 영희는 즐거웠습니다. 몇천 년 전 유대 땅에 나신 어린 예수가 영희를 축복하여주는 것 같은 영광과 기쁨을 맛보았습니다.

축하식이 끝마친 후 영희는 자기의 동무들과 손목을 잡고 예배당 문을 나섰습니다.

어느 틈엔지 눈이 와서 온천지를 하얗게 덮었습니다. 어디를 보든지 순결하고 깨끗하였습니다. 은가루 같은 흰 눈은 집집마다 새어나오는 밝은 불빛에 반사되어 반짝반짝하였습니다.

"아— 눈이 왔구나."

동무 하나가 말했습니다.

"그래 크리스마스 날은 꼭 눈이 오지? 그리고 눈이 오지 않으면 퍽 섭섭한 것 같아."

영희는 기쁨으로 뛰노는 어린 가슴을 손으로 만지면서 말하였습니다.

예쁜 소녀들은 뛰는 걸음으로 눈 위에를 사뿐사뿐 거렸습니다.

눈 온 뒤 하늘에는 아리따운 별들이 반짝반짝 하였습니다. 예수의 성탄을 축하하는 듯이 어린 처녀들의 마음을 비추려는 듯이 빙그레 웃고 있었습니다.

"야— 어서 우리 집으로 가자. 우리 어머니가 기다리시겠다. 과자를 준비하고 있겠다고 안 그러셨니?"
하고 영희는 동무들을 재촉하면서 빨리 걸었습니다.

길가에 집집마다 웃고 지껄이는 소리가 울려 나옵니다. 이곳저곳에서 찬미 부르는 소리가 고요한 맑은 밤에 이리저리 파도칩니다.

영희가 동무들의 손을 잡고 자기의 집골목을 들어서려 할 때에 문득 발을 멈췄습니다. 그리고 골목 어귀에 있는 다— 쓰러진 초가집을 보고 있었습니다. 이 초가집은 작년까지 영희와 같이 유년주일학교에 다니던 순점의 집이었습니다. 순점이는 마음도 곱고 얼굴도 예쁜 소녀였습니다. 그런데 불행하게도 작년 겨울에 사랑하고 사랑하는 어머님이 돌아가셨습니다. 원래 집이 가난한데다가 어머님까지 돌아가셨으니 어찌 학교엔들 다닐 수가 있겠습니까. 다만 한 분 계신 할머님에게 길러지면서 집안일을 도와주고 있는 가련한 소녀였습니다.

영희는 매일같이 이 순점의 집 앞을 지나다니면서 불쌍한 동무라고 생각하지 않은 것은 아니었지만 오늘은 특별히 순점의 가련한 신세가 더욱 불쌍히 생각되었습니다.

온— 천하 사람마다 다— 오늘 하루를 즐거워하고 축복하며 집집마다 광명한 불빛과 유쾌한 노래가 새어나오는데 유독 이 집만은 쓸쓸하고 고요하였습니다. 다— 쓰러진 창틈으로는 희미한 램프불이 비칠 뿐이었습니다.

'유쾌한 크리스마스도 이 집만은 오지 않았나?'
하는 생각을 하며 영희의 어린 가슴은 베어가는 것같이 아프고 쓰렸습니다.

"아— 어서 가자. 무엇을 보니?"
하는 동무들의 소리에 영희는 억지로 발길을 돌이켜 걷기를 시작하였습니다.

'어떻게 하면 저— 순점이도 같이 즐겁게 할까?'
하는 생각에 마음은 한껏 무거웠습니다.

전등불이 휘황한 영희 방에는 어머님이 벌써부터 준비하여놓으신 과자와 차가 있었습니다. 그러나 영희는 맛있는 과자 따뜻한 차도 먹을 생각이 도무지 나지 않았습니다. 다만 멍— 하니 적은 가슴만 졸일 뿐이었습니다.

'아— 가난한 순점이는 이런 과자도 먹지를 못하겠지. 사랑해주시는 어머님이 안 계시니 얼마나 외롭고 쓸쓸할까.'
하고 적은 한숨을 내쉬었습니다.

영희는 가만히 일어서서 들창으로 바깥을 내다보았습니다. 온 천지는 밝고 하얗습니다. 즐거운 기운과 슬픈 기운이 서로 엉켜서 뭉게뭉게 올라가는 것 같았습니다.

영희는 알 수 없는 쓸쓸함과 괴로움으로 눈에는 이슬까지 맺혔습니다.

"영희야 무엇을 보니?"
하고 동무들은 영희의 앞으로 왔습니다.

영희의 슬픔을 알지 못하는 동무들은 하—얀 길을 가리키면서

"인제 조 길로 산타클로스라는 할아버지가 선물보통이를 지고 올 거다. 나는 내일 아침에는 선물을 많이 받겠지. 아이 좋아……."

하고 손뼉 치며 웃었습니다.

　그러나 영희는 조금도 기쁨이 없었습니다. 아니 아니 기쁨 속에 슬픔이 가득하였습니다. 영희도 내일 아침에는 많은 선물을 받을 줄 압니다. 그러나 영희는 그 선물을 받기를 바라지 않습니다. 쓸쓸하고 괴로운 가슴을 마음껏 기쁘게 할 아름다운 무슨 선물을 받았으면— 하였습니다.

　영희는 참을 수 없는 듯이

　"야— 우리 찬송가나 부르자."

하였습니다. 외롭고 슬픈 가슴으로 찬송가나 마음껏 불러보고 싶었습니다. 예쁜 소녀들은 소리를 합하여 고운 찬송가를 불렀습니다. 소녀들의 청아한 찬미가 소리는 굽이굽이 쳐서 저 하늘나라 별나라로 올라갔습니다.

　동무들과 작별을 한 영희는 자기의 침방으로 들어왔습니다. 영희는 가만히 저녁기도를 올리고 옥 같은 두 손을 합하여 다시

　'아버지시여, 저— 불쌍한 순점이에게 복 많이 주시옵소서.'

하고 빌었습니다.

　영희는 무슨 소리에 깜짝 놀라 깼습니다. 자기의 베갯머리에 밝은 의복은 입고 선물보퉁이를 짊어진 수염 하—연 늙은 할아버지가 싱글싱글 웃고 섰습니다. 영희는 얼른 뛰어 일어서서

　"오— 당신이 산타클로스 할아버지군요?"

하고 반가운 듯이 손을 잡았습니다. 할아버지는

　"오— 그래. 잘 있었니? 올해에는 작년보다 더 많이 선물을 가지고 왔다. 자— 받아라."

하고 붉은 보퉁이에서 각시며 꽃이며 과자며 연필 그림엽서 공책들을 한 아름 꺼내어 놓았습니다.

그러나 웬일인지 영희는 많은 선물을 받고도 조금도 기뻐하지 않았습니다. 도리어 한끝 섭섭한 소리로

　"할아버지! 나는 이런 선물은 싫어요. 좀더 좋은 것을 가지고 오실 줄 알았는데."

　"하하! 네가 더 아름다운 마음을 가질 때 스스로 좋은 선물이 오는 법이다."

하고 할아버지는 그대로 가려고 하였습니다.

　영희는 문득 저― 불쌍한 순점의 생각이 나서 얼른 할아버지의 손목을 잡고

　"할아버지 그런데 저― 순점이에게도 가는 선물이 있습니까?"

하고 다정히 물었습니다. 그러니까 섭섭한 얼굴로 할아버지는

　"아니다. 그 아이에게는 조그만 각시 하나밖에 없다. 그 아이는 이런 선물보다는 어머니를 더 보고 싶어 하니까."

하고 말하였습니다.

　"그럼 왜 어머님을 보여주지 않으십니까?"

　"응, 그것은 운명이라는 할아버지가 맡은 일이니까 나는 모르겠다."

　영희는

　"그러면 할아버지! 내게 오는 선물을 모두 순점이에게 갖다 주세요. 퍽 가난하고 불쌍한 아이인데요."

하고 애원하듯이 말을 하니까 산타클로스 할아버지는 귀여운 듯이 영희의 머리를 어루만지면서

　"오― 좋은 생각을 하였다. 그러면 나하고 가자. 순점이도 퍽 기뻐하겠지."

하고 영희의 손목을 이끌고 나갔습니다.

　산타클로스 할아버지와 영희는 순점의 집까지 와서 창문으로 가만히

들여다보았습니다. 어머니 없는 불쌍한 순점이는 아직 자지도 않고 희미한 램프 아래 혼자 앉아서 수척한 얼굴을 들고 한 팔에는 때 묻은 베개를 각시 모양으로 안고 앉아 구슬픈 소리로 이 같은 옛날 노래를 부르고 있었습니다.

아가 아가 울지 마라
떡을 주랴 밥을 주랴
떡도 싫고 밥도 싫고
내 어머니 젖만 주소

내 어머니 뒷동산에
진주 서 말 앞동산에
산호 세말 그 진주가
싹이 나면 온다더라

슬프고 애달픈 이 노래를 부르는 순점의 목소리는 떨리고 그의 두 눈에서는 뜨거운 눈물이 한 방울 한 방울 흘렀습니다.

아— 어머니를 생각하고 밤에 잠을 자지 못하고 우는 저— 순점이의 신세야 얼마나 가련합니까? 영희는 그만 참지를 못하고

"어서 들어가봐요."

하고 눈물이 글썽글썽 하였습니다.

산타클로스와 영희가 순점이 방에 들어가니 순점이는 베개에 고개를 숙이고 울다가 깜짝 놀라 보았습니다.

산타클로스 할아버지는 유순한 소리로

"순점아, 이거 영희가 받은 선물을 너에게 주라고 하여 가지고 왔다.

아무쪼록 정답게 지내라."

하고 한아름의 선물을 내어놓았습니다.

　순점이는 다만 '고맙다' 할 뿐이고

　"아— 무엇보다 어머님을 봤으면—"

하고는 다시 눈물을 씻었습니다.

　"그렇게 울지 마라. 인제 어머님은 꿈나라로 찾아오신단다."

하고 영희는 위로하면서

　"너 어찌해서 오늘 예배당에 구경도 안 왔니?"

하고 물었습니다.

　"아니야. 가기는 갔지만 문간에서 입장권 가진 아이나 그렇지 않으면 유년주일학교 아이들만 들이란다고 해서 도로 쫓겨왔어."

하고 순점이는 다시 원통한 듯이 말하였습니다.

　"어쩌면— 할아버지 어째 순점이 같은 아이를 축하식에 안 들일까요? 네—"

하고 분한 듯이 물었습니다.

　할아버지는 두 눈을 껌벅껌벅하면서

　"그러기에 예수께서 두 번째 오신단다……. 자— 나도 다른 곳에 선물 전할 곳이 있으니 그만 가자."

하고 둘이는 나왔습니다.

　산타클로스 할아버지는 영희의 집까지 데리고 와서 영희의 머리를 만지며

　"마음 고운 영희야, 잘— 자거라. 그리고 내년에는 더 아름다운 아이가 되어야 한다. 너의 아름답고 다정한 마음은 반드시 하나님이 살피시고 예수 두 번째 이 세상에 오실 때에 좋은 선물을 주실 것이다. 자— 나는 간다."

말을 마치고 할아버지는 새빨간 선물보퉁이를 메고 터벅터벅 걸어갔습니다.

영희는 방에 들어와 창밖을 내다보고 오래 섰습니다.

별은 기쁜 듯이 축복받은 듯이 반짝반짝 하며 웃고 있었습니다. 달빛은 푸르게 흰 눈을 비쳤습니다.

영희의 마음은 무슨 아름다운 음악을 듣는 것같이 상쾌하고 가벼웠습니다.

어디서인지 곱고 거룩하고 뜻 깊은 천사의 노래가 들려왔습니다.

아름답고 고운 마음
착하고도 거룩한 뜻
길이길이 가진 아이
예수 다시 오실 때에
좋은 선물 주시리라

영희는 노랫소리를 들으면서 꿈꾸는 것같이 가만히 꿇어앉아 오래 기도를 올렸습니다.

—『무지개』

노래 부르는 꽃*

어떤 산골에 조그만 초가집이 하나 있었습니다. 집 울타리에는 새빨간 복숭아가 주렁주렁 달린 나무가 섰고 그 옆으로는 호박넝쿨이 한가히 뻗쳐 올라가 있는 고요하고 깨끗한 집이었습니다.

이 집에는 순애라고 하는 금년 열여섯 살 된 예쁜 소녀와 순애의 늙은 할머님 두 식구가 살고 있었습니다.

순애의 어머님과 아버님은 어느 때 돌아가셨는지 늙은 할머님밖에는 아무도 아는 사람이 없습니다. 순애도 어렸을 때에는 늘— 어머님이 보고 싶다고 할머니 무릎에 엎드려 울었으나 차차 철이 들기 시작한 뒤로는 순애가 그런 말 할 때마다 할머니는 더 마음이 슬퍼지는 것을 알고는 한 번도 어머님을 보고 싶다고 울어본 일이 없었습니다.

순애의 할머님은 지극히 순애를 사랑하였습니다. 그러나 집이 가난하여서 순애의 좋아하는 장난감도 사다주지 못하고 맛있는 음식도 먹이지 못해서 항상 할머님은 한탄하였습니다.

순애는 차차 할머님이 늙어가서 농사도 짓지 못하고 남의 일도 맡아

* 『무지개』에서 발췌. 《어린이》 제2권 제9호(1924. 9. 1.), 제2권 제10호(1924. 10. 1.)에 수록되어 있다.

하지 못하게 되신 것을 알고는 할머님이 만류하시는 것도 듣지 않고 매일 조그만 바구니를 들고 산에 올라가서 딸기를 따다가 장에 나가서 팔아왔습니다.

아침 일찍 일어나서 싸리문을 반쯤 열고 뒷동산에 올라가서 이슬 밭을 이리저리 휘젓고 다니며 새빨간 딸기를 하나씩 하나씩 따는 것이었습니다.

그래서 한 바구니가 되면 타박타박 등 넘어 장터로 가지고 가는 것이었습니다. 그러면 장터에서는 예쁜 순애의 열성을 사랑하여 늘— 제일 먼저 팔아주면 순애는 하루 먹을 쌀을 사가지고 돌아옵니다. 장에는 맛있는 과자와 고운 장난감도 많이 있건마는 순애는 그런 것을 눈도 떠보지 않고 돌아옵니다. 그러면 할머님은

"아이고 어린 너를 저렇게 고생을 시키는구나."

하고 한숨을 쉬시는 것이었습니다.

"할머님 걱정 마세요. 딸기 따기가 퍽 재미있는데요."

하고 순애는 위로합니다.

하루는 전과 같이 순애가 산에 올라가서 이리저리 딸기를 따려니까 바위틈에 이상한 꽃이 한 송이 피어 있습니다.

그 꽃은 보통 우리들이 보던 꽃과 달리 이름도 모를 훌륭한 꽃이었습니다. 푸른 공중빛이 전신에 돌고 간간이 새빨간 줄이 예쁘게 젖으며 꽃수염은 눈이 부실 만큼 황금빛이 찬란히 도는 것이었습니다.

순애는 그 꽃을 가만히 꺾어가지고 집에 돌아와서 할머님을 보였습니다. 그러나 할머님도 평생 처음 보는 꽃이라고 하시면서 잘— 기르라고 하였습니다. 순애는 그 이상한 꽃을 조그만 주둥이 깨어진 병에다 꽂아놓고 매일같이 물을 갈아주었습니다.

아침에 딸기를 팔고 와서는 온종일 그 꽃을 들여다보는 것으로 소일

을 하였습니다. 그 꽃은 날마다 날마다 예뻐갑니다. 그 부드럽고 광채 나는 꽃수염 속에서는 금시에 방긋 웃고 노래라도 부를 것같이 고왔습니다. 몸이 괴로울 때나 마음이 언짢을 때 그 꽃을 들여다보면 웬일인지 상쾌해지고 봄 동산에서 노래를 부르며 노는 것같이 즐거워집니다.

할머님도 늘— 꽃을 들여다보시면서

"그 꽃을 보면 도로 젊어지는 것 같다."

하고 싱글싱글 웃었습니다.

그 이상한 꽃은 마르지도 않고 언제까지나 깨끗하고 예뻐갑니다.

순애는 이같이 집에 돌아오면 이상한 꽃을 동무하여 지내지만 이제 장터에 딸기를 팔러 나갈 때에는 또 한 사람 친한 동무가 생겼습니다.

그는 명희라고 하는 장에서 떡을 파는 소녀인데 다만 한 분 계신 어머님을 모시고 사는 아이였습니다. 순애와 명희는 매일 아침 장거리에서 만나서 서로 반가이 인사를 하며 재미있는 이야기를 하였습니다. 그리고 늘— 순애는

"야 너는 좋겠다. 어머님이 계셔서."

하고 눈물이 글썽글썽해지면 명희는

"그래도 너는 할머님이 귀여워하시지 않니?"

하고 서로 위로하는 것이었습니다.

하루는 전과같이 순애와 명희가 손목을 잡고 집에 돌아오는 길에 순애는 문득 어떤 유리그릇을 벌려놓은 상점 앞에서 탐나는 얼굴로 무엇을 보고 있었습니다.

그것은 푸른 사기로 만든 꽃 꽂는 화병이었습니다. 순애는 다른 것은 다— 탐나지 않은데 저 사기 화병이 제일 탐났습니다. 어떻게 하면 저것을 사가지고 집에 있는 그 예쁜 꽃을 꽂아볼까 했습니다. 할머님이 좋아하시는 그 꽃을 저 화병에 다 꽂아놓으면 꽃인들 얼마나 즐거워하며 할

머님은 얼마나 기뻐하실까……. 그러나 화병을 살 돈은 없었습니다. 매일 파는 딸기 값을 모으면 사기는 하겠지만 늙은 할머님 잡수실 쌀을 살 수가 없겠고 순애는 정신을 놓고 그것만 들여다보았습니다.

"야 무엇을 그렇게 보니?"

하는 명희의 소리에 깜짝 놀라서 순애는 그대로 돌아서서 이상한 꽃 이야기와 화병을 사고 싶은 이야기를 하였습니다.

그날부터 순애는 언제든지 그 고운 화병이 눈에 어른어른하고 화병에 꽂아놓은 이상한 꽃의 화려한 모양이 눈에 보이는 것 같았습니다.

어떤 날이었습니다. 순애가 그 꽃을 땄던 근처에 와서 딸기를 하나씩 하나씩 따니까 아— 이상한 일이었습니다. 바위 저쪽에 크고 먹음직한 수박 한 개가 열려 있지 않겠습니까?

'아— 수박 봐.'

하고 순애는 소리치면서 얼른 땄습니다. 그리고 의외의 기쁨을 참지 못하여 가슴이 뚝뚝 뛰었습니다. 그 수박을 장에 나가서 팔면 그 돈으로 바라고 바라던 화병을 살 수가 있을 것입니다. 아— 저— 순애의 마음이 얼마나 기쁘겠습니까?

순애는 얼른 얼른 딸기를 한 광주리 따들고 수박을 들고 장터를 향해 갔습니다.

가다가 순애는 얼른 어저께 아침에 친한 동무 명희가 장터에 나오지 않음을 생각하고 혹 병이나 났나 하고 그의 집까지 들를까 하는 생각이 났습니다.

그래서 순애는 딸기 광주리와 수박을 문 안에 놓아두고 명희의 방으로 들어갔습니다.

명희의 방문을 열고 보니 명희의 어머님은 이불을 덮고 누웠고 그 앞에 명희는 근심스러운 얼굴로 앉아 있었습니다.

"아이고 어디가 아프십니까?"

하고 순애는 물었습니다.

"그래 어저께부터 갑자기 아파서 정신을 못 차려서. 그런데 약인들 사올 수가 있어야지."

하고 명희는 훌쩍훌쩍 울었습니다. 가난하고 불쌍한 명희는 다만 한 분 계신 어머님의 병을 낫게 하여드릴 약도 살 수가 없이 어린 몸으로 혼자 걱정하고 울고 있는 것이었습니다.

"그런데 자꾸 헛소리같이 수박만 먹었으면— 하시니……. 글쎄 돈이 어디 있니."

하고 명희는 울음에 섞인 소리로 말하였습니다.

"수박! 야— 좋은 수가 있다. 내가 수박 한 개를 얻었는데."

하고 순애는 얼른 그 귀하고 중한 수박을 주었습니다.

"아이고 이것은!"

하고 명희는 놀래면서 물었습니다.

"염려 말고 어서 드려라. 병환이 나으셔야지……. 내 있다가 갈 때 들르마."

하고 순애는 장터로 갔습니다.

딸기를 다— 팔고 돌아오는 길에 명희의 집을 다시 들렀더니 명희는 기쁨이 넘치는 얼굴로 순애의 손을 잡고

"야— 참 고맙다. 아까 그 수박을 잡수시고 점점 나으셔서 지금은 평안히 주무신다."

하였습니다.

순애는 퍽 기뻤습니다. 오래 바라고 바라던 화병을 살 것을 명희를 준 것이 아까운 생각도 있었지만 그 수박이 아니었으면 명희의 한 분 계신 어머님을 살리지 못하였겠구나 생각하며 정말 기쁘고 즐거웠습니다.

"오냐 화병 살 돈은 또 어디서 날 터이지. 참 기쁘다."

하고 순애는 이튿날 또 딸기를 전같이 따고 있었습니다.

그런데 또 이상하게도 그 바위 앞에 오니까 별안간 수염이 하—얗게 난 산신령님이 지팡이를 짚고 나타나더니

"오— 예쁜 순애야. 너는 좋은 일을 많이 하였다. 상을 주마."

하였습니다.

순애는 너무도 의외라서 그대로 머리를 숙이고 한참 빌다가 고개를 번쩍 들고 보니 산신령님은 간 곳이 없고 순애의 앞에는 눈이 부시게 찬란한 황금으로 만든 화병이 하나 놓였습니다.

"아! 이것은!"

하고 순애는 집어 들었습니다.

무거운 화병에는 고운 무늬가 놓였습니다.

순애는 얼른 가지고 집으로 돌아왔습니다. 할머님도 얼마나 기뻐하셨는지 몰랐으며 더욱이 그 고운 이상한 꽃은 황금 화병에 꽂은 날부터 더욱 더욱 광채가 나며 날마다 예뻐갔습니다. 정말 금시에 맑은 노래가 나올 듯이 활짝 빛나게 피었습니다.

어떤 날 순애는 자리에 누워 곤히 잠이 들었다가 무슨 소리에 깼습니다. 그것은 어디서인지 알 수 없으나 부드러운 소리가 들려왔습니다.

"누가 이 밤중에 노래를 부르나."

하고 잠결에 어렴풋이 생각하였습니다. 그런데 이상하게도 그 노랫소리는 순애의 자는 방 속에서 나는 것이었습니다.

순애는 점점 알 수 없어서 얼른 자리에서 일어났습니다. 밝고 푸른 달빛은 고요히 창으로 들어와서 낮같이 환하게 비쳤습니다.

순애는 정신을 차리고 눈을 부비면서 가만가만히 사방을 돌아다보았습니다.

그 노랫소리는 확실히 황금병에 꽂혀서 머리맡 농 위에 올려놓은 그 이상한 꽃 속에서 나오는 것이었습니다.

불로초의 뿌리로서
무지개의 빛을 받고
착한 아가 좋은 선물
황금화병 그 속에서
고히고히 자라다가
파랑새의 목소리로
고운 노래 불러볼까
라라라라 라라라
라라라라 라라라

이와 같은 맑고 예쁜 소리로 부르고 있었습니다.

"아 별나기도 하다. 꽃이 노래를 부르네."

하고 순애는 가만히 들여다보았습니다. 푸른 꽃은 방글방글 웃는 듯이 꽃수염 한들한들 흔들리면서 정말 그것은 이상하게도 노래를 부르고 있었습니다.

순애는 어찌나 기쁘고 기특한지 뛰며 춤출 것 같았습니다. 이튿날 순애는 친한 동무 명희를 보고

"야 명희야 한번 왜 내가 이상한 꽃을 꺾어왔다고 하지 않았니? 그런데 그것이 요사이 노래를 부르는구나."

하고 자랑하였습니다.

명희도 퍽 이상히 생각하여 일부러 순애의 집까지 구경을 왔습니다. 과연 꽃은 노래를 불렀습니다. 노래를 부를 때마다 꽃수염은 나팔나팔

춤을 추는 것 같았습니다.

순애와 명희는 웃고 손뼉 치며 즐거워했습니다.

할머님도 모든 근심을 다 잊으시고 주름 잡힌 얼굴에 웃음을 띠우시고 온종일 들여다보고 앉았습니다.

정말 순애의 집안은 행복과 평화로운 기운이 가득 찼습니다.

하루는 여전히 순애가 딸기를 따가지고 장터에 나갔더니 명희가 달음질을 하여 뛰어오며 숨찬 소리로

"야 순애야 너 우리나라 왕자님이 병환이 위중하시다는 소문을 들었니?"

하고 물었습니다.

"아니 몰라."

하고 순애가 대답하니까

"어쩌면 그것을 못 들었단 말이냐. 오늘 장터에서 광고까지 했는데……"

하고 이야기를 하였습니다.

이 나라 왕자님이 정말 알 수 없는 병환이 났습니다. 임금님의 다만 하나인 아드님이 그렇게 몹시 아프시니까 세상에 유명하다는 의원이란 의원은 모조리 불러다가 보았으나 무슨 약을 쓰든지 왕자님의 병환은 영영 낫지 않았습니다. 그런데 하루는 멀고 먼— 나라에서 온 어떤 요술쟁이 마누라가 왕자님의 병을 보더니 이 병은 꼭 한 가지 약이 있는데 그약을 구하지 못하면 왕자님은 다시 살지 못하실 거라고 하였습니다. 그약이라고 하는 것은 '노래를 부르는 꽃'인데 도저히 이러한 꽃은 사람의 힘으로는 구할 수 없다고 말하고 그만 어디로 갔는지 없어졌습니다.

그래서 임금님은 널리 세상에 광고해서 '만약 노래를 부르는 꽃을 구해오는 사람이 있으면 무슨 상이든지 달라는 대로 줄 것이다. 이 나라의

땅을 반을 달라고 하여도 주겠다'고 하였습니다.

"그러니 야— 순애야 너의 집에 노래를 부르는 꽃이 있지 않느냐? 빨리 가지고 서울로 올라가서 임금님께 바치고 상을 받아라."
하고 명희는 권하였습니다.

이 소리를 들은 순애는 한편으로 무척 기쁘기도 하지만 웬일인지 부끄러운 듯도 하여

"어떻게 대궐에 들어가니?"
하였습니다.

"별소리를 다한다. 왕자님의 병환을 낫게 해드리는 것이 좀 좋은 일이냐."
하였습니다.

순애는 얼른 집으로 돌아와서 할머님에게 그 이야기를 하였습니다. 할머님도

"그러면 어서 가지고 가거라. 다만 한 분 계신 왕자님을 살려낼 터인데."
하고 재촉하였습니다.

그래서 순애는 사랑하는 꽃을 들고 서울로 올라가서 대궐에 들어가 바쳤습니다. 그때에 임금님의 기뻐하심이 얼마나 하였겠습니까?

임금님은 즉시 그 꽃을 들고 왕자님의 누우신 방으로 들어가 서서 왕자님의 머리맡에 놓으셨습니다.

이상한 꽃의 예쁘고 신기한 노랫소리와 함께 맑은 향내가 아픈 왕자님의 코로 살살 기어 들어갔습니다.

아— 그러더니 정말 기이도 하지요! 정신없이 누우셨던 왕자님은 눈을 스르르 뜨시면서 빙그레 웃었습니다.

그치지 않는 고운 노랫소리는 차차 왕자님의 병환을 낫게 하고 점점 왕자님의 마음과 몸을 상쾌하게 하였습니다.

며칠 후에 왕자님은 이상한 꽃으로 인해서 완전히 병환을 놓으시고 살아났습니다.

임금님은 더할 수 없이 기쁘셔서 순애를 불러놓고 물었습니다.

"너는 무슨 상을 원하느냐?"

순애는 부끄럽고 황송한 듯이 고개를 숙이고

"저는 아무것보다 우리 늙으신 할머님을 평안히 살게 하여주십시오. 그리고 나의 착한 동무 명희를 평안히 공부나 하도록 하여주십시오."

하고 나직나직이 대답하였습니다.

아— 얼마나 욕심 없는 대답입니까?

임금님은 드디어 아름다운 순애의 마음에 감동하셔서 순애의 손을 만지면서

"대관절 그 이상한 꽃은 어디서 났느냐?"

고 물으셨습니다.

순애는 숨기지 않고 지금까지 지내온 이야기를 다— 아뢰었습니다.

임금님은 듣기를 다하시고 더욱 착하고 마음 고운 순애를 사랑하시며 또한 아름다운 순애를 아까워하시는 마음으로 그날부터 궁중에 머물러 있도록 하시고 그 위에 귀하고 귀한 왕자님과 혼인을 정하여주시었습니다.

그리고 할머님을 일평생 평안히 모시게 한 것은 물론이고 불쌍한 명희의 어머님과 명희까지도 평안히 지내고 공부하도록 하여주었습니다.

날이 가고 해가 가서 왕자님과 순애가 혼인을 이루고 그 후에 임금님이 되어 나라를 다스리실 때까지 그 이상한 꽃은 황금빛 화병에 꽂힌 채로 아름다운 노래를 불러 이 대궐 안에는 언제든지 평화와 행복이 가득히 차 있었습니다.

—『무지개』

분꽃 이야기[*]

여러분! 여러분의 집 뒷터의 꽃밭이나 혹은 장독 밑에 키는 작달막하고 그리 크거나 굵지도 않은 분꽃이 피지 않습니까. 석양 해가 바야흐로 서쪽 산을 넘어가려고 불그레할 때 곱고 번화하지도 않은 노랗거나 벌건 빛 도는 이 분꽃 한 송이를 고히 고히 따들고 가늘게 바르르 떠는 꽃수염을 살짝 뽑아버리고 입에 물고 불어보면 예쁜 피리 소리가 나지 않습니까? 이 아름다운 분꽃 속에는 아직 여러분이 알지 못하는 곱고도 애달픈 이야기가 숨어 있답니다. 지금부터 그 분꽃 이야기를 하겠습니다.

옛날 옛적에 효순이라고 하는 소년이 하나 있었습니다. 원래 집이 가난한데다가 효순이는 어려서부터 나무도 해오고 어머님이 무명 짜시는 데 도와드리고 하였습니다.

효순이 나이는 올해 열다섯 살인데 매일같이 어린 몸으로 곤한 줄도 모르고 산에 올라가서 나무를 해다가 팔아옵니다.

어머님은 집에서 아침부터 밤까지 길쌈을 하시고 효순이는 이렇게

* 『무지개』에서 발췌. 《샛별》(1924. 10., 1924. 11.)에 수록되어 있다.

나무를 해오고 해서 효순의 집안은 비록 어려울망정 극히 평화롭고 즐거웠습니다.

그런데 지금 효순의 집에는 큰 근심이 한 가지 생겼습니다. 그것은 효순의 어머님이 며칠 전부터 병환이 나셔서 드러누우셨습니다. 일가친척 하나도 없고 사랑하여주는 사람이라고는 이 어머님 한 분밖에 또 없습니다. 그 한 분 계신 어머님이 아파 누우셨으니 저 효순의 마음이야 얼마나 슬프고 쓰리겠습니까? 마음대로 하면 용한 의사를 있는 대로 청해다가 마음껏 약도 써보고 싶지마는 아— 불쌍한 일입니다. 집이 가난하여서 뜻대로 하지 못하니 효순은 억울하고 섭섭한 생각을 금치 못하고 홀로 한숨만 쉬고 있을 뿐이었습니다.

밤에 잠을 안 자고 삼시에 음식을 제대로 먹지 못하며 힘을 다하여 어머님 병환을 간호하여 드렸지만 어머님의 병환은 하루이틀이 가도 낫지 않으시고 점점 더하여가실 뿐입니다.

할 수 있는 대로 약도 드리고 할 수 있는 대로 의사도 청하여보았지만 아무리 하여도 어머님 병환은 낫지를 않습니다.

그래서 하루는 슬픔에 못 이겨 산에서 나무를 해가지고 오는 길에 졸졸 흐르는 냇가에 앉아서 눈물을 흘리고 있었습니다.

그런데 문득 등 뒤 수풀로부터 예쁘고 예쁜 산새가 한 마리 날아와서 효순의 어깨에 앉았습니다. 효순이는 그 산새가 여러 달 전부터 자기가 나무를 오면 점심을 먹고 나머지 밥알들을 나누어주면서 매우 친히 지내는 새인 줄을 알았습니다.

효순이는 쓸쓸하고 걱정되는 가운데 친히 지내던 새를 만나서 한편으로 반갑기도 하고 다정하기도 해서 손으로 산새의 날개를 쓰다듬어주면서

'오— 사랑하는 새야 너는 그전 정분을 잊지 않고 이렇게 슬퍼하는

나를 찾아왔구나.'
하고 떨리는 소리로 말했습니다.

　다정하고 다정한 산새는 효순의 마음을 위로하려는 듯이 부드럽고 곱게 지저귀었습니다. 효순이는 가지고 왔던 점심을 배고픈 줄도 몰라 그대로 풀어가지고 산새에게 예전에 하던 대로 나누어주었습니다.

　그러나 웬일인지 오늘은 주는 밥도 먹지 않고 근심스럽게 지저귀고 있습니다. '이상하다' 하고 효순이는 점심을 그대로 싸놓고 다시 멀—거니 흐르는 냇물만 보고 있었습니다.

　산새는 나중에는 어찌나 답답한 모양으로 푸르르 날아 저쪽 산길에 서 있는 소나무 가지로 가 앉아서 자꾸 고개를 끄떡이며 열심히 지저귑니다. 효순이 앞으로 푸르르 날아왔다가는 다시 저쪽 나무로 날아가면서 고개를 끄떡이는 모양이 확실히 효순이더러 자기를 따라오라는 것이었습니다.

　효순이는 너무나 이상해서 '나더러 따라오라는 말이냐' 하고 일어서서 다정한 다정한 산새를 따라갔습니다. 예쁜 산새는 기쁜 듯이 노래하면서 푸르르 산길로 날아갔습니다. 효순이도 산새의 고운 마음을 믿고 타박타박 따라갔습니다. 얼마쯤 가니까 산새는 이상한 소리를 지르며 무성한 숲풀 사이 바위에 가서 앉았습니다.

　효순이가 정신을 차려 자세히 보니 커—다란 바위 사이로 굴 같은 것이 있으며 그 굴 속으로부터 광채 나는 불빛이 쏟아져 나왔습니다. 그러더니 그 속에서 산새의 노래를 듣고 어떤 늙은 사람이 산새기죽지로 된 관을 쓰고 가만가만히 걸어 나왔습니다. 효순이는 그 노인이 어떤 분인지 알 수 없으나 어쨌든지 보통 사람과 다른 분인 줄을 깨달았고 그 자리에 허리를 굽혀 공손히 인사를 했습니다. 그리고 어머님의 병환을 이야기하였습니다. 어떻게 하든지 다만 한 분 계신 어머님의 병환을 낫게 하여 드려야겠으니 무슨 약을 쓰면 되겠느냐고 효순이는 눈물을 흘리면서 정말 간절히 물었습니다.

한참 눈을 감고 듣고 섰던 그 노인은 스르르 눈을 뜨면서 인자하고 순후한 웃음을 짓고

"착한 아이다. 반드시 너의 어머님의 병환을 낫게 할 수 있으리라. 들으라. 너의 어머님은 지금 불쌍하게도 다시 살아나지 못할 중한 병환에 걸리신 것이다. 그러나 너와 같은 효성과 참된 마음을 가진 아들이 있으니 혹시 살아나실 도리는 있다. 그것은 다른 것이 아니다. 이로부터 동쪽으로 동쪽으로 가서 무지개 다리를 타고 해가 져서 숨어 있는 석양의 나라를 찾아가거라! 그 석양의 나라 예쁜 공주가 기르고 있는 황금빛 꾀꼬리의 창자를 얻어오면 다시 살 수 없는 너의 어머님 병환을 낫게 하리라."
하고 가장 거룩하고 위엄 있는 소리로 말하였습니다.

"여보십시오. 그러면 무지개 다리는 어느 곳에 있으며 석양나라 꾀꼬리 창자를 어떻게 얻어옵니까?"
하고 효순이는 애원하듯이 물으니 노인은 다시 말을 이어

"그것은 나도 모른다. 너의 마음 하나에 있는 것이니 다만 동쪽으로 가거라."

말을 마치고 이상하게도 노인과 산새는 없어졌습니다.

효순이는 꿈에서 깨인 것같이 한참 멍―하니 섰다가 정신을 차리고 주먹을 부르쥐고 이같이 맹세하였습니다.

"오냐! 나는 떠나리라. 석양의 나라를 찾을 수 있는 대로 찾아가서 얻을 수 있는 대로 꾀꼬리의 창자를 얻어보겠다."
하였습니다.

아― 이상한 노인의 그 말 한 마디대로 믿고 효순이는 이같이 작정한 것이었습니다. 무지개 다리를 어디 가서 찾으며 해가 숨어 있는 석양

의 나라를 어디 가서 찾겠습니까? 더욱이 더욱이 석양나라 귀한 공주님이 기르시는 황금꾀꼬리의 오장을 어떻게 얻겠습니까? 정말 어렵고 기막힌 일입니다. 그러나 그것이 아니면 다만 한 분 계신 어머님을 살려드릴 수 없겠구나 하는 생각을 하며 효순이는 비록 뼈가 부서지고 살이 찢어지더라도 힘 있는 데까지는 찾아보려고 단단히 단단히 결심을 한 것이었습니다.

그리하여 그날 아프신 어머님의 간호는 옆집 할머니에게 부탁을 하고 어리고 약한 효순이는 석양나라를 찾으려고 동쪽으로 동쪽으로 터벅터벅 정처 없이 걸어갔습니다.

이렇게 사흘 동안을 조금도 쉬지 않고 걸어가되 도무지 무지개 뿌리 박힌 곳을 찾지 못하였습니다. 효순이는 그만 실망을 하여 도로 집으로 돌아갈까 하다가 그래도 어머님을 살려내야 하겠다는 마음으로 다시 기운을 내서 동으로 동으로 갔습니다.

하루는 정하고 곱게 굽이굽이 쳐서 흐르고 있는 조그만 강물을 만났습니다. 그래서 효순이는 그 강가로 풀밭을 헤치면서 자꾸 걸어내려 가려니까 그때 바야흐로 해는 불그레—하게 서쪽 산으로 숨어버리려고 하는데 강가 조그만 바위 위에 서너 명의 예쁜 아가씨들과 인자하고 고운 얼굴을 가진 한 분의 처녀가 앉아 있는 것을 보았습니다. 그 맑고 정한 처녀는 옥 같은 손으로 바위에 달라붙은 고래들을 어린 아가씨들에게 따서 주는 것이었습니다. 고요히 파도치는 강물 옆에 이같이 깨끗하고 고운 노래를 하는 분은 과연 천사가 아니면 남달리 마음 착한 분이라고 생각하고 효순이는 그 앞에 가서 자기가 여기까지 온 이야기를 하였습니다. 그리고 가만히 손을 들어 불그레한 석양 해를 가리키면서

"저— 해가 숨어 있는 석양나라로 건너갈 수 있는 무지개 다리를 가르쳐주소서. 어머님 병환을 낫게 하여 드릴 터입니다."

하고 울음에 젖은 소리로 애원하였습니다. 그 예쁜 처녀는 샛별 같은 눈동자를 반짝이면서 정말 예쁘게 웃었습니다. 그러더니

"내가 무지개 다리를 놓아드릴 것이니 잘 가시오. 그리하여 석양나라의 꾀꼬리 창자를 얻어다가 어머님을 드리시오."

하고 옥을 부수는 듯한 소리로 말을 마치고 가만히 앞에 앉은 세 소녀의 손을 이끌고 이같이 서쪽을 향하여 노래를 불렀습니다.

무지개 서거라
무지개 서거라
내 마음 깊은 곳에
오색 기운 품어나와
무지개 서거라
고읍게 서거라

이 같은 아름다운 노래를 부르는 그 처녀의 얼굴은 곱게 빛났습니다. 그리고 넓은 풀밭과 흐르는 강물은 그 노래에 화답하는 듯이 기쁘게 흔들렸습니다. 이 노래와 함께 앞에 선 세 소녀는 맑은 물을 가늘게 뿌렸습니다. 아— 그러더니 거짓말 아닙니다! 곱고 고운 오색 무지개가 길게 서쪽 산을 향하여 뻗쳤습니다.

"자— 인제 건너가시오."

처녀는 말을 마치고 조금 물러섰습니다.

"오— 감사합니다. 이 은혜는 잊지 않겠습니다."

하고 효순이는 고맙게 인사하고 무지개 다리에 올랐습니다. 어디서인지 풍악 소리가 유량하게 들려왔습니다. 그 이상한 처녀는 효순의 무지개 다리를 건너가는 모양을 가장 기쁜 듯이 빙그레— 웃는 얼굴로 보고 섰

더니 어느덧 무지개 안개 속에서 사라져 보이지 않았습니다. 효순이는 뒤를 보고 뒤를 보고 감사하면서 석양 해를 향하여 사뿐사뿐 무지개 다리를 건너갑니다.

붉은 석양 해를 바라보면서 기이한 음악 소리에 싸여서 효순이는 오색의 무지개 다리를 건너서 '석양나라'에 이르렀습니다.

붉은 비단 같은 구름산으로 둘러싸인 석양나라는 정말로 화려하고 아름다웠습니다.

산과 들에는 오색꽃이 아름답게 피어 있고 온— 천지에는 황금빛이 찬란히 둘러 있습니다. 그 꽃밭 속에 맑고 맑은 수정으로 된 궁전이 하나 있습니다. 그 궁전 속에는 이 석양나라에 다만 하나인 공주님이 살고 있는 것이었습니다.

효순이는 가만가만히 궁전 앞으로 갔습니다. 사방에서는 유량한 음악 소리가 들리며 꽃밭에서는 기이한 향내가 풀신풀신 날아옵니다.

효순이는 궁전 문으로 살짝 들어갔습니다. 그 궁전 속에는 부드러운 양털침대 위에 예쁜 예쁜 공주님이 고히 누워 잠을 자고 있었습니다. 그 공주님의 길고 긴— 황금머리털은 곱게 파도를 치며 깊이 잠이 들은 공주님의 눈에서는 무슨 슬픈 꿈을 꾸는지 옥 같은 눈물이 한 방울 두 방울 흐르고 있었습니다.

효순이의 사뿐사뿐 걸어 들어가는 소리를 듣고 공주님은 깜짝 놀라 눈을 떴습니다.

"당신은 누구?"

하고 깨끗한 소리로 물었습니다.

"나는 무지개 다리를 타고 지금 이곳까지 온 사람입니다."

소녀는 반가운 듯이 얼른 일어나

"오— 참 잘 오셨습니다. 나는 오랜 동안 석양나라에서 혼자 쓸쓸이 지내왔습니다. 친구라고는 하나도 없고 우리 아버님이 누군지 우리 어머님이 누군지 그것도 모르고 정말 슬픈 꿈만 꾸고 있답니다."

"나는 우리 다만 한 분 계신 어머님의 병환이 나셔서 이 석양나라에 있는 꾀꼬리의 창자를 얻어와야만 나으시겠다기에 이곳까지 온 것입니다. 예쁜 공주님! 제—발 꾀꼬리를 나를 주세요."

이 말을 들은 공주님은 깜짝 놀랐습니다.

"그것은 안 돼요. 이 석양나라에 다만 하나인 나의 친구인데요. 보세요. 이 나라에 그 예쁜 꾀꼬리밖에 다른 동무가 있나? 그리고 그것을 드리면 당신조차 그만 가지고 가시겠지요? 안 됩니다. 나하고 오랫동안 이 나라에서 지냅시다. 자— 보세요. 저 예쁜 꽃들이 웃고 있지 않습니까? 저 꽃들은 가을이 되나 겨울이 되나 여위지 않고 언제든지 언제든지 저 같이 웃고 있는 것이랍니다. 그리고 저— 음악 소리를 들어보세요. 아침이나 밤이나 언제든지 언제든지 끊이지 않고 들리는 것이랍니다. 자— 가지 마시고 오랫동안 오랫동안 계셔주세요. 네?"

애원하다시피 말하는 공주 소녀의 그 소리에 효순이는 다시 억지를 쓰지 못하였습니다. 아름다운 음악 소리를 들으면서 여위지 않은 꽃송이를 보면서 그리고 맛있는 음식을 마음껏 먹으면서 예쁜 공주와 재미있게 놀면서 효순이는 하루 이틀 석양나라에서 지내게 되었습니다.

황금빛 석양나라에 푸른 달빛이 비칠 때 소녀와 손목을 잡고 꽃밭으로 산보하면 이 나라에 다만 하나 있는 꾀꼬리가 노래를 부르는 것이었습니다. 그 꾀꼬리는 정말 맑고 좋은 소리였습니다. 이 세상에서는 듣지 못하던 아름다운 노래였습니다. 효순이는 그 꾀꼬리를 볼 때마다 어머님 병환이 생각났습니다. 그러면 소녀는 의례히

"저 꾀꼬리는 나의 목숨과 같은 것이니 결코 저 새를 가져가지 마세요." 하고 애원하는 것이었습니다.

이렇게 즐거운 세월을 여러 날 보냈습니다. 이제는 효순이도 별로 꾀꼬리의 창자를 애처롭게 뽑아갈 생각도 안 하고 공주 소녀도 효순이의 마음을 믿게 되었습니다.

하루는 공주가 고히 고히 낮잠을 자고 있을 때 효순이는 꽃밭에 나가서 음악 소리를 들으면서 왔다갔다하고 있었습니다.

문득 저쪽 구름 사이로 기이한 광채가 솟아나오더니 그 속에 낯익은 처녀 한 명이 나타났습니다. 효순이는 '아—' 하고 소리쳤습니다. 효순이의 어린 가슴속에는 후회하는 마음과 감사하는 마음이 가득 찼습니다.

"어서 집으로 가보십시오. 당신의 어머님 병환을 잊으셨습니까? 자— 내가 전과 같이 무지개 다리는 놓아드릴 터이니……."

처녀는 고요히 말을 마치고 사라졌습니다.

효순이는 고개를 번쩍 들고 두 손을 다시 부르쥐었습니다.

애처롭기도 하지요! 예쁜 예쁜 꾀꼬리의 입을 벌리고 새빨간 창자를 꺼냈습니다.

공주는 침상에 누워서 또 무슨 슬픈 꿈을 꾸는지 진주 같은 눈물을 한 방울 두 방울을 흘렸습니다.

효순이는 꾀꼬리 창자를 들고 몇 번이나 몇 번이나 뒤를 돌아보면서 무지개 다리를 건너 집으로 돌아왔습니다.

그동안 석양나라 공주님은 슬픈 꿈을 꾸다가 깨어보니 아— 효순이는 간 곳 없고 사랑하는 꾀꼬리는 피를 흘리고 죽어버렸습니다.

'기어코……. 기어코 가지고 갔구나.'

공주는 가슴을 부여잡고 울었습니다.

공주 소녀는 꾀꼬리를 따뜻이 가슴에 품으며

'오— 너는 나의 목숨이었다! 나의 남아 있는 기운과 나의 뜨거운 피

로 너에게 넣어주마! 펄펄 날아가서 나의 사정이나 일러다오.'

말을 마치고 공주는 꾀꼬리의 입을 벌리고 공주의 가슴속에 있는 기운을 모두 불어넣었습니다. 꾀꼬리는 공주의 기운과 뜨거운 피를 받아 다시 살아났습니다.

예쁜 석양나라의 공주는 꾀꼬리를 동쪽을 향하여 날려 보내고 그리고 그만 죽어버렸습니다.

효순이는 무지개 다리를 타고 집으로 돌아와보니 아— 기막힐 일입니다. 벌써 사랑하는 어머님은 돌아가셨습니다.

효순이는 슬피 부르짖으면서 천신만고해서 얻어온 꾀꼬리 창자를 어머님 입에 넣어드렸습니다. 그래도 효험이 있었던지 어머님은 숨을 길—게 쉬며 눈을 스르르 떴습니다.

"오— 어머님 살아나셨습니까? 효순이가 왔습니다."

어머님은 기운 없이 눈을 들어보시며

"오— 효순이 왔느냐? 나는 너를 다시 못 보고 죽는 줄 알았구나. 그러나 벌써 늦었다. 나는 아무래도 오래 살지 못할 것이다."

말을 마치시고 다시 눈을 슬며시 감으셨습니다.

효순이는 가슴이 터지는 것 같고 사방이 캄캄한 것 같았습니다.

"어머님! 그래도 다시 살아나십니다. 세상에서도 귀하고 귀한 약을 얻어왔는데 그러십니까?"

어머님은 고개를 가만히 흔드셨습니다.

문득! 이때 효순의 집 마당에 서 있는 버드나무 가지에서 귀에 익은 꾀꼬리 소리가 들렸습니다. 효순이는 깜짝 놀라 보았습니다. 아— 그것은 확실히 석양나라에서 창자를 빼여 죽였던 꾀꼬리였습니다.

그 맑고 아름다운 목소리로 그렇지만 전과 달리 슬프고 애달픈 노래를 부르고 있었습니다. 효순이는 벌써 누가 가르쳐준 듯이 다— 알았습니다. 그리고 뜨거운 눈물을 방울방울 흘렸습니다.

꾀꼬리는 목이 터져라 하고 정말 애처롭게 울고 있었습니다.

그러더니 새빨간 피를 입으로 토하면서 그만 쓰러져 죽었습니다.

그리고 어머님도 길—게 쉬시고는 그만 돌아가셨습니다.

효순이는 슬피 울면서 어머님을 장사 지내고 그리고 꾀꼬리는 앞마당에 고히 고히 파묻었습니다.

그 후에 효순이는 조그만 행장을 싸가지고 동쪽으로 동쪽으로 갔다고 합니다. 그가 떠난 후에 아무도 효순이를 만난 사람도 없고 또 효순이에게 무지개 다리를 놓아준 예쁜 처녀도 누구인지 본 사람조차 없으며 더욱이 석양나라 이야기는 아는 사람도 없었다고 합니다. 다만 그 후에 효순이 집 마당에 묻어준 꾀꼬리 무덤 위에 조그만 풀이 나왔습니다.

그 이상한 풀에서는 해가 불그레—하게 석양나라를 장식할 때면 예쁜 꽃이 피었습니다. 그리고 그 꽃의 꽃수염을 고히 뽑아버리고 불어보면 피리 소리가 납니다.

그래서 사람들은 이것이 저— 꾀꼬리의 혼이라고 해서 그 꾀꼬리의 창자 같은 꽃수염을 뽑으면 피리 소리가 나는 것은 애달픈 석양나라의 공주님의 애원하는 소리라고 하였습니다.

분꽃 이야기는 이렇게 애달프게 끝났습니다.

여러분! 여러분의 댁에 뒷터에나 장독대 앞에 예쁜 분꽃이 석양 해를 바라보고 곱게 핀 것을 보시면 반드시 그 속에 이 같은 슬픈 신세 이야기가 숨어 있는 것을 알아주시며, 고 한들한들하는 꽃수염을 뽑으실 때는 이것이 그 예쁜 꾀꼬리 창자인 것을 생각하여주십시오.

—『무지개』

어미소와 새끼소

신년 새해는 소 해이니 소에 대한 우리나라 옛이야기에 관한 것을 하겠습니다.

벌써 오랜 옛날이었습니다.

우리나라가 그리 강하고 크지 못하였기 때문에 여러 다른 나라에서 몹시 성가시게 구는 일이 많이 있었습니다. 그때에 한번은 청국서 소 두 마리를 끌어 보내면서 어떤 것이 '어미소'이고 어떤 것이 '새끼소'인지를 알아내라고 하였습니다. 그런데 그 소 두 마리는 모두 암소인데다가 뱃살도 똑같고 크기도 똑같고 모양도 똑같아서 어느 것이 어미고 어느 것이 새끼인지를 알 수가 없었습니다. 만약 이것을 알아맞히지 못하면 나라의 큰 수치가 될 것이요, ( )과 지혜로는 도저히 알 길이 없었습니다.

임금님께서는 크게 근심을 하셔서 여러 신하들을 모으시고 의논을 하였습니다. 그러나 수많은 신하들도 이렇다 하는 묘한 방침이 생각나지 않아서 드디어 세상에 광고하여 누구든지 이것을 알아내는 사람이 있으면 상을 준다고 하였습니다. 그러나 날이 갈수록 아무도 이 어려운 문제를 알아내는 사람이 없고 청국에서는 뾰족해 있었습니다.

'아— 아끼는 우리나라도 다신 못 보나보다.'

하고 임금님은 탄식하실 뿐입니다.

그런데 그때 어느 시골에 늙은 노인과 어린 소년 단 두 식구가 사는 집이 있었습니다. 벌써 세상에 쓸데없는 노인과 아직 세상을 알지 못하는 어린이라 하여 동네 사람들이 서로 말도 잘 하지 않고 불러오지도 않는 쓸쓸한 살림을 하는 집이었습니다. 이같이 외로운 집에도 나라의 큰 근심거리란 소문이 들려왔습니다. 하루는 아직 나이 어린 소년이 할아버지 무릎에 앉아서 이 이야기를 하고 나서

"할아버지, 어쩌면 좋을까요. 네—"

하고 물었습니다.

늙은 할아버지는 한참 어두운 눈을 꿈벅꿈벅* 하더니

"좋은 수가 있다. 그 소 두 마리를 같이 하루 동안 아무것도 먹이지 말고 굶겼다가 이튿날 똑같이 두 마리를 세워놓고 있느니라."

하고 답하였습니다.

"그러면 어떻게 알 수 있습니까?"

소년의 말에

"그것은 이러한 까닭이란다. 아무리 소와 같이 미련한 짐승이라도 하루 동안 아무것도 먹지 못해서 배가 고플지라도 어미소는 새끼소에게 먹이를 먹일 것이요, 새끼소는 꺼리지 않고 먹을 것이다. 먹지 않고 미루는 소가 어미소일 것이 아니냐."

하고 할아버지는 대답을 하였습니다. 이 말을 들은 소년은 어쨌든 그 길로 바로 임금님께 가서 이 말을 고하였습니다. 나라에서는 곧 그대로 하였더니 과연 한 마리는 무작정 먹고 한 마리는 슬슬 피하면서 만족한 듯

| * 꿈벅꿈벅. '끔벅끔벅'의 오기. 눈이 자꾸 감겼다 뜨였다 하는 모양.

이 보고 있었습니다.

그리하여 비로소 어미소와 새끼소를 분간하고 쓸데없이 알던 늙은이와 어린이의 지혜로 말미암아 나라의 큰 수치를 면하였습니다.

그 지혜 있는 노인과 어린이는 물론 큰 상도 많이 받았고 세상 사람의 존경도 많이 받았지요.

—《시대일보》, 1925. 1. 1.

아기의 꿈

아기는 온종일 학교에서 유쾌하게 뛰어놀고 집에 돌아와서는 동아리 아이들과 술래잡기와 널뛰기를 하였습니다. 새 댕기를 드린 기쁨과 새 옷 입은 기쁨과 어디를 가든지 설상 받는 기쁨과 함께 아기는 참말 즐겁게 기쁘게 놀았습니다.

어느 집을 가든지 떡과 고기를 주고 집의 벽장을 열면 다른 때 없는 과자와 과실이 있었으므로 아기는 정월이란 달을 가장 유쾌하게 맞이하였고 또 기쁘게 마음껏 뛰놀았습니다. 오늘은 더욱 학교에서 돌아오니까 오래 못 보던 시골 아주머니가 아기의 할아버지께 세배하러 왔다가 아기의 제일 좋아하는 각시를 사다주었기 때문에 더욱 마음이 유쾌해서 해질 때까지 마음껏 놀았습니다.

그리고 저녁밥을 맛있게 먹고 나서는 안방에서 시골 아주머니와 어머님과 재미있게 이야기하시는 틈을 타서 아기는 건넌방으로 건너와서 촛대에 불을 켜고 오늘 선물 받은 각시를 안고 앉았습니다.

그랬더니 온종일 너무 뛰어놀아서 몹시 몸이 피곤하였던지 따뜻한 방에서 몸이 스르르 풀리기 시작하여 아기는 각시를 안은 채 그대로 드러누웠습니다. 눈꺼풀이 점점 무거워오고 촛불이 아물아물해졌습니다.

그러더니 촛불이 깜박깜박 하여지면서 너펄너펄 춤추는 듯하였습니다.

그러자 촛불 속에서 붉고 누런 옷을 입은 촛불의 여신이 스르르 나타났습니다.

"예쁜 아기씨! 잘— 주무십시오. 내가 아기씨의 몸을 둘러싸고 보호하여드릴 터이니."

하면서 그 붉은 치맛자락을 벌려 아기의 몸을 덮는 듯이 휘어 싸면서 춤을 추었습니다. 아기는 편안한 마음으로 가만히 누웠습니다.

한참 있더니 무엇에 놀랐는지 춤추고 돌아다니던 촛불의 여신이 우뚝 서면서 점점 얼굴빛이 흐려졌습니다. 달의 여신이 아기의 방 유리창을 뚫고 들어와 섰습니다.

"너는 왜 내가 아기를 지키는데 들어오느냐?"

하고 촛불이 점점 흐려지며 말하였습니다.

"이제는 내가 아기의 얼굴을 지키고 아기의 입에 입 맞출 차례이니 너는 그만 쓰러져라."

하고 달의 여신이 대답하였습니다.

"무엇이야! 너는 내가 있는 곳은 못 들어오는 법인데."

하고 촛불이 노하여 말하면

"잔소리 마라. 들어온 이상에는 안 나간다."

하고 달이 새파랗게 질려서 대답하였습니다.

그렇게 몇 마디 주고받고 하더니 점점 서로 성이 나서 나중에는 달의 여신이 그 은빛 창으로 촛불의 여신을 질러 넘어뜨렸습니다. 불쌍하게도 촛불은 피를 뚝뚝 촛대에 떨어뜨리면서 죽어버렸습니다.

이제는 온전히 방 안이 달의 천지가 되어버렸고 달의 여신은 다시 방긋 웃으며

"아기씨 잘— 주무십시오. 내가 보호해드리지요."
하면서 춤을 추었습니다.

　아기는 너무도 놀라서 전신을 부르르 떨고 놀라 눈을 떠보니 지금까지 일은 모두 꿈이었습니다.

　아까까지 깜박깜박하는 촛불은 벌써 다— 닳아서 꺼져버리고 촛대 위의 초가 녹아 흘린 것만 여기저기 여신의 피가 떨어지듯 흘러 있었습니다. 그리고 아기의 방 창으로는 정월대보름 밝은 달빛만 푸르게 비춰 들어와 있었습니다. 아기가 창문을 열고 달을 바라볼 때에 웬일인지 진주 같은 눈물이 별 같은 두 눈에 고였었습니다.

—《어린이》 제3권 제3호, 1925. 3. 1.

의협한 호랑이

　새해는 호랑이 해입니다. 호랑이에 대한 이야기는 우리나라에 많이 있는데 이것은 여러분이 아직 듣지 못하던 새 이야기입니다. 특별히 약한 사람을 도와주고 가난한 사람을 살리고 어린이를 예뻐하는 훌륭한 호랑이입니다. 아마 올 새해를 맞은 호랑이는 이와 같은 좋은 호랑이라고 하니 여러분도 두 손을 들어 환영합시다.

　섣달그믐께! 산과 들에 눈이 하얗게 쌓였을 때입니다. 아주 점잖고 풍채 좋은 호랑이 한 마리가 있었는데, 눈도 너무 많이 오고 해서 온종일 토끼 한 마리 구경도 못 하고 배가 고파 죽을 지경이었습니다.

　아침부터 높직한 언덕 위에 앉아서 어느 곳에 짐승이 지나가나 안 가나 하고 눈을 두리번두리번 하였으나, 저녁때가 되도록 한 마리 만나지 못해서 풍채 좋은 호랑이 얼굴에도 기운이 하나도 없어 보였습니다.

　벌써 해는 지고 밤이 되어 날은 점점 추워오고 이제는 산짐승들도 다─ 각기 제 집으로 들어갈 때라 오늘은 벌써 굶고 말게 생겼으므로 호랑이는 참말 큰일났습니다.

　뛰어다니는 노루, 사슴, 여우, 토끼 같은 날쌘 짐승을 기운 있게 쫓아서 잡아먹는 것이 풍채 좋은 호랑이의 자랑거리요 또 특별한 재주인데—
아무리 배가 고프기로 사람 사는 마을에 내려가서 울 안에 갇힌 굼뜬 돼
지 같은 것이야 잡아먹기를 좋아하겠습니까?

그러나 이제는 참말 견디기 어렵게 배가 고픈고로 할 수 없이 밤이 이
슥하니까 남이 볼까봐 겁을 내면서 어슬렁어슬렁 마을로 내려갔습니다.

눈은 하얗게 쌓여서 사람의 집마다 모두 문을 굳게 닫고 잠을 자는
모양이요, 쥐 죽은 듯이 고요하였습니다. 호랑이는 어느 조그만 집 담을
훌쩍 넘어 안으로 사뿐 내렸습니다. 그래서 돼지 울을 들여다보니까 조
그만 돼지 단 한 마리가 드러누워 자는 모양임으로 아무거나 이것이라도
먹을 밖에 없다 하고 잡으려고 하는데 벌써 자는 줄 알았던 방 안에서 뭐
라고 이야기하는 소리가 들립니다.

"아이쿠, 아직 잠을 자지 않는 모양이다."
하고 머뭇하고 섰습니다.

방 안에서는 나이는 사십이 넘은 듯한 여인의 목소리로

"애야! 아가! 이번에는 저 돼지를 잘— 길러서 오는 설에는 그것을
팔아서 네 설옷을 해줄 테다. 해준다 해준다 하고는 못해주었구나…….
저번에 그 큰 돼지는 팔면 꼭 해준다고 했더니 그만 세가 밀려서 못해주
고 그 전번에도 그 어미돼지를 팔아서는 쌀을 사오지 않았니? 이번에는
꼭 네 옷을 한 벌 지어야겠다."

"아니에요. 어머니. 나는 설옷을 안 해도 괜찮으니 이번에 저 돼지 팔
면은 어머니 옷이나 한 벌 지어오세요. 어머니는 다— 해진 옷 한 벌밖
에 더 있습니까."

울 듯한 소리로 말하는 이는 아마 열두어 살쯤 된 소녀였습니다.

"아니다. 나는 걱정 마라. 너야말로 벌써 삼 년째 설옷을 못 입었구
나. 오죽이나 입고 싶겠니. 동무들은 설이 되면 모두 새옷을 입고 노는데

너 혼자 못 입으니……. 그러나 웬일인지 그 돼지가 요새는 잘 먹지도 않고 비실비실 하니 아마 병이 났나보더라."

"아이고 병이 났으면 어쩌나. 어머니."

"글쎄 말이다. 그러니 무엇을 좀 잘 먹여야 할 텐데. 어디 먹일 것이나 변변하냐."

다시 가난한 두 모녀는 무엇을 생각하는지 고요히 말을 그쳤습니다.

이 이야기를 엿듣고 있는 호랑이는 문득 온몸에 불같은 의협심이 떠올라왔습니다.

"아— 내가 잘못이다. 이 같은 불쌍한 모녀를 도와주지는 못할지언정 이것을 먹을 수가 있느냐."

하고 그대로 훌쩍 담을 넘어 나왔습니다.

그래서 그다음에는 어느 큼직한 집 담을 넘어 들어가서 물어내려고 보니 이상하지요. 여기도 돼지 울을 들여다보니까 큼직한 돼지 단 한 마리가 있지 않습니까?

이 집에서는 아직 방에 불을 켜놓고 어머니와 아들 소년과 마주 앉아 이야기를 하는 중이었습니다.

"글쎄 애야! 그 돼지는 어떻게 하든지 내일 팔아버려야겠다. 비단빨래 널어놓은 위로 그 더러운 발로 걸어다녀서 아주 못쓰게 해놓았으니 그것을 길러 뭐하니? 저번에는 다— 기른 배추밭에 들어가서 지랄을 쳐서 못 먹게 만들었지?"

이것은 어머니 소리였습니다.

"그렇지만 어머니! 돼지가 불쌍해요. 내가 매일 쌀겨와 밥찌꺼기를 주어서 길러놓은 것을 그만 팔아버려서 가서 죽을 생각을 하니까 참 불쌍하지 않습니까? 그러니 제—발 팔아버리지는 마세요. 네?"

하고 애원하는 것은 예쁜 소년의 소리였습니다.

"쓸데없는 소리 말아라. 내일은 어떻게 하든지 팔아버린다. 그까짓 것을 길러서 밤낮 데리고 놀면서. 뭐하니? 더럽게!"
하고 어머니는 소리를 질렀습니다.

그러나 소년은 울 듯한 소리로
"아이고 돼지가 병이 났으면 좋겠다. 아무도 사가지도 않고 내가 잘— 병이나 치료해주고 놀았으면—."
하였습니다.

이 소리를 들은 호랑이는 다시 참을 수 없는 의협심이 떠올라왔습니다. 동물을 사랑하는 가여운 소년의 마음! 설옷을 지어주려는 빈한한* 어머니와 깨끗하고 사랑스러운 소녀의 마음! 이것을 예뻐하는 호랑이는 자기의 배고픈 것을 잊어버렸습니다.

호랑이는 참으로 빨리 화살같이 빨리 그 돼지를 등에 둘러메고 한 번에 열 칸이나 뛰어서 그 가난한 모녀가 사는 집으로 뛰어갔습니다. 그리하여 그 크고 튼튼한 돼지를 그 집 우리에다가 놓고 그 집돼지를 업고 이것도 참으로 빨리 뛰어나와서 소년의 집 우리에다 놓고 나왔습니다. 이것이 어떻게 빨랐던지 돼지가 소리 지를 틈도 없이 순식간에 한 것입니다.

원래 기운 있고 풍채 좋은 이 호랑이가 훌륭한 의기가 났던고로 참말 놀랠 만한 기운이 새로 생겼던 것이었습니다.

늦은 달이 하늘에 떠올랐습니다. 호랑이는
"아— 날뛰는 짐승을 잡아먹는 나로서는 울 속에 돼지를 먹으려 함이 애초에 잘못이다."
하고 배고픔을 참으며 다시 산을 향하여 올라갔습니다. 그러나 자기의 배고픔보다 더욱 마음에 상쾌함을 느꼈습니다. 깊은 골짜기를 지나다보

| * 살림살이가 가난하여 집안이 쓸쓸함.

니까 달빛 아래 여우 한 마리가 앉아 닭을 뜯어먹고 있었습니다. 호랑이는 열이 벌컥 올랐습니다.

"요놈! 먹을 게 없어서 하필 불쌍한 농사꾼의 집닭을 훔쳐서 왔니."
하고는 날쌔게 뛰어가서 여우의 멱두시* 잡아 물어 죽이고 맛있게 먹었습니다.

날이 밝았습니다. 불쌍한 어머니와 사랑스러운 소녀는 돼지 울을 들여다보고는

"아이고 돼지가 하룻밤 새에 저렇게 커졌네. 이제는 이것을 팔면 네 설옷과 내 옷까지 짓게 되겠다. 아이고 좋아."
하고 기뻐하다가 눈 위에 호랑이 발자국을 보더니

"어머니, 호랑이가 내려왔었나봐요. 아마 호랑이가 돼지를 저렇게 크게 만들었나봐요! 올해는 호랑이 해라더니 참 호랑이가 이렇게 좋은 일을 하는구나."
하면서 소녀는 손뼉을 치고 웃었습니다.

이편 가여운 소년도 돼지 울을 들여다보고

"아이고 돼지가 병났나보다. 아무도 사가지 않겠지. 이제 너하고 나하고 잘 놀아. 호랑이가 너를 그렇게 해주었구나. 너와 나를 위해서."
하고는 두 손을 높이 들어 '호랑이 만세'를 불렀습니다.

—《어린이》 제4권 제1호, 1926. 1.

* '멱살'의 오기.

"나 몰랴"의 죽음

어떤 중국 소년이 아버지를 따라 평생 처음으로 조선 구경을 왔습니다.

이 중국 소년은 조선 사람을 처음 볼 뿐만 아니라 조선말은 단 한 마디도 모릅니다.

어느 날 소년은 번화한 서울 거리를 이리저리 구경을 다니다가 어떤 굉장히 큰 집을 보았습니다. 백 칸도 넘을 듯한 고래등 같은 기와집에 높은 소슬대문*이 달리고 긴 벽돌담이 달리고 긴 벽돌담이 둘러 있으며, 문 앞에는 마차와 자동차까지 놓여 있습니다.

'참 굉장히 큰 집이다. 아마 조선에서 제일 가는 부자의 집인 모양인데, 대체 이 집 주인이 누구람?'
하고 소년은 혼자 생각하면서 한참 동안 집 구경을 하고 섰다가 마침 지나가는 어떤 젊은 조선 사람을 보고
"이 집 주인 이름이 누구입니까?"

| * '솟을대문'의 오기.

그 조선 사람은 그때 자기의 동생이 병원에 입원하여 있다가 병이 위중하다는 전화를 받고 대단히 걱정을 하면서 급히 병원으로 가는 길이라, 중국 소년과 이야기할 정신이 없을 뿐 아니라 원래 중국말은 한 마디도 모르는 사람이었으므로,

"나 몰라!"

하고 간단히 대답하고 가버렸습니다.

조선말을 모르는 중국 소년은,

"나 몰라! 하하 이 집이 나 몰라라는 사람이 사는 집이로구나."

하고 고개를 끄덕이면서 걸어갔습니다.

그 이튿날 중국 소년은 전차를 타고 한강까지 구경을 나갔습니다. 맑고 아름다운 한강 물을 내려다보고 있는데, 그때 마침 배 수십 척이 곡식 가마니를 가득 싣고 들어왔습니다. 그러더니 몇천 석이나 되는 쌀을 배에서 내려가지고는 트럭에 쌓고 있었습니다. 이것을 본 중국 소년은,

"야! 쌀도 굉장히 많다. 저 쌀과 저 배가 다 누구의 것일까?"

하고 몹시 궁금했습니다.

그래서 지나가는 어떤 중학교 학생을 보고,

"여보세요. 저 많은 배와 저 쌀 임자는 누굽니까?"

하고 중국말로 물었습니다.

그러나 그 중학생이 중국말을 알아들을 리가 있나요? 더구나 그 학생은 지금 다른 중학교와 야구시합을 하는데, 시간을 맞추어 가는 길이므로 중국 소년과 이야기할 틈도 없었으니까.

"나 몰라!"

하고 간단히 대답하고 지나가버렸습니다.

"나 몰라! 옳지. 나 몰라라는 사람은 정말 부자로구나! 그렇게 큰 집을 가지고 또 저렇게 많은 배를 부리고 몇천 석 쌀을 가졌으니……."

하고 대단히 부러워하였습니다.

며칠 뒤에 중국 소년은 탑골공원을 구경하고 동대문까지 나가다가 굉장한 장례의 행렬을 보았습니다.

상여는 고운 꽃으로 장식을 하였고, 그 뒤에는 굴관 제복한 상제가 마차를 타고 따르고, 또 그 뒤에는 예복을 입은 신사들이 자동차로 따르고 또 중들은 번쩍번쩍하는 가사를 메고 불경을 외면서 나갑니다.

이 정숙하고도 화려한 장례를 평생 처음 보는 중국 소년은,

"아 어떤 사람이 죽었기에 저렇게 굉장한 장사를 지낼까?"

하고 옆에 서 있는 노인에게 누가 죽었느냐고 물었습니다.

그러나 이 노인은 중국말은 한 마디도 모를 뿐 아니라 며칠 전에 사랑하는 손자가 죽었으므로 지금 남의 상여가 나가는 것만 봐도 죽은 손자 생각이 나서 눈물이 글썽글썽하는 판이라 옆에서 누가 말을 거는 것도 귀찮기만 했습니다. 그래서 그 노인은,

"나 몰라!"

하고 돌아서버렸습니다. 이 소리를 들은 중국 소년은,

"나 몰라! 나 몰라 씨가 죽었구나. 아아 그렇게 좋은 집과 그렇게 많은 돈을 다 버리고 나 몰라 씨가 죽었구나?"

하고 슬픈 눈물을 흘리며 상여 뒤를 따라갔습니다.

—《소학생》 51호, 10월호, 1947. 10. 1.

네 힘껏 했다

옛날 어느 바닷가에 조그만 어촌이 있었습니다. 이곳에 사는 사람들은 어려서부터 바다에서 자라나서 배젓기와 헤엄치기를 잘하였습니다.

어떤 첫 겨울날이었습니다. 바람이 몹시 불고 물결은 산더미같이 일어나고 더구나 채찍 같은 비까지 쏟아져 내리는 날이었습니다. 이때 바다 저쪽으로부터 조그만 배 한 척이 사람을 가득 싣고 이리로 향하여 왔습니다. 아마도 그 배는 어느 항구를 가려 하다가 중간에서 비와 바람을 만나서 사나운 물결과 싸우다 못하여 이 시골로 피난을 들어오는 모양이었습니다.

뱃사공들은 있는 힘을 다하여 노를 저으며 사나운 물결을 이기려고 애를 썼습니다. 그러나 폭풍우는 점점 더하여지고 물결은 더욱 더욱 높아갔습니다.

배에 탔던 여러 사람들은 서로 서로 얼싸안고 울었습니다. 어린 아가는 어머니 품으로 기어들고 형은 동생을 끌어안고 벌벌 떨고 있었습니다.

"사람 살려. 사람 살려."

구원을 청하는 처량한 소리가 바람에 싸여 이 시골 사람의 귀에 들려왔습니다.

그래서 이 시골 사람들은 모두 바닷가에 모였습니다. 그러나 저렇게 사나운 바람과 높은 물결 속에 구원할 배를 내어놓을 수는 도저히 없었습니다. 오직 '저를 어떻게 하나' 하고 걱정들만 하고 있었습니다.

그때! 저것 보십시오. 산과 같은 물결이 사나운 기세로 몰려오더니 기어코 그만 배를 뒤집어 엎어버리고 말았습니다.

배에 탔던 어른들과 어린이들 수십 명은 그대로 물속에 덥석 들어가고 말았습니다.

"엄마, 엄마!" 부르는 어린이의 애달픈 소리! "아가야 아가야" 하는 어머니의 구슬픈 소리! 동생을 찾는 형님의 소리, 형을 부르는 동생의 울음! 비 소리 바람 소리에 섞여 더할 수 없이 비참하였습니다.

시골 사람들은 두 발을 동동 굴면서

"누구든지 헤엄을 쳐가서 저 사람들을 구해라. 아무도 없느냐?"
하고 소리쳤으나 이같이 무서운 바람과 물결을 무릅쓰고 이 추운 물속에 헤엄쳐 갈 사람이 어디 있겠습니까? 서로 서로 돌아다보고 한숨만 쉬고 있을 뿐이었습니다.

그때입니다. 여러 사람 속에서

"내가 들어가겠다!" 하고 뛰어나온 소년이 하나 있었습니다.

나이는 16세 용감하고 헤엄 잘 치기로 이름 있는 소년이었습니다.

"그러나 저렇게 물결이 센데 너 같은 어린이가 어떻게 들어가겠느냐?"
고 여러 사람들은 걱정을 하였으나 소년은

"염려 마십시오. 내 힘껏 하여보겠습니다."
하고 옷을 벗고 사나운 물결 속으로 뛰어 들어갔습니다. 그리하여 재치 있게 헤엄을 쳐서 엎어진 배 옆으로 한 칸 한 칸 나갔습니다.

여러 시골 사람들은 손에 땀을 내면서 소년의 행동을 살피고 있을 때 얼마 후에 소년은 귀여운 어린이 하나를 등에 업고 파도를 헤치면서 돌아왔습니다.

여러 사람들은 '와―' 하고 소리쳤습니다. '참! 용감하다' 하는 소리가 우레같이 들렸습니다.

그러나 몹쓸 물결에 부딪친 소년은 기운이 빠져서 해변가에 쓰러졌습니다. 동네 사람들은 우― 몰려와서 소년의 팔과 다리를 주물러주었습니다.

그러나 바다 속에서는 아직도 구원을 청하는 처량한 소리가 들려옵니다. 그뿐 아니라 소년이 구해낸 어린이의 '엄마'를 부르는 애끊는 소리도 들려옵니다.

기운이 없어 드러누웠던 용감한 소년은 다시 벌떡 일어났습니다. 깊은 호흡을 한번 하고 나서는 다시 물속으로 첨벙 들어갔습니다. 그리하여 얼마 만에 먼젓번에 구해낸 어린이의 어머니를 구해가지고 돌아왔습니다. 그리고 그 어머니가 아기를 품에 꼭 껴안고 너무나 감격하여 울고 있는 것을 보고 소년은 또다시 바다로 들어갔습니다.

그리하여 또 한 사람을 구하고 또 들어가서 또 한 사람을 구해냈습니다. 이제는 소년도 사나운 물결에 부딪치고 바다 속 바위에 몸이 깨어져서 얼굴과 다리에 피가 철철 흘렀습니다. 추운 물속에 오래 있어서 두 팔을 마음대로 움직일 수도 없습니다. 기운이 다 빠져서 그대로 서 있을 수도 없어졌습니다. 그러나 바다 저쪽에서는 아직도 '사람 살려. 사람 살려' 하는 처량한 소리가 그치지 않았습니다.

소년은 다시 있는 힘을 다하여 시골 사람들이 붙잡는 것도 돌아보지 않고 또 뛰어 들어갔습니다. 또 들어가고 또 들어가서 결국 12명의 귀여운 동무들을 구해냈습니다.

오, 용감한 소년의 힘이여! 한 사람의 힘으로 열두 명의 귀여운 생명! 그 얼마나 위대한 일입니까?

그러나 불쌍한 일이올시다. 소년은 있는 힘을 다 쓰고 피를 너무 많이 흘리고 가슴은 찬 물결에 몹시 상하여 그만 기절하였습니다.

여러 사람과 여러 동무들이 소년의 몸을 얼싸안고 구호를 할 때 소년은 기운 없이 눈을 스르르 뜨면서,

"여러분! 어땠습니까?"

하고 물었습니다.

"참 용감하다. 위대하다. 네 한 몸으로 열두 명이나 구하였다. 열두 명!"

그러나 소년은 적막히 고개를 흔들며

"아니요, 한 사람을 구했느냐 백 사람을 구했느냐 하는 것이 아닙니다. 내 힘껏 했습니까? 내 힘껏 했느냐 못 했느냐를 묻는 것입니다."

"그렇다. 너는 네 힘껏 했다. 네 생명껏! 네 몸과 마음과 힘의 전부를 다했다."

이 말을 들은 소년은,

"오, 대만족입니다."

하고 용감한 얼굴에 미소를 띠우고 다시 돌아오지 못하는 길을 떠났습니다.

—《어린이》124호, 1948. 6.

꿀벌의 마음

.

따뜻한 봄날 꿀벌 한 마리가 이 꽃 저 꽃으로 돌아다니면서 꽃 속에 모여 있는 달콤한 꿀을 맛있게 먹었습니다.

날씨는 화창하고 사방에 꽃들은 얼마든지 많이 피었으므로 꿀벌은 마음이 대단히 유쾌하였습니다. 그래서 어린 꿀벌은 두 날개를 활짝 펴고 입으로는 "웅웅웅" 꽃노래를 부르면서 마음대로 날았습니다.

마침 조그만 실개천 너머 야트막한 언덕에 함박꽃나무 하나가 그 보기 좋은 큼직한 꽃송이 속에 향내 나는 꿀을 담뿍 담고 벙실벙실 웃고 있는 것을 보았습니다.

꿀벌은 보기만 해도 침이 꿀떡꿀떡 넘어갔습니다.

"야— 빨리 가서 저것을 먹어보자" 하고 꿀벌은 앞뒤 돌아볼 새 없이 그 함박꽃나무를 향하여 날아갔습니다.

아차! 너무 좋아서 가다가 소나무 가지에 이리저리 얽어놓은 거미줄에 그만 탁! 걸리고 말았습니다.

이것 큰일났습니다. 음흉한 거미는 흉측스러운 웃음을 웃으며 엉금엉금 기어옵니다. 꿀벌은 "나 좀 살려주시오" 하고 소리치면서 거미줄에서 벗어나려고 애를 썼으나 두 날개와 다리들은 점점 더 얽히어갑니다.

거미는 벌써 꿀벌 앞까지 내려와서는 기다란 다리로 가여운 꿀벌을 움켜잡으려 하였습니다.

이제는 꼭 죽었습니다! 꿀벌은 눈을 딱 감고 온몸을 발발 떨었습니다.

그때였습니다. 나이가 여섯 살이나 되었을까 아주 어리고 예쁜 소녀 한 사람이 조그만 거미줄대를 들고 봄노래를 부르면서 아장아장 걸어왔습니다.

"요놈의 거미줄!" 하더니 꿀벌이 걸려 있는 거미줄을 거미줄대로 홱 걷었습니다.

그 통에 거미는 고만 달아나버리고 꿀벌은 아가의 거미줄대에 옮겨 걸려서 "휴우—" 하고 숨을 내쉬었습니다.

그러나 이 아가는 꿀벌이 어떤 것인지 처음 보는 모양입니다.

"이게 무엇이냐? 나비도 아니고!" 하고 두 손가락으로 꿀벌의 두 날개를 꼭 집어 잡아서 거미줄에서 떼냈습니다. 그리고 벌에게는 무서운 침이 있어서 쏘면 몹시 아플 것도 모르고 영채나는 눈으로 들여다보고 있었습니다. 꿀벌은 '어서 놓아주었으면—' 하고 "웅웅" 소리를 치면서 날려고 날개를 펄럭거렸습니다.

"아! 요게 달아나려고 하네. 날개를 떼어놀까보다."
하고 아가는 꿀벌의 날개를 찢으려고 하였습니다.

야단났습니다! 거미줄에 얽히어 죽을 뻔하다가 이제는 다시 아가의 손에 죽게 되었습니다. 그래서 꿀벌은 고만 심사가 나서 '침으로 한번 쏘아주고 달아날까보다' 하고 생각하였습니다. 그러나 보드랍고 예쁜 아가의 손을 차마 침으로 쏠 수가 없었습니다. 더구나 이 아가 때문에 그 무서운 거미에게 잡혀 죽을 것을 면하지 않았습니까?

'못된 거미에게 죽는 것보다 차라리 아가 손에 죽는 것이 낫겠지' 하고 꿀벌은 눈물을 머금고 참았습니다.

그러나 꿀벌의 마음을 모르는 아가는 두 손으로 날개를 떼어버리려고 하였습니다.

마침 언덕 너머로 아가의 오빠가 뛰어왔습니다. 그리고 아가의 손에 뭐를 가진 것을 보고 "너 그게 뭐냐?" 하고 물었습니다. "몰라. 오빠 이게 무슨 나비야?" 하고 아가는 꿀벌을 높이 들어 보였습니다.

"그게 벌이다. 벌이야! 침으로 쏘면 큰일난다. 어서 버려라. 어서." 하고 오빠가 소리쳤습니다.

"에구머니나!"

아가는 질겁을 하여 꿀벌을 놓아주었습니다.

아가의 손에서 다시 살아난 꿀벌은 "웅웅 고맙다. 아가야. 웅웅" 하고 기뻐서 아가의 머리를 윙 한 바퀴 돌았습니다. 그리고 '내가 침으로 아가를 쏘지 않기를 참 잘하였다' 하면서 상쾌한 마음으로 꽃을 찾아 날아갔습니다.

—《어린이》125호, 1948. 7·8월호.

제 3 부 역사소설

정포은

1. 공민왕 때

지금으로부터 1천여 년 전 단기檀紀 3251년에 고려 태조 왕건高麗太祖王建이 고구려, 신라, 백제를 통일하여 고려란 나라를 세우고 송도(지금의 개성)에 도읍을 정하여 475년 동안 왕업을 누리고 34대의 임금이 나라를 다스리었다.

이 이야기는 고려의 제31대 임금이던 공민왕恭愍王 때부터 시작된다.

공민왕은 단기 3634년에 임금의 위에 오른 분으로 천성이 어질고 영특하였고, 특히 예술에 대한 이해와 조예가 풍부하였으며, 그중에도 미술을 대단히 좋아하고 또 그림 그리는 재주도 훌륭하였다.

지금까지도 공민왕의 그린 그림이 전해 내려와서 보는 사람으로 하여금 감복하게 하는 것이니, 한 나라 임금으로서 이와 같은 위대한 예술가를 겸한 분은 아마 고금을 통하여 공민왕 한 분일 것이다.

왕은 젊어서부터 중국 원나라에 유학하여 그 나라 문물과 제도를 배우고 또 원나라 황제의 귀여움을 받아 그의 친척 되는 노국공주魯國公主와 결혼을 하였다. 그리하여 고려로 돌아와서 왕이 된 후 백성을 사랑하고 나라를 잘 다스리었고, 더구나 아름다운 왕비 노국공주도 왕을 도와 좋은 정치를 하게 하여 한동안 기울어지려고 하는 고려 나라를 다시 튼튼하게 하는 듯하였다.

그러나 왕이 등극한 지 14년 되는 해에 왕비 노국공주가 우연히 병이 들어 세상을 떠나자 왕은 몹시 슬퍼하여 음식을 먹지 않고 주야晝夜로 애통하였다. 3년 동안 고기 반찬을 받지 않고 왕이 손수 노국공주의 얼굴을 그려 벽에 걸어놓고 울었다. 나라의 돈을 아끼지 않고 공주를 위하여 그 명복을 빌고자 큰절을 지었다.

나라의 정사를 돌아보지 않고 신돈이란 중을 불러들여 높은 벼슬을 주어 나라 일을 맡기었다. 신돈은 좋은 정치도 많이 베풀었지마는 그 대신 나쁜 일도 많이 하였다. 나라는 극도로 문란해지고 백성은 몹시 고단하였다.

때마침 홍두적紅頭賊이란 도적의 떼가 일어나서 서울을 쳐들어오고, 대궐과 민가를 불살라버려서 고려국은 차차 쇠약해지고 국가가 망해버리려는 증조*가 보이기 시작하였다.

이러한 고려 말년 어지러운 세상에 이 이야기의 주인공 정포은 선생이 출생한 것이다.

2. 정포은의 출생

정포은 선생은 단기 3670년 12월에 경상도 경주부 영일현慶尙道 慶州府 迎日縣에서 출생하였으니 그 어머님이 난초蘭草를 안은 꿈을 꾸고 선생을 낳았다 하여 처음에는 이름을 몽란夢蘭이라고 지었다가 나중에 몽주夢周

로 고쳤다. 포은이란 그의 호다.

포은 정몽주 선생은 나서부터 미목이 수려하고 천성이 총명하며 어깨로부터 등에 걸치어 검은 사마귀가 일곱 개가 있어 마치 북두칠성北斗七星이 벌리어 있는 듯하여 사람마다 하늘이 낸 아이라고 감탄하였다고 한다.

글을 좋아하고 배우기를 게을리 하지 않으며 특히 부모에게 효성 있고 친구들에게 믿음을 받아 장래에 큰 인물이 될 기초가 보였다.

공민왕 9년, 선생이 24세 때 여러 동지들과 같이 과거를 보았는데 포은 선생의 성적이 제일 뛰어나서 제1등으로 뽑혀서 비로소 나라 일을 보는 첫걸음을 내디뎠다.

정치에 나서서는 나라 일을 내 일과 같이 보살피고 백성을 사랑하기를 내 몸보다 더 중하게 여기고, 더구나 나라를 위하여서는 내 목숨과 바꾸어도 싫다고 아니하는 지극한 충성을 가졌으므로 선생의 벼슬은 나날이 오르고 선생을 흠모하고 존경하는 소리는 천지에 가득하였다.

그때는 전에도 잠깐 말한 것과 같이 공민왕의 정치가 대단히 어지러워지고 또 홍두적의 난리를 치러 나라가 몹시 혼란한 뒤라 이 나라를 바로잡으려면 무엇보다 다음날의 나라를 맡아볼 젊은이들을 교육하여야 하겠다는 결심으로 학교를 세우고 청년을 가르치는 데 전력을 다하였다.

흩어진 학교를 다시 고치고 흩어진 학생들을 불러들여 그때의 성균관成均館을 맡으신 유명한 학자 이색李穡이란 분과 손을 서로 잡고 선생이 친히 학생을 가르쳤다.

그뿐 아니라 중국에서 좋은 책을 많이 갖다가 선생이 그 책을 다시 내어 여러 젊은이들을 가르치어 이 나라의 새로운 싹을 성심껏 키웠으니, 선생의 가르침을 받을 수많은 선비들은 장차 고려 나라의 훌륭한 일꾼이 되기에 족한 것이었다.

3. 중국으로 사신 가다

고려 31대 임금 공민왕도 세상을 떠나고 우왕이 등극할 즈음 중국에
는 원나라가 쇠약하여가고 명나라가 새로 일어난 때다.

원래 중국은 고려 나라보다 크고 강한 나라이므로 예전부터 원나라
를 형의 나라라고 존경하고 또 그의 명령에 복종하여왔던 것이다. 그 원
나라가 쇠약하고 새로 명나라가 섰으므로 고려는 어느 나라를 형이라고
받들어야 할지 몰랐다. 혹은 아직 원나라가 망하지 아니 하였으니 원나
라를 섬기자거니 혹은 명나라가 이제 강한 나라가 될 것이니 명나라를
섬기는 것이 앞으로 좋다거니 하고 갈팡질팡하였다.

그러는 중에 원나라가 기어이 멸망하여버리고 명나라가 중국을 통일
하게 되자 고려국이 지금까지 명나라를 완전히 섬기지 않았다 하여 몹시
괴롭게 굴었다.

병정을 내어 보내어 고려국을 치려고도 하고 또는 매년 많은 물건을
바치라고도 하였다.

그 바치라는 물건을 보면 대단히 비싸고 귀한 물건이니 금 5백 근, 은
5만 량, 좋은 말 50필, 그 밖에 베와 모시 같은 의복감 5만 필, 이러한 것
이었다. 만약 이것을 매년 바치자면 나라가 가난하여질 것이요, 바치지
않으면 나라가 망하여버릴 것이니 참으로 고려국은 큰 두통거리였다.

이때 정포은 선생이 자진하여 명나라에 사신으로 가기로 하였다. 이
러한 어려운 문제를 해결하기도 힘드는 일일 뿐 아니라 잘못하면 명나라
황제의 노여움을 사서 목숨조차 위태로울 것이었건만 나라를 위하여는
죽음을 가리지 않는 포은 선생은 조금도 주저함이 없이 사신 길을 떠난
것이었다.

여러 날 만에 중국에 도착하여 명나라 황제를 뵈옵고 이렇게 말하

였다.

"고려국은 작고 가난한 나라요, 또는 명나라의 동생뻘 되는 나라입니다. 해마다 힘에 겨운 귀한 물건을 바치면 나라의 재산은 다 없어지고 백성은 헐벗고 굶주릴 것입니다. 그렇다면 동생은 망하고 말 것이니 동생이 멸망하고 형이 잘될 수 없는 것이요, 입술이 망하면 이가 성하지 못하는 것과 같이 고려가 멸망하면 다음은 명나라도 위태하게 될 것이니 형님은 아우를 사랑하고 보호하는 것이 마땅한 일입니다. 그런고로 이러한 무리한 요구는 그만두시기 바랍니다."

이러한 의미의 말을 도도 수천어로 사뢰었다. 학식이 높고 도덕이 출중하고 더구나 몸과 마음이 도시 충의로 뭉친 포은 선생의 말은 능히 명나라 황제를 감복시켰다.

그리하여 무리한 제도는 고쳐지고 오직 몇 가지 약소한 물건으로 정의만 표하기로 허락이 내려졌고, 정포은 선생의 충성에 감탄한 명나라 황제는 특별히 많은 상을 주어서 무사히 고국으로 돌려보냈다.

이와 같은 외교의 대성공을 한 포은 선생에게 고려국에서는 벼슬을 더욱 높인 것은 물론이요, 나라의 위태로움을 구제한 은인이라 하여 온 나라 백성들이 우러러 찬양하고 공경하였다. (계속)

(고려말년의 충신 정포은 선생의 이야기는 앞으로 피가 끓고 두 주먹이 쥐어질 사실이 전개될 터이나 길이 애독하시기 바랍니다.)

―《어린이》 127호, 1948. 10.

정포은

최영 장군

우왕 14년 찌는 듯이 더운 6월 염천*이다.

고려 문하시중門下侍中이요, 팔도 도통사八道都統使(문하시중이란 지금의
국무총리와 같은 벼슬로서 문관에 제일 으뜸가는 벼슬이요, 팔도 도통사란 이
나라 육군을 통솔하는 무관에 제일 으뜸가는 벼슬이다)를 겸한 최영 장군이
왕에게 아뢰었다.

"지금 밖으로는 새로 일어난 명나라가 있어 아직도 우리나라를 여러
가지로 압박하고 있고, 안으로는 이 나라를 빼앗으려고 하는 반역도叛逆徒
들이 갖은 모략을 다 쓰고 있습니다. 이 틈에서 무고한 백성들은 어찌할
바를 모르고 헤매고 있으니 하루바삐 외국과의 관계를 밝게 하고 안으로
반역하는 무리들을 쫓아내야 하겠소이다."

이 말을 듣는 우왕은 최 장군에게 다시 물었다.

"고려의 왕위를 탐내고 민심을 소란하게 하는 자가 누구요?"

"이성계 장군인가 하오."

| * 몹시 더운 날씨.

최영은 서슴치 않고 이렇게 대답하였다. 70년 동안 그 몸이 늙고 머리에 흰 털이 날릴 때까지 나라를 위하여 전심전력한 최 장군은 그 마음과 몸이 도시가 충의뿐이었다.

이제 새로 일어나서 그 용맹과 지혜와 실력을 길러 장차 고려 나라를 빼앗고 고려 임금을 내어 쫓은 후 자기가 임금의 자리를 차지하려 하는 이성계의 힘은 컸다. 조정에 있는 여러 관원들도 겉으로는 고려왕에게 충성된 듯이 보이나, 속으로는 실력이 있고 미구에 큰 뜻을 펼 이성계 장군에게 기울어지고 있을 때라 이러한 말을 왕 앞에서 대담히 하는 사람이 하나도 없건만 충의가 뛰어난 최영 장군은 대담히 왕께 진정한 사실을 아뢴 것이다. 왕은 놀랐다.

"설마 이성계가?"

부왕 공민왕 때부터 함경도 구석에서 처음 올라온 일개 시골 무사를 지극히 애호하여 이제 일국의 상장군이란 높은 지위에까지 올려준 이성계가 나라를 배반하고 임금의 자리를 엿보다니 그것이 참말인가? 하고 젊은 왕은 의심하였다. 물론 그동안 이성계의 공로도 크기는 컸다. 선왕 공민왕 때에 홍두적이란 도적의 떼가 나라를 쳐들어와서 서울인 송도를 쑥밭을 만들고 왕은 강화로 피난까지 갔을 때, 친병 2천 명을 거느리고 갖은 위험을 무릅쓰며 싸워서 기어이 홍두적을 물리친 이도 이성계 장군이다. 왜병이 전라도에 침입하여 백성의 재물을 노략질하고 도성을 빼앗았을 때에도 이성계 장군이 출전하여 용감히 싸워서 운봉이란 곳에서 왜병을 깨뜨리어 물리친 공도 컸다. 그 밖에도 혹은 북쪽에서 들어온 적군을 물리치고 혹은 동으로 오는 도적을 막고 하여 고려의 위급한 경우를 구한 일이 한두 번이 아니요, 또 그럴 때마다 반드시 찬란한 승리를 하였던 것이다.

그러나 이렇게 나라를 구하고 백성을 살리고 싸움에 이긴 것이 이성계 장군의 힘이라 할지라도 그 뒤에는 그를 어디까지 믿고 격려하여준 임금의 힘이 있었고, 그의 뒤를 어디까지 봐준 원로장군 최영의 후원이 있었고, 더구나 항상 그와 같이 전지에 나아가 그를 도와주고 그의 미치지 못한 점을 보충하여 준 정포은 선생의 보조가 있지 않으면 그와 같은 위대한 전공은 거두지 못하였을 것이다.

그럼에도 불구하고 임금의 은혜와 선배와 친구의 마음을 저버리고 나라를 배반하려 하다니…….

이렇게 생각하니 왕의 마음은 더욱 아프고 설다.

"그럼 어찌하면 이 어려운 고비를 피할 수 있겠소?"

얼마 만에 우왕은 이렇게 했다.

"이성계 장군으로 하여금 요동정벌을 떠나보내십시오."

최영 장군은 말하였다.

요동이란 만주에 있는 땅으로 예전 고구려의 영토였다. 그 후 고려가 삼국을 통일한 후에도 요동만은 고려의 국토로 되어 그때의 원나라에서도 이것을 인정하여주었다.

그러나 원나라가 망하고 명나라가 서자 요동은 명나라 땅이라 하여 빼앗아버렸다. 이것이 고려 나라의 큰 두통거리로 되어왔다.

그러므로 이번에 이성계 장군으로 하여금 군사를 거느리고 요동 땅을 쳐서 잃어버린 국토를 찾자는 것이다.

"요동 정벌? 그것이 성공할 듯싶소?"

왕은 근심하는 얼굴로 물었다.

"물론 꼭 성공하리라고는 믿을 수 없습니다. 우리 조그만 고려국의 힘으로 크나큰 명나라를 대적하여 싸우는 셈이니까 힘은 크게 들고 공은 적을 것입니다. 그러나 그렇게 할 필요가 있습니다."

최영 장군은 늠름한 소리로 대답하였다.

"필요라니 꼭 그렇게 할 필요를 말하여보오."

"아뢰오리다. 지금 우리나라 조정에는 이성계 장군의 편이 되어 나라를 뒤집어 엎으려고 하는 무리가 많습니다. 그들을 모조리 잡아 없애야 나라가 편안하게 될 것인데, 그렇게 하려면 먼저 이성계 장군을 멀리 떠나보내고 그가 없는 틈을 타서 일을 진행하여야 할 것입니다. 또 한 가지 만약 이번 요동 정벌에 이 장군이 천행으로 싸움에 이기면 우리는 잃었던 국토를 도로 찾게 되는 것이오며, 만약 싸움에 지고 돌아오면 그 책임을 흠뻑 이 장군에게 뒤집어씌워서 이 장군을 없이할 수가 있을 것이니 이것이야말로 여러 방면으로 보아 묘한 계책일까 합니다."

이 같은 최영의 말을 듣는 우왕은 연해 고개를 끄덕였다.

"그러나 이성계가 이 말대로 행하겠소?"

하고 물었다.

"임금의 명령이라고 어디까지 강경히 주장하면 들을 것이오. 더구나 이번 일은 극히 비밀히 해야겠사온즉 전하께서는 평안도 방면으로 순행하신다고 하시고, 이성계 장군과 그 외의 군대를 데리고 도성을 떠나셔서 평양에 가서서 갑자기 명령을 내리시면 그를 도와 반대할 사람도 없을 것이오니 그렇게 하시도록 하소서."

이러한 계교를 의논하였다.

나라를 사랑하는 늙은 충신 최영의 말대로 젊은 임금 우왕은 실행하기로 하였다.

그러나 이것이 의외의 대사건을 일으킬 도화선이 될 줄이야 누가 알았으랴.

(계속)

—《어린이》128호, 1948. 11.

정포은

요동 정벌

　최영 장군의 계교대로 왕은 요동 정벌을 하기로 작정하고, 겉으로는 평안도 지방을 순행한다고 꾸미고 문무백관과 병정 4만 명을 거느리고 서울 송도를 떠나 평양으로 향하였다.

　때는 초여름도 훨씬 지난 6월이었다. 산과 들에는 나뭇잎이 무성하고 골짜기마다 맑은 물이 넘쳐흘렀다. 아름다운 고려국의 산천은 사람의 마음까지 황홀하게 하였다.

　그러나 지금 왕의 마음은 몹시 설레어 좌우의 좋은 경치도 눈에 띄지 않았다. 요동 정벌이란 커다란 일과 이성계 장군을 몰아낸다는 어려운 문제가 왕의 마음을 산란하게 하였다.

　오직 최영 장군만은 자신만만한 듯 훈훈한 여름 바람에 흰 수염을 나부끼면서 말 위에 높이 앉아 태연히 행진한다.

　병정들의 얼굴에서는 구슬 같은 땀이 흘렀다. 오래간만에 왕이 순행하시는 길이라 다른 때와 달라서 매우 흥그러웠다*. 그러나 왕의 순행에

| * 흥이 나서 마음이 들뜬 상태에 있거나 마음에 여유가 있다.

시위하고 가는 데는 너무나 군사 수효가 많았지만 무삼한 군사들은 그것을 의심하는 사람조차 없었다.

왕의 일행은 닷새 만에 평양성에 이르렀다. 대동강 기슭에 고이 앉은 평양성은 그림과 같이 아름다운 도시였다.

백성들이 환호하는 가운데 성 안으로 들어간 왕은 문무백관을 모으고 이렇게 명령을 내렸다.

"요동 땅은 옛날 고구려 때부터 우리나라 국토요. 그것을 이번에 새로 일어난 명나라가 빼앗으려 하니 우리는 그대로 있을 수 없소. 그러므로 이제 곧 군사를 일으키어 요동 땅을 쳐서 잃었던 국토를 찾기로 하겠소. 이성계 장군으로 좌도통사를 삼고 조민수 장군으로 우도통사를 삼아 정병 4만을 주노니 즉시 발행하여 요동 정벌의 길을 떠나도록 하오."

이것은 실로 천만 의외의 명령이었다. 더구나 이 어렵고도 괴로운 책임을 맡은 이성계 장군에게는 청천의 벽력과 같은 것이었다.

이성계는 왕의 앞으로 나섰다.

"요동 정벌을 떠나라 하시니 그 마땅하지 않음이 네 가지 있습니다. 첫째 우리 작고 힘이 약한 고려국으로서 명나라 같은 큰 나라를 치려 함이 잘못이요. 둘째로 지금 때가 더운 여름이오니 여름에 군사를 움직임이 잘못이요. 셋째로 요동은 길이 멀고 기후와 풍토가 좋지 못하니 군사들이 병들기 쉽고 넷째로 4만 대군을 멀리 떠나보내면 나라가 비겠으니 그 틈을 타서 남쪽으로 왜병이 침범할 염려가 있사온즉 이렇게 떠나지 않는 것이 좋을 듯하옵나이다."

마음속에는 비록 딴 생각을 품었으나 그의 말은 사실이었다. 조금도 이롭지 못한 정벌의 길이었다. 그러나 이때를 놓치면 다시는 이성계 장군의 세력을 꺾어볼 날이 없을 줄 아는 최영 장군은 왕의 앞에 한 걸음 나서며

"이 장군의 말은 한편으로 당연한 듯이 들리나 그렇지 않습니다. 우리나라가 비록 작고 힘이 약하나 나라를 위하는 4만의 군사가 마음이 한덩어리가 되면 족히 요동을 쳐서 이길 수 있을 것이요, 더구나 명나라는 지금 건국 초라 아직 기초가 튼튼히 잡히지 못하였으니 이때를 놓치면 다시는 요동을 찾을 날이 없을 것입니다. 이 장군은 나라를 생각지 않고 자기 한 몸의 평안함을 꾀하려 함이니 빨리 왕명에 순종하도록 하시오."

하고 소리를 높여 말했다.

위로 임금의 어명이요, 다음으로 팔도 도통사 최영 장군의 명령이다. 더구나 이성계 장군의 부하 심복들은 전부 서울에 머물러 있어 이곳에 오지 않았으므로 이 장군의 편이 되어 돕는 사람은 하나도 없었다.

이렇게 하여 할 수 없이 이성계는 이롭지 않은 요동 정벌의 길을 떠나게 되었다.

이성계 장군

이야기는 잠깐 딴 길로 들어가지만 이 기회에 이성계 장군의 내력을 알아두기로 하자.

이성계란 분은 원래 함경도에서 태어난 이름 없는 무사였다.

어려서부터 기운이 장사요, 담력이 크고 지혜가 많고 거기다가 남달리 욕망이 높았다. 활쏘기를 즐겨하고 또 활 쏘는 재주가 대단 놀라웠다. 달아나는 짐승이나 나는 새나 사나운 맹수라도 이성계의 화살 한 대만 나는 날이면 백에 백, 천에 천 반드시 꺼꾸러지고 말았다.

이렇게 활쏘기를 잘하므로 사람마다 그를 신궁이라고 불렀다.

일찍 그의 아버지가 죽어서 장사를 지내려 할 때 무학이란 유명한 중에게 청하여 아버지의 산소 자리를 잡는데 그 자손 중에 임금이 될 사람이 난다는 좋은 자리를 택하였다고 한다.

그런 뒤에 그는 함경도 시골구석에서는 도저히 출세할 수 없는 것을 깨닫고 서울로 뛰어 올라갔다. 그리하여 그는 용감함과 지혜를 전부 이용하여 한 걸음 한 걸음 큰 욕망을 달하려는 길을 걸어온 것이었다.

그 큰 욕망의 길이란 높은 벼슬도 아니요, 백만장자가 되는 것도 아니다. 그보다도 몇십 갑절 더한 임금의 자리에 오르려는 욕망이다.

이러한 큰 포부를 이루려면 먼저 자기의 힘을 기르고 만백성의 신망을 얻어야 하고 또는 자기를 도와서 몸과 마음을 다 바치는 동지를 구하여야 할 것이다.

그래서 그는 자기의 재주를 전부 기울여 고려 나라를 위하여 일을 했다.

여러 번 전쟁에 목숨을 내놓고 싸워서 이겨서 벼슬이 나날이 오르고 만백성들이 그를 우러러 찬양하였다.

그리고 그는 배극렴, 조민수, 남언, 정도전, 이두란 같은 동지를 얻었다. 그중에도 정도전의 글과 재주와 이두란의 무예와 용맹은 족히 천 사람 백 사람을 당할 만큼 유명한 인물들이었다.

이두란은 기운도 세거니와 이성계 장군만큼 활 쏘는 재주가 용하였다.

어떤 때 이성계 장군과 이두란 두 사람이 황해도 지방에 사냥을 나간 일이 있었다.

그때 마침 어떤 여자 하나가 오지항아리에 물을 길어가지고 머리 위에 이고 지나가는 것을 보고 이성계 장군이 이두란을 보고,

"여보게 두란이! 내가 활을 쏘아 저기 지나가는 여인의 물동이를 맞춰 구멍을 뚫어놓을 터이니 자네는 다시 활을 쏘아 살대로 그 구멍을 막겠는가?"

하고 물었다.

　이두란은 서슴치 않고

　"그리하오리다" 하였다.

　이 장군은 얼굴에 웃음을 머금고 활을 당겼다.

　나는 화살은 똑바로 물동이를 꿰뚫었다. 동이가 깨지지도 않고 구멍 하나만 빵! 뚫려 물이 졸졸 샜다.

　이때 이두란이 활을 그었다. 그의 화살이 틀림없이 뚫어진 구멍에 가서 꽂혀 막아버렸다.

　"다음에 내가 쏘리다."

　이번에는 이두란이 동이에 구멍을 뚫어놓았다. 이성계의 화살은 역시 틀림없이 그 구멍을 막아버렸다.

　두 사람은 유쾌히 웃고 서로 서로 일생을 돕기로 굳게 약속하였다.

　이렇게 그들은 활을 잘 쏘고 또 마음이 서로 통하였다. 그리고 이들의 앞에는 수없는 부하가 모여들어서 이성계 장군의 세력은 고려국 조정에서 크나큰 존재였다.

　나라는 차츰차츰 기울어갈 때 이 같은 큰 인물이 나섰으니 그의 욕망을 이룰 날이 멀지 않은 것이 분명했다.

　그런데 이번에 천만뜻밖에 요동 정벌이란 어명이 내리어 몇십 년 두고 쌓아놓은 공을 헐려고 하니 이성계 장군의 마음이 어찌 편할 리가 있으랴.

　(계속)

—《어린이》 129호. 1948. 12.

정포은

위화도 회군

이성계 장군은 4만 명 대군을 거느리고 이튿날 평양성을 떠나 남만주 요동 땅을 바라보고 떠났다.

기치*와 창검은 햇볕에 번쩍이고 군사들이 용감히 행군하는 말발굽 소리는 천지를 뒤흔드는 듯하였다. 장교들의 지휘하는 소리와 유량한 군악 소리도 한데 뭉쳐 엄숙하고 장하기 짝이 없었다.

그중에 이 장군은 말에 높이 앉아 보기 좋은 수염을 여름 바람에 휘날리며 말없이 가는 품이 과연 4만 대군을 거느릴 만한 위엄과 자격을 갖춘 장군답게 뵈었다.

그러나 지금 장군의 마음은 몹시 설다. 다른 때 같으면 이만한 많은 군사를 거느리고 이렇게 위의**있고 엄숙하게 행군하는 것이 대단히 용감하고 흥겨운 일일 것이지만 오늘 이 행군은 장군으로서는 원치 않는 일이요, 또한 자기의 일생의 대사임을 단번에 그르치는 원인이 될지 모르는 것이므로 가슴이 무겁고 앞일이 캄캄하였다.

* 군대에서 쓰던 깃발.
** 위의威儀. 위엄이 있고 엄숙한 태도나 차림새.

아무리 평소에 손수 가르치고 훈련시키고 또 여러 번 싸움에 나가서 단련한 군사요, 그 수효가 4만 명이나 된다 할지라도 고려국의 몇십 갑절 몇백 갑절 되는 명나라 군사를 당해낼 재주가 없다. 설사 한번 싸움에 이긴다손 치더라도 그 뒤에는 무기와 군량과 군사가 무한히 많은 명나라를 끝끝내 이겨낼 수는 도저히 어려운 일이다.

그러고 보면 이번 요동 정벌이야말로 섶*을 지고 불로 뛰어 들어가는 셈이요, 이성계의 일생을 멸망하러 가는 것과 같다.

그뿐이랴. 설사 운수가 좋아서 요동 땅을 쳐서 빼앗는다 하더라도 그동안이 한 달이나 두 달이나 잘못하면 반년이나 일 년이나 걸려야 할 것이니 그동안에 자기는 도성을 떠나 있게 되고 조정에서 멀리 떨어져 있게 되니 자기 없는 틈에 무슨 일이 있을지 모르는 일이다.

첫째 수십 년 동안 쌓아놓은 장군의 기초가 무너질 것이요, 자기의 수많은 심복 부하들이 조정에서 쫓겨나고 벼슬자리도 떨어질는지 모른다. 그러면 이후에 다시 자기가 돌아갈지라도 팔과 다리를 없이 해놓은 병신 모양이다. 옴짝할 수 없게 될 것이니 지금까지 쌓놓은 공든 탑이 일조에 무너지는 것이다.

"고려의 강토를 차지해보자. 고려 국왕의 용상에 올라 앉아보리라! 그리하여 고려 국민을 호령하여 그들을 잘 살도록 만들어보리라!"

이러한 야심을 품고 있는 이 장군인지라 이번 행군이 몹시 불길하게 생각되는 것은 정한 이치였다.

그러나 이 장군은 낙심하지 않고 묵묵히 걸었다. 그의 크고 광채 나는 눈은 항상 먼 하늘을 바라보고 깊은 생각에 빠져 있었다.

유월의 뜨거운 햇볕에 얼굴은 상기가 되어 무른 대추빛 같고, 넓고

| * 잎나무, 풋나무, 물거리 따위의 땔나무를 통틀어 이르는 말.

시원한 이마에서는 구슬땀이 한 방울 두 방울 흘러도 씻을 마음도 없는 듯하였다.

이 장군은 곤란한 경우를 당하여 그것을 이겨나갈 줄을 잘 안다. 불길한 일을 도리어 행복된 길로 이끌어나가는 용기와 지혜가 있는 이다.

이것은 그가 항상 싸움에 나아가서도 경험한 일이다. 꼭 지게 된 싸움에서도 최후의 일각까지 낙망하지 않는, 그 어떠한 기회든지 붙잡아가지고서는 되돌아서서 그 싸움을 이기게 하는 재주가 있었다.

이번에 당한 이 요동 정벌이란 가장 불길한 경우를 당해도 그는 이 불행에서 벗어날 길을 연구하고 있는 것이다. 그뿐 아니라 이 불행을 도리어 행복의 길을 만들어보려고 애쓰고 있는 것이다.

'나라와 백성을 사랑하는 늙은 충신 최영 장군과 그를 믿고 일하는 우왕! 이 임군과 신하 때문에 이러한 큰 곤란을 받는다. 이것을 이용하여 이쪽에서 그 임군과 그 충신을 몰아낼 수 없나?'

이것이다! 이것이 지금 이 장군의 머릿속에 가득 찬 생각이다.

평양성을 떠나서부터 이틀 사흘 닷새 엿새 되는 날까지 필요한 말 외에는 말 한 마디 않고 행진하던 이 장군의 머리에 비로소 계교와 생각이 완전히 섰다.

닥쳐온 불행을 물리치고 도리어 행복의 길로 나아갈 방법이 정해진 것이다.

그리하여 그날 밤 그의 심복 조민수 장군을 불러 앞으로 해나갈 방침을 비밀히 의논하였다.

첫째로 이번 행군이 몹시 괴롭고 어렵다는 것을 군사들에게 알릴 것.

둘째 이번 요동 정벌은 도저히 이길 가망이 없는 싸움이요, 열에 아홉은 죽고 돌아오지 못한다는 것을 알게 할 것.

셋째 이러한 이롭지 못한 싸움을 시작하게 한 것은 완고한 늙은이 최영 장군이 어리석은 우왕을 꾀어내서 한 일이라는 것.

이런 것들을 널리 군사들에게 알게 하자는 것이었다.

계교는 그 이튿날부터 착착 진행되었다.

찌는 듯한 유월 염천에 조금도 쉬지 않고 행군을 시켰다. 하루 세끼 음식을 제때에 먹이지 않았다. 군사들은 더위와 배고픔을 이기지 못하여 기진맥진하여 쓰러지는 이가 많이 생겼다.

그러나 대장들은 채찍을 들고 길을 재촉하면서

"이것이 최영 장군의 지시요, 임군의 명령이다!"

하고 소리쳤다.

"나라에서 준비 없는 전쟁을 시작하였기 때문에 군량이 부족하여 제대로 밥을 못 먹인다."

하고 모든 괴로움을 나라와 최영 장군에게 책임이 있다고 하였다.

군사들은 괴로웠다. 더위는 점점 심하고 몸은 쇠약하여갔다. 그들은 차차로 불평을 부르짖게 되었다. 행군하기가 싫어지게 되었다.

그뿐 아니라 요동 땅에는 명나라 군사가 10만 명이나 있고 든든한 성벽과 훌륭한 무기가 준비되어 있어서 천하에 당하기 어려운 곳이라는 소문이 났다.

이번 싸움은 절대로 이기지 못하고 우리는 전부 죽어서 요동 땅의 외로운 귀신이 된다는 말이 누구의 입에서 나온 말인지 모르나 한 입 건너 두 입 건너 온 군중에 퍼졌다. 설사 목숨을 보전한다 하여도 나중에 명나라를 범한 죄로 큰 벌을 받으리라는 말까지 돌았다.

군사들은 마음이 설레기 시작했다.

이번 싸움에 크게 이겨 많은 상을 탈 줄 알고 용기가 충천하던 것이 초주검이 되어버렸다. 그리고는 평화스러운 고향의 처자가 그립고 하루바삐 고국으로 돌아갈 생각뿐이요, 싸우러 나갈 생각은 꿈에도 없어졌다.

이러한 마음은 날이 갈수록 더하여갔다. 평양을 지나 선천을 지나 고향 산천이 점점 멀어갈수록 심하여졌다.

드디어 대군이 의주성에 도착하였다. 앞으로 흐르는 압록강 하나만 건너면 만주 땅이다. 이 강을 건너서 다시 고국에 돌아올 수 있으랴? 승전할 희망이 없는 이 전쟁을 하려 이 강을 건너겠느냐? 군사들의 마음은 극도로 흥분하였다. 그날 밤이었다.

이성계 장군은 몇 사람 장수와 같이 의주에 있는 통군정이란 정자에 올라 술을 마셨다. 마음속에 불평을 잊으려는 듯이 술을 마시고 또 마시고 비분한 노래를 부르고 또 술을 마셨다.

나중에 눈물을 흘리고 멀리 고국을 바라보는 것이었다.

이것을 군사들이 보았다. 그것은 일찍이 보지 못하던 광경이었다. 언제든지 전장에 나갈 때에는 장하고 쾌한 기운을 가지고 호화롭게 웃으며 용기를 보이던 이 장군이었다. 그런데 오늘 밤은 웬일인지 비통하고 쓸쓸한 얼굴이다. 그뿐이랴. 고향을 바라보며 눈물조차 흘리지 않느냐? 이것은 반드시 이 장군도 이번 싸움은 이기지 못할 것을 알고 있는 까닭인 듯싶다.

이 길이 마지막 길이므로 고향을 바라보며 눈물을 짓는 것인가.

이 장군의 이러한 태도를 본 군사들은 드디어 지금까지 쌓이고 쌓였던 불평이 폭발하고 말았다.

"평소에 부모같이 믿고 바라던 이 장군이 저러하실 때야 이번 싸움은 죽으러 가는 것뿐이니 무슨 소용이 있느냐."

"이 장군을 따라 승전을 하고 공을 세우고자 했더니 이제는 아무 희망도 없구나."

"싸움을 그만두고 돌아가자! 그리운 고향으로 돌아가자!"

이러한 공론이 그날 밤으로 돌았다.

이튿날 강을 건너 위화도라는 섬에 도착하였을 때 하늘도 이 장군의 계교를 돕는 듯이 때마침 장맛비가 내리기 시작했다.

비는 점점 채찍같이 퍼부어서 행군할 수가 없어서 위화도에 쉬었다.

어젯밤부터 이 구석 저 구석에서 쑥덕쑥덕 공론은 기어이 있었다.

군사들은 창과 칼을 들고 쏟아지는 비를 무릅쓰고 이 장군의 처소 앞으로 모였다.

"회군합시다. 싸움은 그만두고 돌아가기를 바라오."

군사들의 외치는 소리는 위화도를 뒤흔들었다.

이 장군은 속으로 만족하였다.

"이제야 내 계교가 들어맞았구나!"

하고 기뻤다. 그러나 겉으로는 그러한 빛도 보이지 않고 위의를 엄숙히 하여

"그게 무슨 소리들이냐? 우리는 임금님의 어명으로 요동 정벌을 떠난 것이다. 임금의 명령 없이 마음대로 회군한다는 것은 반역행위이다. 너희들은 역적 놈이란 소리를 듣게 된다."

이렇게 호령하였다.

"반역행위라도 좋습니다. 유월 염천에 아무 준비 없이 군사를 움직여 우리들로 하여금 굶주리고 병들게 하였소. 그리고 우리나라 같은 병력으로 명나라 같은 대국을 치러 가다니 도저히 이길 가망이 없는 싸움이요. 우리는 개돼지같이 죽으러 가는 것보다 오히려 반역도가 되어 나라를 바로잡아야 하오."

"옳소이다. 나라를 좀먹이고 우리를 죽을 곳에 집어넣으려는 최영 장군을 몰아내야겠소."

"더구나 이 장맛비가 오래 계속되면 만주 땅은 말이나 군사가 움직일 수 없이 진흙구렁이가 된다 하오. 이렇게 피곤한 군사들이 어찌 험한 길

을 행군할 수 있겠소? 한시 바삐 회군합시다!"

이렇게 떠들었다.

이 말을 듣는 이 장군은 잠시 동안 눈을 감고 무엇을 생각하는 듯하더니 얼마 후에 고개를 두어 번 끄덕였다. 그리고 눈을 떠 군사들을 돌아보고 가장 정중한 목소리로 말하였다.

"여러분의 고충을 잘 알았다. 여러 군사들의 마음이 곧 내 마음이다. 지난해 여러 번 전장에 죽고 살기를 같이한 내가 어찌 그대들의 고충을 모르랴. 그러나 우리는 임금님을 배반하여서는 안 된다. 이번 요동 정벌을 떠나보내기는 비록 임금님께서 명령하셨다 할지라도 이것은 도시가 최영 장군의 계교인즉 우리는 최 장군을 반대할지언정 임금님에게 반역해서는 안 된다. 더구나 최 장군으로 말하면 자기의 세력을 펴고 우리 고려국을 자기 손아귀에 넣으려고 하는 야심이 있어서 나를 몰아내고 나를 죽을 곳에 빠뜨려 다시 살아오지 못하게 할 양으로 이번 일을 꾸민 것이 분명한즉 우리는 마땅히 회군하여 이러한 자를 처벌하여야겠다!"

이 말을 듣는 군사들은 소리를 같이하여 "옳소이다. 회군합시다. 최영을 몰아냅시다!" 하였다.

이성계 장군의 계획은 똑바로 들어맞았다. 장군은 고려 임금님에게 충성한 듯하나 실상은 그렇지 않고 임금님보다는 제일 무서운 이가 최영 장군이니 최 장군만 없애면 임금님쯤은 허수아비같이 생각이 되었던 것이다. 그리하여 이와 같이 군사들의 마음을 충동한 것이다.

"자— 송도를 향하여 회군하라!" 하는 명령이 이 장군에게서 내려졌다.

군사들은 기뻐서 날뛰었다.

"이성계 장군 만세!"를 부르면서 압록강을 다시 건너 회군의 길에 올랐다.

갈 때는 그렇게도 기운이 없고 마음이 내키지 않더니 돌아오는 길은 그와 딴판으로 용기백배하여 나는 듯이 행진하였다.

의주, 선천, 안주를 얼른 지나 평양성을 바라보고 의기양양하게 회군을 하는 것이었다.

(계속)

(역사에 유명한 위화도의 회군은 이렇게 행하였습니다. 이제부터가 고려국의 최후 중요한 시기에 다다랐고 만고 충신 정포은 선생의 활약할 때가 왔습니다. 다음 달 호를 기다리십시오.)

—《어린이》130호, 1949. 1 · 2월호.

정포은

화원별궁花園別宮에서 이성계 장군이 위화도에서 임금의 명령 없이 회군하여 돌아오는 줄을 모르는 우왕과 최영 장군은 지체하지 않고 그들의 계획을 진행시켰다.

먼저 이성계 장군의 가장 친밀한 부하들을 조정에서 쫓아내기로 하였다. 정도전, 남언 같은 이들을 벼슬을 떼어내어 보내고 그 밖에 그들의 일당을 모조리 몰아내었다.

그리고 이 나라 어지러운 정세를 바로잡고 괴롭고 굶주리는 백성들을 건지기 위하여 어진 정치를 베풀기로 하였다.

그렇게 하는 데는 무엇보다도 덕이 높고 마음이 어진 사람을 택하여 정사를 맡겨야 한다. 그리하여 유명한 인격자요 학자인 이색 선생을 불러 높은 벼슬을 주어 정치를 다스리게 하고 최영 장군은 오직 팔도도통사로 군사의 일만 맡기로 하였다.

그뿐 아니라 다음날 나라를 맡아볼 청년을 가르치는 중요한 책임을 가진 성균관 대사성이란 자리는 정포은 선생이 앉게 되었다.

이렇게 내정을 새롭게 하고 인심을 안돈하여 흔들려가는 고려 나라의 사직을 바로잡기에 골몰하였다.

"이제는 우리나라도 반석같이 튼튼하여지고 만백성은 성주의 만만세를 마음껏 부를 것이옵니다."

최영 장군은 흰 수염을 여름 바람에 나부끼면서 젊은 왕께 이렇게 아뢰었다.

"이것이 모두 장군과 여러 신하들의 충성된 덕이오."
하고 우왕도 오래간만에 만족한 웃음을 웃었다.

그리고 젊은 왕과 늙은 장군은 며칠 동안 평양성에 머물러 아름다운 경치도 구경하고 틈틈이 나라 일을 바로잡을 의논도 하였다.

만약 이 계획대로만 나간다면 과연 고려 나라는 다시 일어나고 강하고 부한 나라가 될지 몰랐다.

그러나 천만뜻밖에 놀라운 소식이 들어왔다.

"4만 명 대군을 거느리고 반역하여 들어온다!"

이것이었다.

왕과 최영은 놀랐다. '설마하니 이성계가 왕명을 거역하고 회군하리?' 하고 의심하였으나 연달아 들어오는 소식은 이것이 분명한 사실임을 전한다.

왕과 최영과 그 외의 모든 신하들은 분하고 원통함을 참으면서 서울인 송도로 돌아가기를 바삐 하였다.

돌아가는 고을마다 이성계의 반역 군사를 힘껏 막으라고 분부를 내리고 주야를 도와 회정하였다.

그리하여 서울로 돌아온 왕은 송도의 화원에 있는 별궁으로 들어와서 앞으로 막아낼 계책을 의논하였다.

"어떻게 하면 좋소."

왕은 근심스러운 얼굴로 여러 신하들을 돌아보았다.

"먼저 이성계의 벼슬을 깎아버리시고 그의 왕명을 거역한 죄악을 천하에 알리신 후 남아 있는 군사를 시급히 모아 그들을 대항해야겠습니다."

군국 실권을 손에 쥐고 있는 최영 장군은 이렇게 아뢰었다.

"그러나 정병 4만 명이 이성계의 수하에 있고 남아 있는 군사와 병기가 얼마 되지 않아 어떻게 하오?"

왕은 근심스럽게 물었다.

"아무리 4만 대군이 이성계의 수중에 있다 할지라도 아직도 이 나라에는 수만 명 군사가 남아 있고 또 나라를 생각하는 충성된 젊은 국민이 많이 있사온즉 나라가 위태로운 이 마당에 목숨을 내놓고 나설 것입니다."

이와 같은 의논을 하고 있을 즈음에 벌써 풍우같이 몰아오는 이성계의 군사는 송도 서울을 쳐들어왔다.

만월대滿月臺 대궐을 겹겹이 둘러싸고 왕을 찾다가 왕이 화원 별궁에 있다는 말을 듣고 군사를 몰아 자남산子男山을 넘어 화원 별궁으로 몰려왔다.

이성계 장군이 지휘하는 군사들은 황룡대기黃龍大旗를 앞에 세우고 아우성 소리를 지르면서 별궁을 에워쌌다.

최영이 귀양 가다

우왕과 왕후인 영비 최씨(왕후는 최영 장군의 따님이다)는 용상에서 발발 떨고 있었다.

이색과 정포은 등 여러 신하는 주먹을 쥐고 발을 굴렀다.

오직 백전노장 최영 장군만은 침착한 얼굴에 살기를 띠고 엄하고 분명한 명령을 내렸다.

"궁정에 남아 있는 금군을 풀어라. 그리고 나의 갑옷과 용천검을 가져오너라."

몸에 갑옷을 입고 손에 익은 용천검을 메어들고 나서는 최영 장군은 몸은 비록 늙었으나 용기와 위의가 늠름하였다.

그리고 왕께 나와

"신이 비록 늙고 병들었으나 금군을 지휘하여 이성계를 맞아 싸워 반적을 물리치겠습니다."

이같이 아뢰고 밖으로 나갔다.

"반역 이성계는 나서라!"

산이 울릴 듯한 호령 소리에 금군은 앞을 다투어 나아가 싸웠다. 그러나 수효로도 당치 못하고 의기로도 당치 못하였다. 더구나 저편은 지금 한창 세도가 하늘을 찌를 듯한 이성계 장군이 있음을 어찌 당하랴.

모래성이 무너지듯 허수아비 같은 금군은 이성계 장군의 손에 몰려 달아나버렸다.

최영 장군은 하늘을 우러러 탄식하였다. 70평생에 처음 당하는 패전이요 치욕이었다.

그는 이미 시세가 글렀음을 깨달았다. 눈물을 머금고 궁전으로 들어왔다.

그리하여 왕 앞에 엎드려

"이 늙은 몸을 처벌하여주소서. 수십 년 동안이나 손때 먹여 길러놓은 병사들이 허수아비같이 흩어져버렸습니다. 이것이 모두 신의 잘못이오니 신을 벌하소서."

왕은 용상에서 내려서서 손수 최 장군의 손을 잡아 일으키면서

"어찌 경의 죄리요. 다 짐이 덕이 없는 탓이오."

하고 위로하였다.

밖에서는 군사들의 함성이 점점 높아가고 징 소리, 칼 소리, 말이 우는 소리가 소란하다.

이때 반란의 대장 이성계 장군이 들어왔다. 그는 공손히 절하며

"임금께 아뢰오. 지금 군사들은 저렇게 야단들입니다. 그것은 결코 임금님을 배반하려는 것이 아니요, 오직 이번 요동 정벌의 책임자를 처벌하려고 하는 것입니다."

"요동 정벌의 책임자라니 누구를 가리키는 말이오."

"4만 대군을 죽음의 땅으로 몰아넣고 조그만 고려국으로서 대국인 명나라를 침범하여 우리나라 사직을 위태롭게 한 것은 나라의 큰 죄인입니다. 이러한 정벌을 발론한 자는 곧 최영 장군이올시다. 그러하오니 즉시 최 장군의 벼슬을 뺏으시고 그를 귀양 보내셔야 군사들이 진정할 것입니다."

이러한 이 장군의 말에 임금은 진노하였다.

"무슨 소린고? 왕명을 거역하고 군사를 충동하여 나라의 충신을 없이하고자 하는가?"

"어명 없이 회군한 것은 4만 군사의 뜻이올시다. 그리고 나라를 위태롭게 한 것은 분명히 최 장군의 책임이오니 만약 이 말씀을 듣지 아니 하신다면 신은 군사들을 진정시킬 책임을 질 수 없습니다. 4만 대군이 무슨 일을 저지를지 모르겠사오니 이때를 놓치지 마시고 결단하셔야겠습니다."

이것은 실로 큰 위협이었다. 4만이란 군사의 힘을 손아귀에 쥐고 있는 이성계의 말은 이 마당에 반대할 수 없는 큰 존재였다. 그러나 왕은 반대하였다.

"안 되오. 최 장군은 나라의 중추와 같은 충성 된 신하요. 절대로 못

하오.”

　그때 최영 장군은 왕 앞으로 나와 엎드렸다. 그리고 입을 열어

　“신의 벼슬을 거두시고 죄를 내리소서. 그리하여 군사들의 마음을 진정케 하소서.”

　실로 비장한 결심이었다. 이제 나라는 바야흐로 바람 앞에 등불과 같이 위태로운 순간을 당하였다.

　이성계 장군의 말을 듣지 않으면 비단 최영 장군 한 사람뿐이랴, 임금님의 목숨이 위태할지도 모른다. 그뿐 아니라 한 걸음 더 나아가서 고려란 나라가 망하여버리고 이 씨가 임금님의 자리에 나아갈는지 모른다. 최영 한 사람만이 희생을 하고 이 나라를 구할 수 있다면 어찌 이를 사양하랴? 이것이 충신 최영 장군의 마음이었다.

　“장군의 충성된 마음은 감사하오. 그러나 장군이 없으면 이 나라 사직을 누가 보호하리? 못하오.”

　왕은 눈물을 머금고 거절하였다.

　“아니요. 70평생을 나라에 바친 최영이 늙고 병들은 나머지 몸을 마저 바칠 때가 왔습니다. 이 몸을 바쳐 나라의 사직을 구할 수 있다면 즐겁게 바치오리다.”

　주름 잡힌 얼굴에 눈물을 머금고 최영 장군은 일어섰다.

　“자 이 장군! 나를 군사들에게 내어주오. 그리고 한 마디 마지막 부탁이오. 장군도 고려의 백성이오. 외람한 마음을 먹지 말고 이 나라의 충신이 되시오.”

　이성계에게 이러한 부탁을 하였다. 그리고 다시 정포은 선생의 손을 잡았다.

　“포은! 부탁하오. 이 나라 사직을 부탁하오. 최영 장군이 지고 가다가 못다 진 이 나라 사직을 대신 맡아주시오.”

창자 속에서 우러나오는 듯한 간곡한 부탁이었다.

"생이 비록 재주 없고 힘이 약하오나 장군의 이 말씀은 뼈에 새겨 잊지 아니 하오리다."

정포은은 충심으로 맹세하였다.

"고맙소. 마음 놓고 가오리다."

"상감마마, 신은 가오. 만수무강하소서."

영비 최 씨는 소리쳐 울었다. 왕도 곤룡포 소매로 얼굴을 가리고 느껴 울었다. 여러 신하들도 차마 얼굴을 들지 못하고 흐느꼈다.

최영 장군은 눈물을 거두고 뚜벅뚜벅 걸어나갔다.

충신의 나라에 바치는 최후의 장엄한 길이었다.

이렇게 하여 고려 나라를 버리고 가던 최영 장군은 이성계의 계획대로 벼슬을 버리고 고봉현으로 귀양살이를 떠났고, 그 후에 이성계의 손에 죽임을 당하고 말았다.

그가 마지막 죽을 때

"내가 평생에 나라를 위하여 있는 힘을 다하다가 억울한 죄에 죽임을 당한다. 내가 만약 죽은 뒤에 내 무덤에 풀이 나지 않거든 나라를 위하여 억울하게 죽은 줄로 알아라" 하였다.

과연 그의 무덤에는 봄이 오나 여름이 되나 풀 한 포기 나지 아니하였다 하니 충신의 맺힌 한이 얼마나 크고 깊음을 알 수 있을 것이다.

(계속)

(최영 장군이 죽은 후 고려국은 어찌 되겠니까? 어깨에 짊어진 정포은 선생의 충의의 힘이 어떠한 결과를 지을는지? 다음 호를 기다리십시오.)

—《어린이》131호. 1949. 3.

지팡이 하나

옛날에 우리나라 유명한 양반으로 팔도어사를 지냈던 박문수란 분이 있었습니다. 그분이 조선팔도를 돌아다니면서 별별 기괴한 일을 많이 당하였는데 그중에 한 가지 재미있는 이야기를 하지요.

하루는 어느 시골 길을 혼자서 터벅 걸어가다보니까 저쪽에 어떤 사람 하나가 헐떡거리고 옵니다.

그러더니 그 사람이 박문수 박어사를 보고

"내 뒤에 도적놈이 칼을 들고 쫓아오니 나를 좀 숨겨주십시오."

하고는 미처 대답도 하기 전에 길가에 있는 보리밭 속으로 들어가 숨어버렸습니다.

도량도 넓고 꾀도 많은 박어사라도 창졸倉卒* 간에 이러한 일을 당하니까 어떻게 할지 앞이 캄캄하였던 모양이었습니다.

그러더니 미처 생각도 못해서 저편 고개 너머로 과연 흉악하게 생긴 도적놈이 시퍼런 칼을 들고 쫓아옵니다. '아— 이것 큰일났다' 하고 생

| * 미처 어찌할 사이 없이 매우 급작스러움.

각하는 사이에 벌써 도적이 앞에 이르렀습니다. 그리고 상기된 눈을 두리번하면서 '너 이리로 사람 하나 지나간 것 못 보았느냐?' 하고 소리 질렀습니다.

박어사는 어쩔 줄 모르다가 얼른 대답한다는 것이 '못 보았습니다' 하였습니다.

도적놈은 눈을 크게 뜨면서 '이놈 못 보다니. 길이 이것 한 갈래밖에 없는데 못 봐! 네가 그놈을 숨겼구나. 바로 대지 않으면 너부터 죽인다' 하고는 칼을 들어 단번에 찌를 것같이 으르렁댔습니다.

자— 큰일났습니다. 모른다고 하면 자기가 죽을 모양이고 가르쳐주면 그 사람이 죽을 모양이니 이 일을 장차 어찌합니까? 그렇다고 도적과 대항하여 싸우자니 자기의 손에는 지팡이 하나뿐이고 도적은 시퍼런 칼을 들고 있지 않습니까? 더욱이 자기는 임금님의 명령을 받아 팔도로 순회하여 민정을 보살피지 않으면 안 될 중대한 책임을 진 어사의 몸입니다. 그래서 할 수 없이 손을 들어 보리밭을 가리켜주고는 그대로 도망을 하였습니다. 물론 보리밭 속에 숨었던 사람은 무지한 도적의 손에 죽었을 것입니다.

그날 밤에 박문수 박어사는 어떠한 글방을 찾아가서 하룻밤을 새게 되었습니다. 글방에는 나이가 열두어 서너 살쯤 된 어린 사람들이 십여 명이서 글을 읽고 있었습니다. 박어사는 글방에서 저녁을 얻어먹고 윗목에 가서 곤한 다리를 쉬느라 드러누웠습니다. 온종일 걸어서 몸이 피곤하여 한잠을 곤하게 자려고 하였으나 아까 낮에 자기의 어리석음으로 보리밭 속에서 죽은 그 사람의 일을 생각하니 잠이 도무지 올 리가 있습니까?

자기는 어사의 몸으로 고생하는 백성을 살려주어야 할 사람이어늘 애매한 사람을 죽게 하였구나! 어떻게 하면 그 사람도 살리고 나도 살았을까? 이러한 생각을 하고 이리 뒤척 저리 뒤척 하고 있는데, 마침 그때

글방 선생님이 동네로 놀러나가는 모양이었습니다. 자— 선생이 나가니까 여러 글 읽는 학도들이 책을 일제히 척 덮어놓고는 "놀자!" 하고 일어섰습니다.

그랬더니 그중에 한 학도가 하는 말이 "애 오늘은 원님놀음을 하자!" 하니까 여러 소년들이 "그래 그것 좋다" 하더니 그중에 제일 똑똑해 보이는 소년을 원님으로 정해놓았습니다.

그러니까 원님으로 천거*된 소년이 아주 점잖은 목소리로 누구는 이방을 내고 누구는 통인을 내고 누구는 사령을 내고— 이렇게 차례와 분부를 하여 놉니다. 그리고 원님행차하신다고 '이력거라 물렀거라' 하면서 안방에서 마루로 마루에서 윗방으로 돌아다닙니다.

박문수 박어사는 윗목에 누웠다가 하도 우습기도 하고 재미있기도 하여 '어디 어떻게 뭘 하나 꼴을 좀 보자' 하고 자는 체하고 코를 드르렁 골았습니다.

그랬더니 원님행차가 앞으로 지나가다 말고 우뚝 서서 원님이 이방을 불러 호령을 합니다. "원님행차가 지나가시는데 웬 사람이 코를 골고 누웠단 말이냐? 빨리 잡아오너라" 하니까 이방과 사령이 일제히 대답을 하고는 박어사를 잡아 일으킵니다.

여러분! 장난으로 원님놀음을 하는데 아무리 거지같이 차리고 다니는 사람이라 할지라도 그는 어른이 아닙니까? 그리고 이 글방에도 손님으로 들어와서 자는 중입니다. 그런데 어른이요 손님인 박어사를 자기네의 장난놀음에 버릇없는 놈이라고 잡아가는 그들의 의기와 기운이 어떠합니까? 자— 잡혀갈 박어사도 가만히 생각을 하니까 참말 그 소년들의 마음과 뱃심이 꽤 크더란 말이지요. 그래서 어찌하나 볼 양으로 잠자코

| *천거薦擧. 어떤 일을 맡아 할 수 있는 사람을 그 자리에 쓰도록 소개하거나 추천함.

잡혀갔습니다.

　박어사의 무릎을 꿇어놓고 원님은 높은 데 올라앉아서 일장호령을 내립니다. 열두어 살쯤 된 소년이 앉아서 점잖은 어른에게 호령을 하니 참말 우스운 장난이었습니다. 그러나 박어사도 원래 마음이 큰 분이라 잠자코 앉아서 "제발 잘못하였으니 한번만 용서해주십시오" 하고 빌었습니다. 그러니까 원님이 노여움이 겨우 풀려 "네가 처음이요 또 법을 모르는 무식한 자기로 이번만은 용서하여주겠으니 이후에는 각별히 조심을 하여라" 합니다.

　박어사는 "네, 그저 감사합니다" 하고 절을 꾸벅 하고는 가만히 생각하기를 '이 소년들이 이같이 영리하고 도량이 크니 반드시 이다음에 큰 사람이 되리라' 하고 오늘 당한 일을 한번 물어보았습니다.

　"어떤 길 가는 사람이 이러이러하여 그 사람을 죽게 하였으니 어떻게 하면 두 사람이 다― 살 수가 있겠습니까?"
하였습니다. 박문수 박어사가 아직까지 생각하고 생각하되 종시 생각이 나지 않는 이 문제로 물어본 것이었습니다.

　원님이 가만히 팔짱끼고 한참 생각하더니
　"예끼! 못난 사람! 그것을 못 살려!"
하고 소리를 지릅니다.
　"아―니 길을 가는 사람이니 지팡이를 짚었겠지?"
　"네― 지팡이야 가졌지요. 그러나 도적은 칼을 가졌으니 어떻게 대항합니까!"
　그 소년이 깔깔 웃으면서
　"하하 저런 못난 사람 좀 봐! 지팡이를 가졌으면 장님 노릇을 하고 가지 못해?"
하였습니다.

어떻습니까? 과연 지팡이를 짚고 장님 노릇을 하고 갔으면 아무도 지나간 사람을 못 보았다고 할 수가 있었지요.

박문수는 무릎을 탁! 치고 참말 절을 한번 하였습니다.

팔도 도어사로 이름 높고 꾀와 재주가 많은 박문수란 분도 이름 모르는 소년 앞에서 비로소 참 마음으로 감복하였습니다. 그리고 그 영리한 소년은 물론 박어사가 잘 출세를 시켜서 훌륭한 인물이 되었겠지요.

—《어린이》 제3권 제9호, 1925. 9. 1.

제4부 동화극

해와 달[*]

이 〈해와 달〉이란 것은 우리나라 예전부터 전해 내려오던 이야기입니다. 물론 여러분도 많이 들으셨겠지요. 이제 나는 이것을 내 딴에는 현대적 해석으로 각색하여 감히 여러분 앞에 드립니다.

시대
태고

인물
누의(십이삼 세)
오라비(팔구 세가량)
호랑이
여신
삼림의 요정 사오 명
간난이[**](인형[각시]를 대용함)

---

[*] 『무지개』에서 발췌. 《신문예》(1924. 3.)에 수록됨.
[**] 갓난이. 갓난아이를 이름.

제1장

무대 : 어느 시골집 방이니 우편에는 부엌이 있고 좌편에는 대문이다.

막이 열리면 어스름한 방 속에 누의*와 오라비**가 화롯가에 졸고 있다. 옆에는 어린 동생이 누워 잔다. 무대의 중앙에 청백한 광선이 비추면서 여신이 삼지창을 들고 나타남.

여신　　예쁜 남매? 가여운 아이들! 너는 너의 어머니가 호랑이에게 잡혀 죽은 줄도 모르고 저같이 잠만 자는구나. (삼지창을 들어 놀라게 해서 깨운다.)

누의　　(눈을 들어 한참 보다가) 당신은 누구?

여신　　나는 너희들을 항상 보호하는 여신이다.

오라비　(손뼉을 치며) 아— 여신님! 고운 의복을 입었군요. 이 창 봐! 번쩍번쩍하네.

누의　　가만히 있어, 너는. (여신을 보고) 그런데 여보세요. 당신은 어디로부터 오셨어요.

여신　　나는 멀고 먼 하늘나라에서 내려왔단다. 그런데 너희는 아무것도 모르고 잠만 자니?

누의　　어머니가 저— 산 넘어 장자집으로 절구질을 가셨는데 아직 돌아오지 않으셔서 기다리다가 그만 잠이 들었어요.

오라비　엄마는 범벅 열두 덩이를 얻어가지고 온다고 했는데. 아이고 배고파! 엄마는 어찌 안 올까. 여신님! 엄마는 범벅 가지고 오겠

* '누이'의 옛말.
** '오라버니'의 낮춤말. 여자가 남에게 자기의 남동생을 이르는 말. 여자의 남자형제를 두루 이르는 말. 본문에 '오라비, 오래비, 오라범'으로 저자가 표기하고 있는데 같은 인물이므로 '오라비'로 통일해서 표기했음을 밝힌다.

지요?

여신   가여운 남매들!

오라비   배고파 죽겠네.

누의   글쎄 좀 잠자코 있어.

여신   불쌍한 아이들! 내 말을 들어라. 너의 어머니는 범벅 열두 덩이를 얻어가지고 고개를 넘어섰단다.

누의   그래서요. 여신님?

여신   그런데 그 고개 밑에는 마음 고약한 호랑이가 한 마리 지키고 있었단다.

누의   (무서워서) 네? 호랑이가요?

여신   그래서 호랑이가 하는 말이 '할머니, 할머니, 범벅 한 덩이 주면 안 잡아먹지' 하였단다. 그래서 너의 어머니는 범벅 한 덩이를 주었지.

오라비   애고 어쩌면! 열한 덩이 남았겠네.

누의   (눈을 흘기며) 잠자코 있으라니까그래.

여신   그래 또 한 고개 넘어오니까 호랑이란 놈은 벌써 고개를 넘어와 앉아서 하는 말이 '할머니, 할머니, 범벅 한 덩이 주면 안 잡아먹지' 하였단다. 그래서 또 한 덩이 주고 또 한 고개 넘어와서 또 그러니까 또 주고 이렇게 열두 번을 하지 않았겠니.

누의   (벌벌 떠는 소리로) 그래서요, 여신님!

오라비   범벅을 다— 빼앗겼어요? 아이— 나는 몰라. 나는 몰라. 배고파 죽겠는데. 나는 몰라. (발버둥치며 운다)

여신   그다음 고개를 넘어오니까 호랑이가 이를 잡아줄 터이니 옷만 벗으라고 야단을 해서 너의 어머니는 할 수 없이 옷을 벗었단다.

누의   아— 그래서요.

여신	그러니까 그러니까 그 못된 호랑이란 놈이 그만 너의 어머니를 잡아먹었단다.
누의	네? 여신님! 어머니가 어머니가. (흐느껴 운다.)
	(오래비는 어찌 된 영문을 모르고 누의를 본다.)
여신	예쁜 남매 가여운 아이들. 울지 마라. 슬퍼 마라. 아름다운 너희들은 반드시 도와주시는 이가 있단다. 자— 나는 간다. 잘 있거라.
누의	여신님! 어디 가세요? 나도 가요. (흐느껴 운다.)
	(청백한 광선 사라지며 여신도 사라지고 무대는 캄캄해진다. 얼마 만에 무대 다시 밝아지며 누의와 오라범 여전히 화롯가에 졸고 있다.)
누의	('여신님 나도 가요' 하고 잠꼬대 하다가 놀라 깼다.) 아! 무슨 꿈일까? 어머니가 어머니가……. 야! 일어나거라.
오라비	(눈을 부비면서) 응.
누의	일어나, 야!
오라비	응 누나! 여신님 보았어. 번쩍번쩍하는 삼지창을 들고……. 아주 고운 옷을 입고…….
누의	그래 너도 보았니?
오라비	아하하 같이 보고 그래. 누나는 여신님하고 이야기까지 하지 않았어?
누의	무슨 이야기를 하디?
오라비	아하 우스워. 뭐? 어머니가 어찌구저쩌구……. 참 범벅을 빼앗겼다나 범벅을. 아이고, 엄마는 안 오나? 배고파 죽겠는데…….
누의	(무엇을 깊이 생각하면서 눈물을 짓는다.)
	(이때에 호랑이가 어머니의 옷을 입고 등장하여 대문을 두드린다.)
호랑이	아가 아가! 문 열어라.

오라비	(반기면서) 누나! 엄마가 왔어.
호랑이	아가 아가!
오라비	문 열어요. 어서어서.
누의	가만히 있어!
호랑이	아가 아가! 문 열어라. 응.
오라비	엄마 왔어?
호랑이	그래 문 열어라.
오라비	어서 열어요. 어서 누나. (일어나서 누의의 팔을 끌고 대문으로 나간다.)
누의	가만히 있거라. 참말 어머닌가 보자.
오라비	그럼 참말 엄마가 왔지. 누가 온담.
누의	(무서워하면서 문 앞으로 오며) 어머니예요?
호랑이	그래 나다.
오라비	어머니야. 어서 문 열어요.
누의	너는 가만히 있어. 어머니일 것 같으면 문틈으로 손을 내밀어요. 어디 봅시다.
	(호랑이 문틈으로 손을 디민다.)
오라비	엄마야 엄마예요. 글쎄 엄마 손이라니까그래.
누의	(호랑이 손을 만져보며) 아니야. 엄마 손이 왜 이렇게 껄껄하고 투박해.
호랑이	장자집에서 일을 많이 해서 그렇구나. 어서 문 열어라.
오라비	어서 열어요. 어서. (키를 돋우면서 문을 연다.)
호랑이	(들어오면서) 배고팠지.
오라비	배고파 엄마! 범벅 가져왔어?
호랑이	(머뭇머뭇하다가) 범벅은 가지고 고개를 넘어오다가 땅에 떨어

뜨렸단다. 그래서 버리고 왔다.

오라비   아유 배고파 어쩌나.

호랑이   오— 내 밥 지어줄게. 기다려라······. 그보다 참 어린애 젖 먹여
       야겠다.

누의   (무서워서) 아직 자는 아이를······.

호랑이   그래도 배고플걸. (어린 동생을 안고 부엌으로 들어가며) 내 불
       때마.

       (누의는 벌벌 떨고 동정만 살피고 오라비는 화롯가로 가서 앉는다. 무
       대는 고요한데 부엌에서 뼈다귀 무는 소리가 들려온다.)

누의   (소름이 쫙 끼치며) 어머니 무얼 먹어요?

호랑이   아니다······. 불 때다가 콩 한 알이 있길래 먹었다.

누의   (벌벌 떨며) 야! 저게 어머니가 아니고 호랑인가보다.

오라비   아니야. 누나는 무서운 소리만 해.

누의   글쎄— 아까 여신님이 가르쳐주시지 않았니? 암만 해도 어머니
       를 잡아먹고 온 호랑이야. 어린애 젖 먹인다고······. 아마······.
       (무서움에 지쳐서 그만 눈물을 흘린다.)

오라비   (눈이 둥그래져서) 누나 정말이야? 어떻게 해?

누의   야 우리는 뒤뜰로 도망가는 수밖에는 없다. 응? 나가자, 나하
       고······. 자— 일어서거라. 얼른 나가야 한다.

오라비   어서 나가자. 울지 말고.
       (누의는 오라비의 손을 잡고 나가려 할 때 호랑이가 나와서 보며)

호랑이   어디들 가니? 응?

누의   아니야. 뒷간에 가.

호랑이   뒷간? 방에서 눠라.

누의   싫어. 더러워라.

호랑이	요강에 누지.
누의	싫어. 냄새 나……. 내 잠깐 다녀올게.
호랑이	정말?
누의	그럼 얼른 다녀올게. 방에서 기다려. (오라비를 보며) 자—어서 가서 똥 누고 와.
호랑이	그러면 얼른 다녀오너라.
누의	응.

(남매는 대문으로 나가고 호랑이는 뒤를 보며 만족한 웃음을 짓는다.)

—막—

제2장

무대는 뒤로 멀리 수수깡 밭이 보이고 중앙에는 큰 잣나무가 섰으며 그 나무 아래는 우물이 있다.

막이 열리면 누의는 깍귀*를 들고 오라비는 도끼를 들고 등장

누의	도끼 빌렸니?
오라비	응. 뒷집에 가서 빌렸지.
누의	나는 앞집에 가서 깍귀를 빌렸다.
	(둘이서 잣나무에다 발 디딜 곳을 파면서)
양인	앞집에서 깍귀 빌리고

* 자귀와 같은 용도로서 도끼처럼 쇠로 만들고 나무를 찍어 깎는 연장.

뒷집에서 도끼 빌리고

누의　　　자—먼저 올라가거라.

　　　　　(오라비를 받쳐 나무에 올린 후에 누의도 올라가서 나뭇가지에 앉는
　　　　　다.)

누의　　　이제는 염려 없이 잠자코 있어, 응?

오라비　　(고개만 끄덕끄덕)

호랑이　　(나오면서) 자— 이것들이 어디 갔나. 하늘에 올라갔나, 땅속으
　　　　　로 들어갔나. 뒷간에도 없고 마루 구멍에도 없고 어디를 갔단
　　　　　말이야. (사방을 돌아다니며 한참 찾다가) 우물 속에 들어갔나, 수
　　　　　수깡 밭에 숨어 있나, 어디 갔나 어디 갔나. (우물을 들여다보다
　　　　　가) 아— 이 속에 있네. 아가 아가! 나오너라, 응? 밥 다 지었
　　　　　다. 나오너라. 이것을 어쩌하나. 아가 아가! 나오너라. 왕조리로
　　　　　건질까, 함지박으로 건질까. (손으로 건지는 흉내를 내면서) 왕조
　　　　　리로 건질까, 함지박으로 건질까. 이를 어쩌나. 아가 아가 나오
　　　　　너라.

　　　　　(이때에 나무 위에 있던 오라비 웃음을 못 참고 '헤헤' 웃는다.)

호랑이　　(깜짝 놀라 나무를 쳐다보며) 오— 거기 있구나. 우리 착한 애기
　　　　　들! 우리 귀한 애기들! 그런 것을 그렇게 찾았구나. 내려오너라
　　　　　내려와, 응? 아가! 밥 지어놓았다. 내려오너라, 아가 아가!

누의　　　안 내려갈 테야.

호랑이　　안 내려와? 그러면 내가 올라갈까? 아가 아가! 어떻게 올라갔니,
　　　　　응? 이 높은 나무를 어떻게 올라갔니, 응? 가르쳐주면 착하지.

누의　　　앞집에서 대패를 빌리고 뒷집에서 기름을 얻어다가 대패로 밀
　　　　　고 기름을 바르고 올라왔지.

호랑이　　응. 그래.

(호랑이 달음박질로 나간다.)

누의   애야, 웃기는 왜 웃니? 고새를 못 참고.

오라비   그래도 우스운 걸 어떡해.

누의   오냐. 그래도 괜찮아. 대패로 밀고 기름을 발라보아라. 쭉쭉 미
         끄러지지. 올라오나……. 쉬─온다. 온다!
         (호랑이 대패와 기름병을 들고 와서 대패로 나무를 밀고 기름을 바른
         다.)

호랑이   자─ 이제는 올라간다. (다리를 올려 디디면 미끄러져 떨어지고 떨
         어지고 한다.) 어디 올라가지나. 이것을 어떻게 하나. 야─ 아가
         올라가지지가 않는구나. 바른 대로 가르쳐다오. 한번 다시 올라
         가볼까.
         (기름을 더 바르고 올라가려 하나 또 떨어진다.)

누의   (손뼉을 치고 웃으며) 기름을 더 발라요.

호랑이   응─ 그래.(기름을 또 바르나 또 떨어진다.) 야─ 아가 그러지 말
         고 가르쳐다오. 귀한 아가. 착한 아가.

오라비   (갑갑한 듯이) 앞집에 가서 깍귀를 빌리고 뒷집에 가서 도끼를
         빌리고.

누의   (눈을 흘기며) 쉬─ 시끄러워.

호랑이   오─ 그래. 귀한 아기, 착한 아기. (돌아서 나간다.)

누의   (울 듯한 목소리로) 글쎄 이 애야, 어떻게 하면 좋단 말이냐. 그
         소리를 어째 한단 말이냐. 아─ 인제 큰일났다.

오라비   그래도 안타까워서. 견딜 수가 있어야지.

누의   그런들 그것을 가르쳐준단 말이냐. 어찌하나 큰일났다.
         (호랑이는 좋아라 하고 깍귀과 도끼를 들고 오며)

호랑이   앞집에 가 깍귀 빌리고 뒷집에 가 도끼 빌리고……. (나무를 찍

어 자리를 낸다.)

누의   아이고 어쩌나. 아이고 저를 어쩌나. (어쩔 줄 모르다가) 한우님!
        (두 손을 맞잡고) 저희를 살리시려면 금동아줄에 꽃방석을 내려
        보내고 저희를 죽이시려면 썩은 동아줄에 썩은 방석을 내려주
        십시오.
        (오라비도 같이 두 손을 맞잡고 빈다.)

호랑이   (자리를 다— 내고 한 발을 디디며) 옳다 되었다. 올라간다.

누의   아— 한우님 저희를 살리시려면 금동아줄에 꽃방석을 내려 보
        내시고 저희를 죽이시려면…….
        (이때에 하늘에서 찬란한 금빛 동아줄에 오색 꽃으로 짠 꽃방석이 내
        려온다.)

누의   아— 고마우신 하나님! (오라비를 보며) 어서 타자. (오라비 손을
        잡고 꽃방석 위에 앉으니 금동아줄은 가만가만히 위로 올라간다.)

호랑이   (나무에 올라와서) 아— 이를 어째. 옳다. 나도 한우님께 빌자.
        하나님 하나님 나를 살리시려거든 금동아줄에 꽃방석을 내리시
        고 나를 죽이시려거든 썩은 동아줄에 썩은 방석을 내리소서.
        (올라가던 누의가 소리를 치며)

누의   아래는 금동아줄과 꽃방석이라도 중간은 썩은 동아줄을 내려보
        내신다나!

호랑이   예—이, 요년……. 하나님 하나님! 금동아줄과 꽃방석을 내려
        보내소서.
        (이때에 동아줄과 찔레꽃방석이 내려온다.)

호랑이   옳다. 되었다. 금동아줄에 꽃방석이로구나. (얼른 올라앉는다. 찔
        레꽃이 몸을 찌르니 아파서 '아이고 아파. 아이고 아파. 찔레꽃 방석
        일세' 하면서 올라간다.)

(별안간 캄캄해지면서 무엇이 꽝 하고 떨어지는 소리가 난다. '아이고' 하는 호랑이 소리가 들린 후에 달빛이 푸르고 곱게 비춰온다. 삼림의 요녀 네다섯 명이 달빛을 따라 둥그렇게 원을 지어 춤을 추며 나온다.)

요녀들   (노래)
예쁜 누의 해 됐네
착한 오라비 달 됐네
금동아줄에 꽃방석
하늘나라 올라갔네
아―하하 하하하
아―하하 하하하
(손뼉 친다)
못된 호랑이 죽었네
악한 호랑이 죽었네
썩은 동아줄 타다가
수수깡 밭에 찔렸네
아―하하 하하하
아―하하 하하하
해를 볼 때 눈부신 건
누의가 내외하느라고
수수깡이가 붉은 건
호―랑이 피라네
아―하하 하하하
아―하하 하하하

(손뼉 치며 춤춘다)

—즐거운 가운데 고요히 막—

(부기附記 노래의 곡보曲譜는 별로 정한 것이 없습니다. 맞는 대로 유쾌한 곡조로 하여보십시오.)

—『무지개』

집 없는 나비[*]

전1막

무대에 오르는 사람

순애(십이삼 세의 소녀)

영희(그의 동무)

옥희(그의 동무)

집 없는 소년(십여 세)

장사꽃

앵이꽃

진달래꽃

집 없는 흰 나비

무대는 달 밝은 봄날 밤 어느 들이니 건너편으로 졸졸 흐르는 시내가
보이고 좌우는 버드나무 꽃나무들이 둘러 있다. 막이 열리면 순애, 영희,
옥희, 세 소녀들이 둥그렇게 손을 잡고 둘러서서 뛰어놀며 노래를 부르

[*] 《샛별》(1924. 6.)에 수록된 작품. 본문은 『무지개』에서 발췌했다.

고 있다.

> (노래)
> 은실금실 오색당실
> 두 손에다 갈라 쥐고
> 달! 달도 밝은 빛을
> 고히고히 잡아매어
> 너고나고 자는 방에
> 대롱대롱 달아놓세
>
> 대롱대롱 바람 불제
> 밝은 달빛 춤을 추고
> 은실금실 엉키어서
> 오색무늬 곱게 놓아
> 너고나고 머리맡에
> 무지개가 어리었네.
> (노래를 그치고 소녀 손을 놓고)

순애   아유, 숨차.
영희   나도 숨차.
옥희   나도야!
순애   (저—편 달을 쳐다보며) 저 달 속에는 옥토끼가 있다지.
영희   그래 그리고 옥토끼가 떡을 찧는다나.
옥희   어디 우리 떡 찧는 소리 들어나보자.
영희   야— 아무리 떡 찧는 소리가 들릴까?

옥희	그럼 들리지 안 들려? 잠자코 있어. 들리나 보자. (팔로 떡 찧는 흉내를 내며) 콩콩콩! 하고
순애	멀어서 안 들려—
영희	그럼 들리기는 뭐가 들린담.
옥희	이따가 잘 때 창문을 열어놓고 가만히 달을 처다보면서 귀를 기울여보면 들릴 테니.
순애	정말?
옥희	참말이야. 야—우리 오빠가 그러던데.
영희	야— 그까지 이야기 그만두고 놀자 야—
순애	그래 놀자.
옥희	무엇을 할까.
영희	까막잡기.
순애	싫어—다른 것.
옥희	꽃싸움할까?
순애	그래 꽃싸움하자.
영희	아서 야—
옥희	왜 그러니?
영희	꽃을 자꾸 따면 불쌍하지 않니? 지금 처음 곱게 피기 시작한 것을.
옥희	그렇기는 해. 그러면 무얼 할까?
순애	야 우리 달님잡기 하자.
영희	그래 그것 좋지?
옥희	그래 그것 하자. 그럼 비단 수건을 가지고 와야지.
순애	우리 지금 가서 얼른 가지고 오기로 하자.
옥희	그래 수건을 누가 먼저 가지고 오나 하자. 순애야, 네 수건은 무

슨 빛이냐?

순애   새빨간 다홍빛.

옥희   영희 너는?

영희   나는 초록빛이야. 너는?

옥희   나는 흰빛인데…….

영희   좋다! 모두 각색이지? 얼른 가지고 오기야 응!

        (이때에 집 없는 소년 하나가 훌쩍훌쩍 울면서 나온다.)

순애   (유심히 들여다보며) 이 애는 웬 아이야—

옥희   글쎄, 자꾸 울지.

영희   너 왜 우니?

옥희   왜 울어— 말을 하렴.

소년   집이 없어서……. (흐느껴 운다.)

순애   애고 집이 어떻게 없을까.

옥희   그럼 어디서 자니?

소년   아무데도 재워주지도 않고 밤은 되어도 갈 데도 없단다.

옥희   그전에는 어디서 잤니?

소년   그전에는 집이 있었는데 남한테 빼앗겼어.

영희   애고 가엾어라.

순애   우리 집은 나 잘 방밖에 남은 방이 있어야지.

옥희   우리 집은 야— 방은 있어도 아버님이 걱정하셔.

영희   우리는 야— 할아버지가 여간 무섭지 않단다.

        (소년은 자꾸 흐느껴 울고 세 소녀는 가만히 섰다가 일동 같이)

일동   수건 가져와야지.

옥희   자— 누가 먼저 가지고 오나.

순애   그래 하나! 둘! 셋!

(옥희는 오른쪽으로 순애는 왼쪽으로 영희는 정면길로 달음질로 간다. 소년은 물끄러—미 세 소녀의 가는 뒤를 보다가 한숨을 쉬고 터벅터벅 걸어간다. 한참 있다가 저편 풀숲에서 장사꽃, 앵이꽃, 진달래꽃 셋이 춤을 추며 나온다.)

장사꽃   아—달도 밝지?

앵이꽃   참 밝아.

진다래   날도 따뜻하고.

장사꽃   우리들도 노래나 부르자.

앵이꽃   그래.

(셋이 손을 잡고 둥그렇게 둘러서서 춤을 추며 노래를 부른다.)

(노래)

은실금실 오색당실

두 손에다 갈라 쥐고

달! 달도 밝은 빛을

고히고히 잡아매어

너고나고 자는 방에

대롱대롱 달아놓세

진달래   그다음엔 뭔가?

앵이꽃   몰라.

장사꽃   나도 잊어버렸어.

(이때에 집 없는 나비 울면서 나온다.)

장사꽃   아유 왜 울까? 오늘같이 기쁜 날.

앵이꽃   글쎄 왜 우니?

나비	집이 없어서.
진달래	어쩌면— 집이 없을까.
장사꽃	가엾어라.
나비	그전에는 집이 있었는데…….
	(이때에 순애, 옥희, 영희 달음질로 나오다가 이 모양을 보고 한편에 숨어서 듣는다.)
앵이꽃	그래서 어떻게 되었니?
나비	하루는 못된 매란 놈이 와서 헐어버리고 우리 어머니, 아버지, 동생들도 다— 짓밟아버렸어.
진달래	애고 가엾어라. 그래서?
나비	그래 갈 곳이 없어서 이렇게 돌아다닌단다.
장사꽃	야— 우리 집에 방은 한 칸밖에 없으나 자려면 잘 수도 있으니 집이 생길 때까지 우리 집에 와서 있거라, 응?
앵이꽃	아니야. 야— 우리 집은 아버지가 계셔도 내가 여쭈면 괜찮아. 우리 집으로 가자, 응?
나비	고맙다.
장사꽃	아니야. 그애는 우리 집으로 가자니까.
앵이꽃	그애는 우리 집으로 데려갈 테야.
진달래	아니야. 야—
장사꽃	글쎄 우리 집으로 가요, 응?
앵이꽃	너는 별나게도 군다. 우리 집으로 갈 테야.
진달래	아니야. 글쎄.
장사꽃	야— 우리 그렇게 싸우지 말고 좋은 수가 있다.
앵이꽃	뭐?
장사꽃	저— 우리 집만 와서 자도 네가 섭섭하고 너의 집에만 가서 자

도 내가 섭섭하니 아무래도 집이 생기려면 여러 날 걸리지 않겠니? 그러니까 오늘은 우리 집에서 쉬고 내일은 너희 집, 그다음에는 너희 집 이렇게 하자.

앵이꽃   그러면 그렇게 하자.

진달래   그래 그럴 수밖에 없지.

장사꽃   자— 가자, 응? 배도 고프겠지.

나비   아직 고프지는 않아.

장사꽃   자— 다— 같이 가, 응?

(넷이 좋아라 하고 나간다.)

(뒤에 세 소녀 물끄러미 바라보며 나온다.)

순애   야 지금 너 보았니?

옥희   그래.

영희   퍽 안되었지.

순애   그래. 그 나비가 좋아서 가는 걸 봐—.

옥희   아까 그 아이는 울고 갔는데—.

영희   우리 도로 가서 찾아볼까?

순애   벌써 가지 않았을까?

옥희   그래도 찾아보자.

순애   그래 이리로 갔지.

옥희   그래 찾으러 가자.

(이때에 다시 집 없는 소년이 울면서 돌아온다.)

순애   야! 참 잘 만났다.

옥희   찾으러 가는 길인데.

옥희   아까는 안되었다.

순애   퍽 안되었다. 우리 집이 나 잘 방밖에 없어도 내 그 방을 네게 줄 터이니 오늘은 우리 집으로 가자, 응?

옥희   아버님께 잘 말씀을 여쭐 테니 우리 집으로 가자.

영희   아니야. 야! 내가 우리 할아버지한테 말씀을 드릴 테니 우리 집
       으로 가자.

       (소년은 자꾸 고개를 숙여 인사할 뿐)

순애   그러지 말아— 우리 집으로 간다니까그래.

옥희   애는 참! 우리 집으로 갈 테야.

영희   글쎄 오늘은 우리 집으로 가.

순애   참 아이들도 고집도 픽 세다.

옥희   누가 세니 참!

영희   야— 별수 없이 순애 네가 제일 먼저 말을 했으니 오늘은 너희
       집에서 쉬게 하고, 내일은 옥희의 집에서 쉬게 하고, 모레는 우
       리 집에서 쉬게 하자꾸나.

순애   그래 그러자.

옥희   그래 별수 있니.

영희   (소년에게) 그렇게 하자, 응?

소년   고맙다.

순애   배고프지 않니?

소년   아—니.

순애   우리 집에 가면 내 초콜릿 줄게.

영희   나는 이따가 쉬크림*이란 맛난 과자 갖다주마. 응?

옥희   나는 카스테라**나 갖다줄까?

소년   고맙다.

* 슈크림.
** 카스텔라.

영희   아까는 참 잘못했지……. 우리 잠깐 놀까?

순애   그래. 유쾌하게 시작!

(세 소녀 각기 색수건을 들고 둥그렇게 둘러서고 소년은 가운데 놓고 수건으로 달 잡는 형용을 하며 춤을 춘다. 처음 부르던 노래를 되풀이하여도 무방)

—극히 유쾌한 가운데 막—

—『무지개』

말하는 미륵님

나오는 사람들
복동(열두 살 가난한 집 소년)
수길(복동의 동무)
일남(복동의 동무)
상봉(복동의 동무)

무대 : 어느 시골 동네에서 조금 떨어진 곳에 있는 미륵당(미륵님을 위하는 당집)이니 3면은 얇은 담으로 둘러싸고 그 담 속에 돌로 만든 미륵님이 서 있다. 당집 뒤로는 나무가 무성하고 왼편으로 오랜 느티나무가 하나 있다. 해가 서산으로 넘어가려 하는 초가을 저녁때다. 막이 열리면 잘 집을 찾아 모여드는 까치와 산새들의 소리 들리는데 수길이와 일남이와 상봉이 셋이 나온다.

수길   그래, 이 미륵님이 그렇게 영하단 말이야?
일남   그럼, 우리 할머님이 그러시는데 우리 아버지가 그전에 몹시 아프셨대! 그런데 아무 약을 써도 낫지 않으시더니 할머님이 이 미륵님한테 치성을 드리시고는 아버지 병환이 금방 나셨다는구나.

수길   나실 때가 돼서 나셨지. 아무리 미륵님 덕으로 나셨을까?

일남   그리고 우리 앞집 복순이 있지 않아! 그애가 작년 봄에 눈을 몹시 앓았지? 그래서 아주 장님이 된다고까지 하였는데 이 미륵님에게 매일 정한 물을 떠놓고 빌고, 그 물로 눈을 씻고 이렇게 백날 동안을 정성을 드리고 나서는 지금은 두 눈이 다 멀쩡하지 않어?

수길   거 대단히 영감하신 미륵님이로구나. 어디 미륵님, 안녕하십쇼. (조롱하듯이 인사를 한다.) 퍽 점잖으신데……. 그런데 왜 인사를 해도 대답을 못해…….

상봉   돌로 만든 미륵님이 어떻게 말을 하니?

수길   그러게 말이야. 말도 못하는 돌 미륵이 무엇이 영하담? 복동이도 정신없는 애지 뭐야! 매일 아침저녁으로 여기를 와서 빌고 있으니…….

상봉   그런데 복동이가 여기 와서 빌고 있는 것을 언제 보았니?

수길   그저께 내가 저 아랫마을 아저씨 댁에 심부름을 갔다가 오는데……. 바로 이맘때야. 그런데 누가 이 미륵당 앞에서 자꾸 절을 하면서 입으로 무어라 중얼중얼 하고 빌고 있겠지? 그래 가만히 와서 보니까 아, 글쎄 그게 복동이 아니겠니?

상봉   그래, 뭐라고 중얼거리는데?

수길   입 속으로 우물거려서 잘 들리지는 않으나 뭐 어머니 병환 어쩌고 하는 것이 저의 어머니 병을 낫게 해달라는 말이더라.

상봉   복동이 어머니가 벌써부터 병이 나서서 아파 누셨지.

일남　　　그럼 병환이 대단하시대더라.

수길　　　그래서 내가 '복동아!' 하고 불렀지— 그랬더니 복동이가 깜짝
　　　　　놀라 일어나는구나. 나는 하도 우스워서 웃음을 참으면서 '너
　　　　　무얼 그렇게 빌고 있느냐'고 물었더니 처음에는 어름어름 하고
　　　　　말을 잘 안 해. 그러더니 나중에 하는 말이 저의 어머니 병환에
　　　　　는 꼭 산삼을 구해드려야 나시겠다고 어느 의원이 그랬대……
　　　　　그런데 산삼이 여간 비싼 것이 아니라는구나.

상봉　　　그럼 그전에 우리 할아버지가 산삼을 구해 자셨는데 그때 돈으
　　　　　로 뭐 만 냥이나 주셨다더라.

수길　　　그렇대. 그래서 돈은 한 푼도 없고 해서 미륵님께 매일 아침저
　　　　　녁으로 와서 산삼 하나 얻게 해달라고 백날 동안을 빌려고 했
　　　　　대! 그런데 그날이 바로 아흔여덟에 되는 날이래. 꽤 정성껏 다
　　　　　녔지?

상봉　　　그러면 오늘이 꼭 백날째 되는 날이구만.

수길　　　그래 오늘 마지막으로 치성을 드리러 올 것이다. 그러나 우리가
　　　　　인사를 해도 대답 한마디 못하는 이 돌미륵님이 무슨 재주로 산
　　　　　삼을 구해주겠니? 그러니 이때까지 헛수고만 하고 다닌 복동이
　　　　　가 못난이가 아니고 뭐냐?

상봉　　　그것 참 바볼세. 미륵님이 산삼 있는 곳을 어떻게 알며 또 알아
　　　　　도 입이 있어야 말을 하지?

수길　　　그러게 말이야. 그러니 우리 한번, 복동이를 놀려주자는 말이야.

상봉　　　어떻게 놀려?

수길　　　글쎄 나 하라는 대로만 해라. 이따가 복동이가 오면 우리들은
　　　　　이 미륵님 뒤에 가서 숨었다가 우리가 꼭 미륵님이 말하는 것같
　　　　　이 어디 '어디 산삼이 있으니 가서 캐어라' 그런단 말이야……

그러면 복동이는 참말로 미륵님이 일러주시는 것으로 알 것 아니냐?

일남 　백날 동안 정성을 드린 애니까 꼭 속을 터이니 가엾지 않니?

수남 　그러니까 재미있지 뭐!

상봉 　(좋아하며) 참 재미있겠는데…….

수남 　내가 점잖은 목소리로 '복동아 너는 기특한 아이다! 산삼은 아무데 있으니……. 이렇게 할 터이니 너희들 그때 웃으면 안 된다! 그러나 산삼이 어디 있다고 할까? (고개로 사방을 둘러보면서) 옳—지. 저기 저 큰 느티나무 아래 있다고 하자.

상봉 　그것 참 됐다. 그러면 우리들은 여기서 복동이가 열심히 나무 밑을 파는 것까지 볼 수 있겠다.

일남 　그렇지마는 미륵님을 놀리고 남의 정성 드리는 것을 속이는 것은 잘못이다. 그만두고 집으로 가자!

수길 　별소리를 다 하네. 잠자코 구경이나 해라. 야! 저기 온다. 온다.

상봉 　참 복동이가 온다. 어서 숨자!

수길 　그래 어서 어서 숨어! 그리고 절대로 웃지 마라. 입을 꼭 다물어! (수길이는 상봉이와 일남이 등을 밀어 미륵님 뒤로 숨기고 자기도 숨는다.)

(복동, 나와서 미륵님을 신앙이 가득한 눈으로 쳐다보다가 절하며 엎드린다.)

복동 　(가는 소리로 빈다.) 미륵님! 내 어머님을 살려주십시오. 오직 하나밖에 없는 내 어머님이올시다. 미륵님! 의원은 산삼을 구해드리라고 하오나 그렇게 비싼 산삼을 구할 길 없습니다. 미륵님! 오늘까지 꼭 백일 동안 제 있는 정성은 다 드린 줄을 아시지요? 저는 돈 없는 가난한 아이올시다. 아무것도 드릴 것이 없고 오

227

직 이 정성과 이 마음만은 있는 대로 다 바쳤습니다. 미륵님! 내이 마음만을 받으시고 제발 산삼 있는 곳을 가르쳐주십시오. (나중에는 눈물이 글썽글썽해진다.) 미륵님! 미륵님!

수길   (고개를 내밀어보고) 복동아!

(복동은 깜짝 놀라 고개를 들고 미륵님을 쳐다보니 수길은 얼른 고개를 숨긴다.)

복동   (미륵님 소리로 알고 다시 절을 하며) 네—

수길   네 정성이 지극하기로 (고개를 내밀고 웃음을 참으면서) 내가 산삼 한 뿌리를 너에게 줄 터이다. 지금 곧 이 옆에 있는 오랜 느티나무로 가서 그 뿌리 있는 곳을 파보아라. 그러면 너의 어머님 병환을 고치어드릴 산삼이 나오리라.

복동   (다시 절을 하며 감격한 소리로) 미륵님! 고맙습니다. 참말 고맙습니다. 그러면 미륵님 말씀대로 하겠습니다. (공손히 절을 하고 일어나서 느티나무 앞에 와서 한참 보다가 괭이를 가지러 달음질로 나간다.) 괭이를 가지고 와야겠다.

(수길과 상봉이는 하하하 웃으면서 나오고 일남이는 가엾어하는 마음으로 나온다.)

상봉   하하, 하하, 나는 우스워서 죽을 뻔했다. 하마터면 낄낄거릴 뻔했어.

수길   내 말을 곧이듣고 몇 번이나 고맙습니다고 절을 하는 꼴을 봐!

일남   나는 우스운 것보다 복동이가 가엾어서 '이것은 거짓말이다' 하고 일러주려다가 너무도 정성껏 듣는 것을 보고 입이 딱 막혀서 아무 소리 못했다.

수길   그 꼴이 우습지 않아! 이제 곧 괭이를 가지고 와서 저 나무 밑을 쾅쾅! 팔 테지.

상봉	그럼! 그 속에서 무엇이 나올까?

상봉　그럼! 그 속에서 무엇이 나올까?

수길　돌멩이, 흙!

상봉　말라빠진 개똥자박!

수길　하하하하

상봉　하하하하

　　　(둘이 허리를 못 펴고 웃다가)

상봉　저기 복동이가 오나보다.

수길　그래 괭이를 둘러메고……. 자― 어서 숨어서 보자.

　　　(일동을 이끌고 미륵당 담 밑에 숨어서 오다가다 고개를 내어들고 본다.)

　　　(복동, 괭이를 들고 나와서 느티나무 밑을 판다.)

　　　(석양 해가 넘어가고 달빛이 비쳐오는 모양)

　　　(복동, 괭이에 무엇이 닿는 것 같아서 깜짝 놀라 괭이를 던지고 두 손으로 흙을 파헤친다. 얼마 후에 무엇을 꺼내어 들고 달빛에 비쳐본다. 팔뚝만 한 산삼이다.)

복동　앗! 산삼! 산삼! (두 손으로 받쳐 들고 미륵당을 향하여 절하며) 미륵님! 고맙습니다. (또다시 흙속에서 조그만 항아리를 찾아내어 손을 넣어 꺼내보니 달빛에 찬란한 광채를 내는 금덩이다.)

복동　오! 금! 금덩이! (그만 쓰러져서 울며) 아 미륵님! 고마우신 미륵님!

　　　(수길, 상봉, 일남 놀라 일어나서 내다보며)

수길　이게 어떻게 된 일이냐?

상봉　글쎄 말이야.

　　　(둘은 미륵님을 돌아다보다가 너무 의외 일이라 무서운 듯이 비슬비슬 피해 나온다.)

일남	복동아—
복동	(놀라 3인을 보고) 아! 일남아! 수진아, 상봉이도! 너희들 여기를 어떻게 왔니?
일남	복동아! 우리는 아까부터 여기 숨어서 다 보았다.
수길	(감격하여) 복동아! 잘못했다. 내가 너를 놀리려고 거짓말을 하였더니!
상봉	놀린 것이 도리어 잘되었다. 네가 거짓말을 하였기 때문에 복동이가 저 귀한 산삼을 얻고 또 금덩이까지 상을 받은 것 아니냐?
수길	그렇지만……. (어쩐지 모르는 모양)
일남	아니다. 수길이가 거짓말한 것이 아니다. 미륵님이 수길이 입을 빌어서 산삼과 금덩이 있는 곳을 가르쳐주신 것이다. 미륵님은 입이 없으시니까…….
상봉	그래 그렇지! 수길이가 미륵님 대신 말을 한 것이다.
수길	아무튼 복동이 정성과 고운 마음을 미륵님이 기특하게 보신 것이 틀림없다. 복동아! 어서 가서 산삼을 어머님께 드려라.
복동	고맙다! 너희들의 고마운 마음만으로도 어머님 병환이 나으시겠다.
일남	자, 우리 복동의 정성을 본받아 다— 같이 미륵님께 빌기로 하자. (일동 공손히 미륵을 향하여 고개를 숙인다. 달빛은 미륵님 얼굴을 환하게 비춰준다.)

—막—

—《어린이》 123호(복간호, 1948. 5.)

제 5 부 기타

기행문

귤 익는 남쪽나라 제주도 이야기

나는 지난 십일월 이십일에 경성을 떠나서 제주도에 가서 구경을 하고 왔습니다. 목포에서 배를 타고 옛날 이순신 장군이 거북선을 가지고 일본 해군을 몹시 곤란하게 하였다가 한산도를 지나 열 시간 만에 제주 선내에 다다랐습니다.

제일 먼저 눈에 띄는 것은 구름 위로 흰 눈이 하―얗게 덮힌 머리를 내놓고 높이 솟은 한라산이었습니다.

'제주도 한라산' 하면 조선에 둘째가는 높은 산으로 백두산에 다음가는 큰 산이니 육천칠백 척이나 됩니다.

제주도는 원래 따뜻한 곳임으로 내가 간 십일월 하순경에 그곳에는 봄에 피는 들꽃이 곱게 웃고 있는데, 오직 북쪽에서 불어오는 대륙바람만이 몹시 추울 뿐이었습니다. 그러므로 조선에서 귤이 열리는 곳은 이곳뿐입니다.

푸르고 큰 귤나무에 황금같이 누렇게 익고 코를 쏘는 듯한 향기가 나는 귤과 유자가 주렁주렁 매달린 것은 참말 별천지 같은 느낌이었습니다.

또 제주도에는 소와 말이 많은데, 이것은 모두 '고삐'를 매지 않고 소

233

도 결코 '코'를 꿰뚫은 것이 하나도 없습니다.

이것은 왜 그런고 하니 매년 가을부터 겨울까지에는 소와 말을 집에서 먹여 기를 수가 없어서 산으로 놓아 보낸다고 합니다. 그러면 소와 말들은 풀을 뜯어 먹으면서 자꾸자꾸 산으로 기어 올라가서 산꼭대기까지 나무 잎사귀와 풀을 뜯어먹으며 간답니다.

그러므로 고삐를 매거나 코를 꿰어놓으면 나뭇가지에 걸려 죽을 염려가 있음으로 그같이 매어두지 못한다고 하며 이렇게 겨울을 지난 뒤에는 말이나 소 주인이 봄이 되면 산으로 부르러 갑니다. 그러면 산에서 휘젓던 소와 말들이 주인의 부르는 소리에 틀림없이 쫓아온다고 합니다.

그래서 제주도의 소나 말의 엉덩이에는 모두 도장이 찍혔습니다.

또 제주도에서는 남자보다도 여자가 일을 잘합니다. 열한 살 열두 살쯤 된 소녀들이 조그만 지게를 지고 나무를 팔러 다니고 또 소와 말을 몰고 다닙니다.

원래 제주도 부인들은 서울 부인들같이 물건을 머리에 이고 다니는 법이 없고 반드시 등에 지고 다닙니다. 그리고 제주도는 먹는 물이 귀한 곳이 되어서 우물 있는 곳을 따라가서 삽니다. 그러므로 커―다란 오지항아리에 물을 길어가지고 등에 지고 다니는 아낙네와 처녀들이 아침저녁이면 많습니다.

더구나 제주도의 해녀라 하면 유명한 것이니 아무리 바람이 불고 파도가 높을 때에도 인어와 같이 바다 속에 들어가서 쇠로 만든 꼬챙이로 전복 등을 땁니다.

바다 속에 들어가서 보통 사십 초나 일 분 동안을 넉넉히 숨을 쉬지 않고 일을 할 수 있는데, 눈에는 물이 못 들어오도록 안경을 쓰고 머리는 방해가 안 되도록 보자기로 싸매었습니다.

그리하여 큰바가지(둥박)를 가슴에 안고 물에 둥둥 떠다니다가 전복

이 있을 듯한 곳에 가서는 둥박을 내버리고 두 다리를 하늘로 두고 쑥!
물속으로 들어갑니다. 그리하여 전복을 따는데 잘 버는 사람은 하루에
육 원 칠 원씩 번다고 합니다. 잠깐 보아도 몸이 아슬아슬하고 상쾌하였
습니다. 그런데 제일 섭섭한 것은 내가 제주도에 가서 여러 날 묵지도 못
하고 더욱 비가 와서 잘 다니지도 못하여 제주도 소년들을 만나보지 못
한 것이었습니다.

—《어린이》 제4권 제12호, 1926. 12.

로―헨그린

해는 서산으로 넘어가고 사방으로 어두움의 장막을 드리울 때에는 철창을 넘어 들어오는 강가의 바람까지 몸에 배어들도록 차가운 것이다. 철창 아래를 흘러가는 라인강은 검고 푸르게 빛나며 때로 바위에 부딪치는 흰 파도는 눈이 부시도록 광채난다. 맑은 물결 위에 늘어진 날개를 추키고 있는 갈매기 떼도 지금은 어디로 갔는지 보이지 않고, 다만 어두컴컴한 철창 속에 홀로 갇혀 있는 박명미인 '에루사'의 외로운 그림자뿐이다. 에루사는 이 크레베 성 철창 속에서 굽이굽이 치는 라인강을 벗 삼아 도화량 옆에 하염없이 눈물만 흘리고 있는 것이다. 지금은 이같이 불쌍한 신세에 고생을 하고 있지만 원래에 에루사는 신분이 높은 뿌라반트 공작의 무남독녀 귀한 몸으로 금전옥루* 높은 집에서 아무 부족함이 없이 자라는 몸이었다. 더욱이 만인을 압도할 만한 천생려질**은 아침저녁으로 거울을 대할 때마다 곱게 곱게 피어 향기로운 한 송이 장미꽃보다 아름다운 그 자태는 사람마다 부러워하지 않는 이 없었더니 세상은 무상

* 금전옥루金殿玉樓. 크고 화려하게 지은 전각과 누대.
** 천생려질天生麗質. 타고난 아리따운 기질.

236

한 것이라! 지금은 도리어 아름다운 얼굴이 원수가 되어 사랑하시던 부모를 여의고 그 눈물이 아직 마르기 전에 다시 이 몸이 애달픈 운명 아래 울지 않으면 안 될 지경이 되었다.

그것은 에루사의 아버님 뿌라반트 공작이 세상을 떠나는 임종의 베개머리에 신하 중에 제일 유력한 텔람드에 푸리드릿희란 사람을 불러놓고 사랑하는 외딸 에루사의 뒷길을 부탁하였다. 그러나 그 분묘의 흙도 마르기 전에 강욕무도한 역신 텔람트는 주군의 부탁을 저버리고 아름다운 에루사를 아내로 삼고자 하였다. 만약 말을 듣지 않으면 다시는 이 세상에 자유를 주지 않으리라 하여 가련한 군주의 외딸 에루사를 드디어 이 크레베 성 속에다가 깊이깊이 가두어둔 것이었다. 에루사는 이 몸이 아버지와 같이 죽지 못한 것을 원통해하며 천생의 여질로 못된 신하의 마음을 끌은 내화용월태를 저주하였다. 그러나 아무리 후회한들 아무리 저주한들 벌써 때는 늦었으니 어찌하랴!

불쌍한 에루사의 신세에 동정하여 때에 독일 황제 하인릿희 일세 폐하께 상소한 사람이 있었다. 황제는 그 말씀을 들으시고 누구든지 에루사를 위하여 텔람트와 결투를 하여서 모든 문제를 해결하라는 측령*을 내리었다. 그러나 거인이요 더구나 무예절승武藝絶勝한 텔람트와 감히 싸울 사람은 하나도 없었다. 이런 줄 알고 있는 저— 무도한 텔람트는 그 황제의 측령이 더욱 조화라고 널리 세상에 광고하여 싸움할 남자를 작정하고 누구든지 그날까지 나와 승부를 결단하자고 하였다.

그날부터 마음을 졸이는 시간은 자꾸 자꾸 쓸데없이 지나갈 뿐이다. 누구나 한 사람 에루사를 위하여 싸우겠다고 나서는 무사는 없었고 벌써 싸움을 작정한 날짜는 하룻밤을 격하게 되었다. 오늘 밤만 새고 내일까

* '칙령'과 같은 말.

지 아무 변동 없이 지나가면 불쌍하게 이 몸은 무도한 역신의 아내가 되고 말 것이다. 이 생각을 하니 에루사의 별 같은 눈에서는 다시 새눈물이 샘솟듯하였다. 에루사는 타는 듯한 졸이는 가슴을 부여 뜯으니 그 자리에 쓰러지면서

'아— 이 박행한 운명에서 나를 구원하여주소서' 하고 성모에게 기도를 올렸다. 다시 기운 없이 일어서서 가슴을 깨져라 하고 두 손에 걸었던 진주 술로 가슴을 때렸다. 진주 술에 달린 조그만 은방울이 딸랑딸랑 흔들렸다.

이 은방울이야말로 이상한 마력을 가진 방울 임자가 비상한 곤란을 당할 때에만 울리는 기이한 방울이었다. 처음 울릴 때는 선녀가 속삭대는 것같이 조그만 소리가 나지마는 바다를 건너고 산을 넘어갈수록 소리는 점점 크게 퍼져서 나중에는 파도소리와 벼락 치는 소리에 비하리만큼 크게 울리는 것이었다. 에루사가 지금 아무 생각 없이 고통에 못 이겨 흔드는 이 은방울 소리는 과연 소녀의 슬픔과 서로 공명하여 몇백 리 산과 강을 넘어 그 소리를 전한 것이다.

신명의 도움은 이르렀다. 방울소리는 멀리 멀리 울려가서 성배聖盃를 지키는 '빨시바!'의 귀에까지 갔다(성배에 대한 전설은 따로 있으나 여기는 약함—옮긴이의 말). 딸랑딸랑 울리는 방울은 지금 숭배의 앞에 구원을 청하는 소리가 된 것이다. 이때 여러 무사들은 서로 얼굴을 돌아보며 무슨 일인 줄 모르고 있을 때에 공중에서 소리가 있어 가로되

'빨시바! 너의 아들 로—헨그린을 보내어서 뿌라반트의 에루사를 구원하여라. 그리고 이름은 가르쳐주지 말고 로헨그린으로 하여금 에루사의 남편이 되게 하라' 하는 명령이 내렸다.

여러 무사들은 이것은 과연 높은 성배의 명령임을 깨닫고 젊은 무사 '로—헨그린'은 즉시 존귀한 명을 다—하려고 떠났다. 얼마 만에 라인강

까지 왔을 때에 고요히 흐르는 물 위에 기이한 흰 새가 끌고 있는 배가 하나 기다리고 있었다. 저— 백조선은 로헨그린을 얼른 태워가지고 즐거운 음악 소리를 내면서 라인강을 살같이 저어 올라갔다.

이편 불쌍한 에루사는 벌써 기다리는 하룻밤도 어느덧 새서 별그림자도 차차 사라지고 동쪽 하늘이 시뻘겋게 되었을 때이다. 싸움할 기일이 지금 바야흐로 밝으려 하는구나! 나를 위하여 싸워주는 용사 하나도 없으니 오늘 하루만 지내면 아무리 싫다 할지라도 저 포악무도한 텔람트와 결혼하지 않으면 안 되겠다. 하룻밤을 울고 샌 에루사의 눈에는 벌써 눈물조차 진한 모양이다. 그는 근심스러운 눈을 들어서 아침의 상쾌한 경치를 원망스럽게 바라보았다.

그때다! 어디서인지 일찍이 듣지 못하던 풍악 소리가 나며 라인의 비단 같은 물결 위로 백조가 끄는 배가 한 척 살같이 달려온다. 배 가운데는 평생 처음 보는 신수 좋은 젊은 무사가 잠깐 졸고 있었다. 에루사는 "아!" 소리를 치며 창 앞으로 달려갔다. '졸고 있는 무사가 그대를 구원하리라.' 이것은 일찍이 에루사를 위하여 어떤 늙은 여승이 점쳐준 말이 있었다. 에루사의 부드러운 가슴속에는 새로운 희망과 광명이 비치기 시작하였다. 기쁨의 파도는 너울너울 염통 속에서 춤추기 시작하였다.

미구에 배는 머물렀다. 신수 좋은 젊은 무사는 터벅터벅 철창 아래까지 와서 공손히 인사를 한 후 예쁜 에루사를 위하여 싸우는 전사가 되겠다고 하였다. 그때에 마침 저쪽으로부터 텔람트의 싸움을 청하는 최후의 나팔소리가 울려왔다. 로—헨그린은 이제는 주저할 것 없이 싸움터로 달려갔다.

'세상에서 아름다운 소녀를 이제는 내 손에 넣을 수가 있겠구나' 하고 마음 깊이 행복한 꿈에 취하고 있는 텔람트는 뜻밖에 방해자가 나타난 것을 보고 잠깐 불쾌히 알았으나, 그러나 보니 로—헨그린은 미목 청

239

아한 어린 무사라 이길 것은 정한 일이라고 생각하고 속히 승부를 결단하려는 준비를 마쳤다.

볼 만한 이 승부가 있다는 말을 들은 크레—베의 백성들은 남녀노소할 것 없이 싸움터로 몰려왔다. 그들은 누구나 박명미인 에루사에게 만공의 동정을 가지고 있는 사람들이라 한결같이 텔람트의 지기를 속으로 가만히 기도를 하였으나 후환이 두려워 입 밖에 내지는 못하는 사람들이었다.

자— 이제 싸움은 시작되었다. 홍안 미소년 로—헨그린은 늠름한 기상, 광채 나는 두 눈, 범치 못할 위엄을 갖추고 있는 무사였다. 그러나 몸이 크고 기운이 센 텔람트에 비교하여 그는 확실히 약한 몸의 소유자다. 구경하는 여러 백성들은 손에 땀을 짜내면서 젊은 무사의 승리를 마음을 다하여 빌었을 것이다.

불이 나고 번갯불같이 번쩍이는 두 사람의 장금*은 쟁연한 소리를 내고 부딪쳤다. 용과 범이 얼크러져 싸우는 일상일하** 잠시는 승부의 판결조차 알 수 없었으나 아! 하늘은 포악무도한 역신 텔람트를 도우실 리가 있으랴. 로—헨그린의 힘을 다하여 내리치는 칼 아래 텔람트의 거인은 모래 위에 홍조를 뿌리고 쓰러지고 말았다. 우레같이 일어나는 만인의 박수성, 미쳐 날뛰는 만인의 환호성! 실로 발을 구르고 팔을 벌려 춤추고 뛰놀 지경이었다.

칼을 거두고 로—헨그린은 고요히 에루사의 앞에 무릎을 꿇었다. 에루사는 뛰는 가슴을 진정하면서 "이 은혜는 일평생 잊지 못합니다. 내 몸으로 능히 할 수 있는 무엇이든지!" 말을 마치지 못하는 에루사의 벌 같은 눈에서는 감격의 눈물이 흘렀다.

---

* '장검'의 오기로 보임.
**혹은 오르고 혹은 내림. 알 수 없는 상황을 뜻함.

로―헨그린의 소원은 에루사와의 결혼이었다. 그러나 다만 한 가지 약속할 것은 에루사가 그의 이름을 알지 못하는 동안만 부부가 되리라. 만약 에루사가 로―헨그린의 이름을 묻는 날에는 부부의 약속은 사라지고 영원히 영원히 슬픈 이별을 하게 되는 것이다. 무사는 두세 번 이 말을 거듭하였다.

그러나 지금 숭엄과 감사로 가슴이 가득 찬 에루사에게는 이만한 조건쯤이야 못 들을 리가 없는 것이다.

"반드시 당신의 이름은 일평생 묻지 않겠습니다."

하고 깊이깊이 맹세하였다.

미구에 성대한 결혼식은 거행되었다. 용사와 가인은 가장 행복한 세월을 서로 보내는 동안에 두 사람의 사이에는 옥 같은 아들을 셋이나 낳았다. 무엇 한 가지 부족함이 없이 만인을 압도할 만한 행복도 오래 있으면 별로 신기하게 생각되지 않는 것은 세상 인심의 상례다. 더할 수 없는 행복의 소유자라고 사람 사람이 우러러보는 에루사의 몸에도 사람이 알지 못하는 가슴 깊이 근심이 있었다. 그는 비할 데 없는 남편 로―헨그린의 사랑을 저버리고 다만 이름도 모르고 신분도 모르는 사람과 일생을 같이하는 슬픔만 생각하게 된 것이었다.

더욱이 사랑하는 아들 셋이 이후에 아버지의 성도 모르고 이름도 모르는 불쌍한 신세가 될 것을 생각함에 아― 비천한 자식도 그 아버지의 성명을 알거든 사랑하는 아내와 아들에게까지 이름을 숨길 것이 무엇이냐? 에루사는 이때부터 천고의 은인이요, 애정 깊은 남편을 의심하고 근심하게 된 것이었다.

의심은 의심을 낳고 근심은 근심을 더하게 하여 하루날 에루사는 전날 깊이깊이 약속한 것을 잊어버리고 로―헨그린에 대하여 그 이름을 말하기를 청하였다.

"가련한 아들 셋을 위하여 제—발 성명을 대어주십시오."

에루사는 울면서 청한 것이었다.

이 말은 들은 로—헨그린의 얼굴은 홀연히 변하였다. 그는 에루사의 얼굴을 원망스럽게 들여다보면서

"아— 에루사여! 어찌하여 그 말을 나에게 하였소? 결혼하던 그전에 그같이 길이길이 맹세한 그 말을 어찌하여 입 밖에 내었소. 나는 벌써 당신과 같이 살 수가 없소. 사랑하고 사랑하던 당신과도 영원히 헤어지지 않으면 안 되겠소."

말을 마치고 벽에 걸린 피리를 꺼내어 높이 불기 시작하였다.

이것을 깨달은 에루사는 어리석은 자기 마음의 잘못을 후회하고 마음을 다—하여 무릎을 꿇고 용서를 청하였다. 그러나 이미 한번 입 밖에 나온 말은 몇천 줄의 눈물을 뿌릴지라도 결코 돌아오지 못하는 것이다.

비탄과 후회를 걷잡지 못하는 에루사의 귀에 문득! 귀에 익은 음악 소리가 들렸다. 몇 해의 옛날 기쁘고 기쁜 은인 로—헨그린을 태워가지고 오던 백조선白鳥船이 고요한 라인강 위로 흐르는 듯이 가까이 오는 음악 소리인 것을 깨달은 에루사의 슬픔이 얼마나 하랴.

로—헨그린은 고요히 입을 열어

"들으시오. 나는 성배를 지키는 무사 빨시빨의 아들 로—헨그린이오. 나는 가오. 아무쪼록 저 아이들을 잘 기르시오."

하고 감추었던 이름을 말하고 사랑하는 처자와 부리는 하인까지 따뜻한 작별의 인사를 마치고 백조선에 올랐다.

아— 유량하고도 창자를 끊는 듯한 신악소리를 쫓아 백조선은 살같이 라인강을 저어 영원히 돌아오지 못할 무사를 태워가지고 갔다.

사랑하는 남편을 이별한 에루사는 그치지 못하는 슬픔에 부대끼어서 얼마 후에 세상을 떠난 후 과연 천국에서나 주소*로 못 잊던 로—헨그린

을 만나보았는지 그것은 아무도 아는 사람이 없을 것이다. 다만 그들이
끼치고 간 세 아들은 다— 훌륭한 무사가 되어 그의 가문을 날로 높였다
한다.

—《신여성》제3권 제8호, 1925. 8.

---

* 주소晝宵. 밤낮.

죽음의 무도舞蹈

서력 일천사백년 때에 고부렌쓰시가에 멧텔니희라고 하는 무사가 있었다. 그에게는 이다라고 하는 예쁜 딸이 있었는데, 독일 제일가는 청년이 아니면 혼인하지 않는다고 하였다. 그러나 이다는 아버지의 부하로 있는 젊은 무사 겔할트라는 사람과 사랑해왔다.

이 겔할트란 사람은 전에는 문벌도 상당한 집에 태어난 문무겸전한 청년으로 아직 세욕에 더럽혀지지 않은 순결한 미남자였다.

두 남녀는 굳게 장래를 약속하고 사람의 눈을 속여가면서 끊이지 않는 사랑의 시간을 계속하여왔는데, 세상의 비밀이란 영원히 숨기지 못하는 법이라 그들의 사이는 어느덧 엄격한 아버지가 알아차리게 되었다.

생각지 못하던 비밀을 안 아버지는 불같이 성을 냈다. '저런 무례방종한 놈을 한시바삐 쫓아내지 않으면 안 되겠다' 하여 그날 밤에 겔할트를 불러서 일봉서찰을 주면서 이것을 라—넥크 성주에게 전하라고 명령하였다.

그 편지 속에 어떤 글귀가 쓰여 있는지도 모르고 그 밤에 겔할트는 성을 떠나 라—넥크로 향하였다. 인적이 고요한 밤에 말굽소리만 터벅

터벅! 그는 깊은 공상에 취하여 있었다. 하—얀 비단치마 자락을 끌면서 푸른 달빛 아래 장미꽃 위로 사뿐사뿐 걸어가는 이다의 예쁜 자태가 눈에 보이는 듯하였고, 미인과 일생을 행복하게 지낼 자기의 일신이 무한이 즐거웠다.

아— 그러나 그는 지금 자기의 사랑하는 이다가 어떤 운명에 빠져가는 줄을 알 길이 없었다. 이다의 아버지는 그날 밤으로 이다를 수도원修道院으로 보냈다.

만약 겔할트를 잊어버리지 않으면 영원히 수도원 밖으로 내보내지 말라고 한 것이었다.

불쌍한 이다는 아무리 울면서 간청해도 완미한 아버지는 영영 듣지 않았다.

한편 겔할트는 편지를 가지고 목적지에 도착하니 주장되는 무사가 그를 앞까지 불렀다. 훌륭한 위풍당당한 삼군을 지휘하는 무사의 얼굴에도 어딘지 근심을 감출 수 없이 나타나 보였다. 겔할트는 공손히 그의 앞에 읍*하니 그는 이윽히 얼굴을 들여다보다가

"당신의 이름은?" 하고 물었다.

"겔할트 폰 이젠불크 이올시다" 하고 대답하였다.

"그러면 그대의 어머님은?"

"구바 폰 이젠불크 이올시다."

이상한 무사의 태도를 겔할트는 한참 보고 섰더니 그 무사는 드디어 입을 열어

"이 편지에는 무슨 말이 쓰였는지 아는가."

"모릅니다. 내가 알 수가 있습니까."

---

* 인사하는 예禮의 하나. 두 손을 맞잡아 얼굴 앞으로 들어 올리고 허리를 앞으로 공손히 구부렸다가 몸을 펴면서 손을 내린다.

"응 이 편지는 그대에게 사형을 선고한 것과 마찬가지다. 그대를 바레쓰치나 전쟁터에 내보내서 죽게 해달라는 부탁이다."

겔할트는 악연히* 무사의 입만 쳐다보았다. 무사는 드디어 멧텔니희의 편지를 펴들고 읽어주었다. 거기는 과연 겔할트와 소녀의 사랑을 막기 위하여 그를 싸움터로 보내 죽게 해달라는 부탁이었다. 겔할트의 얼굴은 갑자기 창백해졌다. 무사는 겔할트의 괴로워하는 모양을 이윽히 보다가 가장 동정하는 어조로

"겔할트! 나는 결코 그런 참혹한 부탁을 받을 사람은 아니다. 가령 멧텔니희와 우정을 상하는 혐의가 있어도 구바의 아들인 그대를 내 손으로 괴롭게 하지는 않을 것이다. 나는 그대와 이다의 사이를 무척 동정한다. 일즉** 나는 그대의 모친인 구바에게 그러한 사모하는 정을 보낸 일이 있었으니까." 무사는 거의 흥분된 소리로 이와 같이 말을 하고 다시 고요히 과거의 연애를 이야기를 하였다.

예전 겔할트의 모친 구바가 아직 처녀로 있을 때에 무사는 오랫동안 사모하는 정을 품고 있었다. 천군만마를 두려워하지 않는 무사의 마음도 한 사람 부드러운 애인의 앞에서는 말할 수 없이 부끄러움을 느끼는 것이다. 아끼는 심정을 하소연하려고 몇 번이나 마음속으로 작정하면서도 이내 말을 하지 못하고 있다가 하루는 굳게 결심을 하고 간절한 가슴을 호소하고자 마상***에 높이 앉아 구바의 집을 향하여 갔었다. 한참 가다가 그는 구바의 신바람 난 아이를 만났다. 들으니 오늘 마침 사랑하는 구바는 폰 이젠불크와 혼인을 하게 되었다고 하매 그는 실로 실망과 낙담이 여간 아니었다. 그는 정신 잃은 사람같이 한참 섰다가 손에 꼈던 반지를

---

* 몹시 놀라 정신이 아찔하여.
** '일찍'의 옛말.
*** 말의 등 위에.

빼 그 아이를 주면서 이것은 소녀를 깊이깊이 사모하던 남아의 최후의 선물이라고 전해달라고 하였다.

"지금 그대가 끼고 있는 그 반지야말로 내가 그대의 모친에게 드린 반지다. 내가 어찌 그대를 죽음의 땅으로 보낼 리가 있겠는가? 겔할트!"

늙은 무사의 눈물에 섞인 고백을 들은 겔할트도 뜨거운 눈물이 앞을 가림을 금치 못하였다.

"지나간 옛이야기를 하여 무엇하랴. 그것보다 지금 그대의 몸이 안전할 곳을 택하지 않으면 안 되겠다."

"아니올시다. 나는 이미 죽은 몸이나 마찬가지인데 이후에 귀하까지 누를 끼치게 해서는 안 될 터이오니 나를 바레쓰치나의 전쟁터로 보내주십시오."

"그것은 안 될 말이다. 그대가 아무리 용감한 무사라 할지라도 그곳에는 멧텔니희의 간악한 부하가 많이 있는 곳이라 반드시 그대의 생명이 위태할 터이니 그것보다 스와비야로 가라. 그곳에는 나의 부하들도 많이 있으니 일신이 안전하리라."

간절히 이르는 무사의 말에 겔할트도 감동하야 드디어 스와비야로 가서 위선* 일신의 위급함은 피하게 되었다.

이렇게 되어 겔할트가 이다와 작별한 지도 벌써 일 년이 지났다. 이 지난 일 년 동안의 근심스러운 세월을 보내는 저— 이다의 심정은 얼마나 괴로웠으리. 일각이 천추같이 보고 싶은 사랑하는 사람과는 영구히 영구히 서로 떨어져 있어 밤이나 낮이나 근심과 한탄으로 세월을 보내던 이다는 드디어 골수에 사무친 병으로 인해 자리를 펴고 눕게 되었다.

돌아오지 못하는 옛날의 예쁜 얼굴은 날로 날로 쇠약하여가고 젊은

| * 위선爲先. 우선于先과 같은 말.

기운은 시시로 시들어가서 이제는 자리에 일어나 앉을 기운도 없이 다만 찾아오는 죽음만 기다릴 뿐이다.

"아— 한번만 겔한트*와 만나고 싶다. 죽음이…… 죽음이…… 각각으로 음습하여 오는구나."

힘없는 소리로 부르짖음에 옆에서 간호하던 수도여승修道女僧이 부드러운 말로 위로하여준다.

"그 같은 슬픈 마음을 가지지 마시고 마음을 평안히 하시오. 사람이란 다시 행복할 때가 돌아오는 것입니다."

아무리 위로하고 위로한들 이미 죽고 사는 지경에 빠진 이다의 귀에 이 말이 들어올 리가 만무하다.

"깊이깊이 언약한 사이로서 나는 겔할트에게 아내란 말 한 마디 듣지 못하고 죽습니다."

소녀의 눈에서는 다시 원한 많은 눈물이 흘렀다.

"아니요. 결코 그런 말씀은 하지 마십시오. 그것이야말로 신명께 죄를 짓는 것입니다. 만약 그런 말씀을 하시면 죽어서라도 저— 무서운 죽음의 무도를 하는 지옥으로 가게 됩니다."

하면서 죽음의 무도라는 이야기를 시작하였다.

요사이 이 지방에서는 약혼한 소녀가 혼인을 하기 전에 죽을 것 같으면 매일 원한 많은 혼백이 일정한 장소를 골라서 춤을 추는 것이었다. 그 춤추는 장소는 오—벨월트의 섬이니 이 섬은 지옥의 무서운 기운에 에워싸여서 풀과 나무들도 나지 아니한 곳이라. 이곳에 불쌍한 혼백들은 매일 밤 종소리를 따라서 이곳에 모여 춤들을 추기 시작하는 것이다. 만약 이때에 지나가는 남자가 있으면 그를 둘러싸고 춤을 맹렬히 추는 것이었

| * '겔할트'의 오기.

다. 그리하여 그 남자가 정신을 잃고 쓰러질 때까지 춤을 추고 그중에 제일 나이 어린 소녀의 혼이 남편으로 정해가지고 가는 것이다.

이렇게 하야 남편을 얻으면 비로소 그 소녀의 혼백은 땅속으로 들어가서 영원히 평화로운 잠을 잔다고 하는 말이 있었다.

수도여승은 이 무서운 이야기를 들려주면서 이다에게 여승이 되기를 권하였다. 만약 수도승만 되면 이러한 무서운 운명에서 벗어나는 것이라고 일러주었다.

그러나 불쌍하게도 지금 이다는 그러한 말을 들을 수 없었다. 타는 입술을 열어

"겔할트! 겔할트! 죽어도 또 만날 날이 있겠지."

하고 겨우 말을 남기고 한 많고 원 많은 짧은 일생을 마쳤다.

콘스탄쓰의 조그만 집에 있어서 불행한 이다의 죽음을 들은 겔할트는 하늘이 무너지고 땅이 꺼지는 것 같았다.

그는 일신의 위험함도 불구하고 곧 오—벨월트의 수도원을 찾아갔으나 일주일이나 지난 뒤에 그곳에 도착하였을 때는 벌써 사랑하던 이다의 시체까지 땅속에 장사한 뒤였다. 그는 사랑하는 애인의 혼백이라도 보고자 라인을 못 잊어서 오—벨월트의 섬으로 향했다. 무서운 죽음의 무도를 하는 그곳을 아무 거리낌도 없이 지나게 되었다.

소름끼칠 만큼 무서운 폭풍우 중에 무슨 소리가 은연히 들려왔다. 언뜻 눈을 들어 살펴보니 흰옷 입은 소녀의 죽은 혼백들이 무섭게 춤을 추고 있는데 꿈에도 잊지 못하는 사랑하는 이다가 백설 같은 손을 들어 겔할트를 부르고 있었다. 겔할트는 전후를 잊어버리고 달려가서 이다의 손을 붙잡았다. 그러자 무도하는 소녀의 떼들은 우르르 달려들어 겔할트를 둘러싸고 기이한 음악 소리에 맞춰 춤을 추기 시작하였다. 정신 잃은 겔할트도 이다와 손을 잡고 맹렬히 춤을 추었다. 얼마를 추었는지 미구에

교회당에서 울려나오는 아침을 보하는 종소리를 따라 흰옷 입은 소녀의 혼백은 어느덧 사라지고 다만 겔할트 혼자 남아서 정신을 잃고 그 자리에 쓰러져 있었다.

　이튿날 아침 지나가는 사람이 그를 구했을 때는 벌써 그는 정신을 다— 잃고 다만 지난밤의 이상한 이야기를 마친 후 고요히 눈을 감고 이다의 뒤를 따라갔다.

　　　　　　　　　　　　　　　　—《별건곤》 제10호, 1927. 12. 20.

연작소설

5인 동무*

제2회 순희는 어디로?

아버지를 찾으려고 산 설고 물 설은 대판까지 간 불쌍한 소녀 순희가 의외로 아버님이 석탄광이 무너져서 치어 죽었다는 눈물겨운 편지를 개성 있는 창렬이에게 하였으나 창렬이는 그때 그 편지를 받지 못하고 개성에 있지 않았으니 과연 창렬이는 어디를 갔겠습니까?

씩씩한 기운으로 전조선육상경기대회를 마치고 난 창렬이는 완고한 부모님이 허락은 안 하시나 기어이 훌륭한 사람이 되어야 하겠다는 생각으로 5월 20일! 바로 순희가 편지한 지 사흘 전에 개성을 떠났습니다.

부모님에게 알리지도 않고 허락도 없이 아버님이 일가 집에 갖다주라는 돈 60원을 가지고 떠난 것이었습니다.

아버님 몰래 더욱 심부름할 돈을 넌지시 가지고 도망 나온 것은 잘못인 줄 모르는 바 아니었지마는 장래에 훌륭한 사람이 되려면 지금 잠깐 동안 부모를 속여도 할 수 없다고 생각을 하고 개성 정거장에서 서울 가는 기차를 탄 것이었습니다.

---

* 이 작품은 《어린이》 제5권 제3호부터 마해송을 시작으로 고한승, 진장섭, 손보태, 정인섭 등이 돌아가면서 연재했다. 그중 고한승 편을 수록한다.

창렬이는 아무리 굳은 결심은 있으나 그래도 정들었던 개성과 어머님 슬하를 떠나는 것이 섭섭하려니와 앞으로 어떻게 하여 나갈까— 하는 생각을 하매 아득한 마음을 금치 못하여 모르는 사이에 기차 속에서 주먹으로 눈물을 씻고 씻고 하였습니다.

그렇지마는 오직 창렬의 앞길에는 장래를 굳게 약속한 서울의 일균이와 대구 상봉이와 평양 영호며 또 대판에 있는 순희를 생각하면 마음이 몹시 든든하였습니다. 그리하여 창렬이는 차장에게 전보 용지를 청해서 우선 서울 일균이에게 몇 시에 경성역에 도착한다는 전보 한 장을 띄웠습니다.

용감한 소년 창렬이를 실은 기차는 그날 오후 네 시 반에 경성 정거장에 도착하였습니다. 삼 년 전에 보통학교 오학년 때에 수학여행으로 서울을 왔다 가고는 지금이 처음이라 새로 지은 정거장의 찬란한 모양을 두리번— 돌아보면서 창렬이가 나올 때 플랫폼에서 창렬의 손을 벗석* 쥐고

"아— 창렬 씨!"

하고 반갑게 인사하는 소년은 물론 일균이었습니다.

"한 시간 전에 오신다는 전보를 받고 뛰어나왔습니다. 대관절 웬일이요?"

하고 일균이가 물을 때

"자— 여기는 복잡하니 조용히 이야기하리다."

하고 우선 일균이 안내하는 대로 창렬이는 전차를 타고 헐려가는 광화문 앞에서 내려 삼청동 일균의 집으로 들어갔습니다. 그리하여 창렬이는 일균의 아버님과 어머님께 인사를 여쭙고 일균이와 저녁상을 같이 받고서

| * 버썩. 아주 가까이 들러붙거나 죄는 모양.

자기의 고향을 떠나온 이야기를 하였습니다.

그리고 이제부터 고학을 하든지 무슨 짓을 하든지 동경까지 가서 공부를 하겠다고 이야기를 하였습니다. 그뿐 아니라 아버지를 찾으러 간 불쌍한 순희가 어찌나 되었는지 동경 가는 길에 대판에 들러서 서로 도와줄 작정이라고 말할 때 일균이는 감격하여 눈물을 흘렸습니다.

그날 밤은 오래간만에 만난 의형제인 창렬이와 일균이가 자리를 나란히 하고 드러누워 여러 가지로 장래의 희망을 이야기하였습니다.

창렬이는 우선 동경에 가서는 낮에는 노동을 하고 밤에는 강습소 같은 데 다니면서 한 이 년 동안 속성으로 공부를 해서 남들은 사 년이나 오 년에 공부하는 중학교 정도를 속히 마치고 그리고 고등학교 시험을 치러보겠다는 이야기, 아무래도 완고한 부형 앞에서는 중학교도 완전히 다니지 못할 것이니 고생이 되더라도 동경까지 가서 용기를 내어 공부를 하여 반드시 큰 사람이 되겠다고 하였습니다.

가슴에 희망의 피가 끓는 이 이야기를 듣고 있던 일균이는 무엇을 생각하는지 이를 악물고 잠자코 있었습니다.

이와 같이 객지의 첫날밤을 밝힌 이튿날 창렬이는 일균이가 아침에 아버지 앞에서 무엇인지 자꾸 조르고 있는 것을 들었습니다.

그것은 다른 것이 아니었습니다. 지금 일균의 가슴속에도 굳센 결심이 있었습니다. 사랑하는 의형제 창렬이와 같이 자기도 동경으로 가서 서로 고학을 하여가면서 공부를 하겠다는 것이었습니다. 일균의 아버지는 창렬의 아버지와 달라 이해가 깊은 분이었습니다. 일균이도 동경에 보내어 훌륭한 사람을 만들고 싶은 마음은 간절하였습니다마는, 아— 그에게는 동경까지 보낼 기차삯도 얻을 수 없는 가난한 집안이었습니다.

그러나 어디까지 일균이를 사랑하고 일균의 전도를 생각하는 아버지는 눈물을 머금고 입을 악물고서 일균의 증조부 때부터 내려오던 예전 유명한 어른의 쓴 글씨! 일균의 집에만 하나 있는 보물을 잡히어서 돈 삼십 원을 해주셨습니다.

그리고 일균의 아버지는 감격한 목소리로

"일균아. 이것은 우리 집안의 명예와 보배를 전부 팔은 것이다. 이것을 받는 너는 우리 집의 명예와 보배가 다시 되어야 한다."

하셨습니다.

"네. 반드시 훌륭한 사람이 되겠습니다."

하는 일균의 눈에는 눈물이 글썽하였고 곁에서 보는 창렬이는 흐느껴 울었습니다.

아— 돈 있는 창렬이의 아버지는 그렇게 이해가 없고, 이해가 있는 일균이 아버지는 저같이 가난합니다그려!

이튿날 아침 동쪽에서 찬란한 태양광선이 두 소년에 앞길을 축복하는 듯이 불끈 솟아 올라올 때 눈물짓는 일균의 아버지와 어머니의 전송을 받으면서 두 소년 창렬이와 일균이는 남행열차를 타고 부산을 향하여 떠났습니다.

그리하여 두 소년은 다시 대구 달성정에 있는 상봉이에게 전보를 놓아 그날 오후에 대구에 내리어 상봉의 집으로 들어갔습니다.

상봉의 집에서 하루 밤을 쉬면서 창렬이와 일균이는 자기네의 장래를 이야기하고 서로 돕기를 맹세한 후 이튿날 다시 상봉이와 작별을 하였습니다.

이제는 다시 만나볼 사람도 없고 하여 평양 있는 영호에게 간단한 엽서 한 장을 띄우고 연락선을 타고 부산 땅을 멀리 바라보며 현해탄을 건너서 바로 이틀 만에 대판 땅에 내렸습니다.

산도 설고 물도 설고 어디를 보든지 낯설은 일본 사람들뿐이라 나이 어린 창렬이와 일균이는 몹시도 쓸쓸하였습니다.

그러나 이곳에 오래 머물 곳도 아니요. 오직 불쌍한 순희를 찾으면 그만이겠으므로 영악한 두 소년은 순사 파출소를 찾아가서 조선 사람이 많이 노동하는 석탄광을 물었습니다.

순사는 친절히 한 곳을 가르쳐주었습니다. 그리하여 두 소년은 몇 번이나 길을 묻고 또 물어서 어느 석탄광으로 찾아가서 조선 사람을 누구나 한 사람 만나보게 하여달라고 하였습니다.

두 소년의 가슴은 이상스럽게 뛰었습니다. 순희는 행여나 이곳에 있나? 만약 이곳에 없다 할지라도 어느 곳에 있는지 알 수 있을까?…… 하고 두 소년은 마치 무서운 판결을 기다리는 듯이 얼굴이 화끈하였습니다.

얼마 있다가 두 소년의 앞에는 어떠한 사람이 하나 나타났습니다. 그의 얼굴은 오랫동안 석탄광에 들어가 있어서 몹시 험하고 검고 그리고 이마에는 큰 상처까지 있고 구렛* 수염이 길게 나서 몹시 무섭게 생긴 사람이었습니다.

그는 매우 딱딱한 소리로

"누구야, 나를 찾는 사람이?"

하였습니다. 창렬이와 일균이는 쓸쓸한 대판 천지에서 우선 조선말을 들으니 몹시 반가워서 공손히 인사를 한 후, 며칠 전에 조선 소녀 순희가 자기 아버지를 찾아온 일이 없느냐고 물었습니다. 그러니까 그 우악스럽게 생긴 사람은

"그런 사람은 없어! 아마 요 등 넘어 다른 탄광인 게지. 그리 가보아."

하고 손으로 동쪽을 가리키며 그대로 중얼거리고 들어갔습니다.

창렬이와 일균이는 손에 쥐었던 보물을 잃은 것같이 섭섭한 마음을 억지로 참으면서 또 몇 번이나 길을 물어서 다른 탄광으로 찾아갔습니다.

| * 구레나룻.

그곳에서 여러 조선 사람의 노동자의 감독으로 있는 한 사람이 나왔는데 그는 아까 그 사람과 달라 몹시 싹싹하고 유순하였습니다.

먼저 조선 소년 창렬이와 일균이를 보고는 매우 반가운 듯이

"당신이 조선 소년이요? 매우 반갑소. 나는 이곳에서 십장 노릇을 하는 김 서방이요."

하고 공손하고도 정답게 말을 하였습니다. 창렬이와 일균이는 타향에서 부모나 만난 듯이 몹시 반가웠습니다. 당장 뛰어가서 가슴에 엎드려 실컷 울고도 싶었습니다. 그리하여

"여보십시오. 며칠 전에 조선서 순희라는 소녀가 자기의 아버지를 찾으려고 온 일이 있었습니까?"

하고 물었습니다.

"응. 있었어. 바로 내가 만났었소."

이 말을 들은 두 소년은 참으로 본 것같이 기뻤습니다.

"그래 순희는 아버지를 만났습니까?"

하고 재처 물었습니다.

그때입니다. 김 서방의 얼굴에는 모르는 사이에 비창한 빛이 가득히 떠돌았습니다. 그리고 천천히 입을 열어

"내가 숨기면 무엇하리……. 말을 할 터이니 들어보오. 순희의 아버지는 사오 년 전에 석탄광에서 일을 하다가 석탄광이 무너져서 그만 죽었다오……."

"네. 정말이에요?"

"아— 순희의 아버님이 돌아가셨습니까?"

하고 두 소년은 소리쳤습니다.

"그랬다오. 그때 순희의 아버지뿐 아니라 같이 일하던 조선 사람 수십 명이 한꺼번에 죽었어……."

창렬이와 일균이는 금시에 두 눈에서 눈물이 뚝뚝 떨어졌습니다.

"그러나 나도 자세히는 모르지……. 그때는 내가 이 탄광에서 일을 하지 않았으니까 자세히는 모르겠으나 그 후에 여러 친구의 말을 들으니까 순희 아버지 유 서방이 죽었다고 그러더군……. 그때에 석탄광이 무너졌으나 다른 곳으로 조금씩 구멍이 터진 곳이 있어서 여러 사람이 살아나온 사람도 있고 혹은 팔이 부러지고 다리가 부러져서 반쯤 죽어서 기어 나온 사람도 있는데, 하도 여러 백 명이 있는 가운데 많이 죽었으니까 누가 살아 나오고 누가 병신이 되고 누가 죽었는지도 모르겠으나 순희의 아버지 되는 유 서방의 소식은 아직 듣지 못하였으니 아마 죽은 것이 분명할 터이지……. 어찌 되었던지 그때 죽은 사람은 흙에 갈리고 돌에 짓찧어져서 뼈만 남아서 얼굴도 몰라보게 되었으니까 누가 죽고 누가 살았는지도 몰라……."

하면서 김 서방은 그때 생각을 하며 몹시 처량해하였습니다.

"그러면 순희의 아버지도 아직 살아 계신지 모릅니다그려!"

하고 창렬이는 울음에 섞인 소리로 물었습니다.

"글쎄. 혹시 어느 틈에 살아나갔는지는 모르지마는 나와 유 서방과는 매우 친한 사이니까 살아 있으면 편지라도 하고 찾아라도 올 터인데 아직 아무 소식이 없으니 아무래도 죽은 듯싶어……."

이 말을 들은 창렬이와 일균이는 눈앞에 아버지를 찾지 못하고 울고 있는 순희의 모양이 자꾸 보이는 것 같았습니다.

불쌍한 순희! 이 세상에 아무도 의지할 곳 없어 오직 한 분 계신 아버지를 찾아 대판까지 왔다가 천만 꿈밖에 아버지까지 안 계시다는 말을 들은 순희! 그 불쌍한 순희는 지금 어디 있을까?

당장 달려가서 눈물을 씻어주며 위로라도 하여주고 싶은 생각이 간절하였습니다.

그리하여 두 소년은 약속한 것같이 일제히

"그러면 순희는 어디 있습니까? 순희라도 어서 만나게 하여주십시오. 순희는 우리와 의남매를 맺은 소녀입니다. 어서 만나게 하여주십시오." 하고 못 견딜 듯이 부르짖었습니다.

두 소년의 성화같이 조르는 이 말을 듣는 김 서방은 다시 얼굴에 슬픈 빛이 돌며 잠시 눈을 감고 섰었습니다.

그리고는 가장 섭섭한 목소리로

"순희 말이요?…… 순희는……."

"네! 순희요. 순희 어디 있습니까?"

두 소년은 더욱 재촉하였습니다.

"순희는 지금 대판 땅에는 없다오. 그리고 나도 어디로 갔는지 모르겠구려."

이 대답을 듣는 창렬이와 일균이는 그야말로 마른하늘에 벼락같이 놀랬습니다.

순희의 아버지는 이미 만나지 못할지언정 불쌍한 순희라도 만나서 서로 위로하고 서로 돕고자 하였더니 이제는 순희도 이 땅에 없다 하니, 아— 가련한 순희는 어린 몸이 어디로 떠돌아갔단 말인가?

친척도 없고 아는 사람조차 없는 낯선 이 땅에서 외로운 순희는 어디 가서 어떤 고생을 한단 말인가?

창렬이와 일균이는 앞이 캄캄한 듯하여

"어떻게 되어서 순희가 이 땅에 없습니까? 어디로 간 듯합니까? 좀 자세히 말이나 해주십시오." 하고 미친 듯이 날뛰며 물어보았습니다. (다음 호에는 조재호 씨가 계속)

—《어린이》 제5권 제4호, 1927. 4. 1.

세상 밖으로 불러낸
아동문학가, 고한승

_정혜원

1. 아득히 먼 기억, 불러내야 할 그 이름

고한승은 다양한 장르의 글을 살펴야 할 정도로 다방면에 관심을 가지고 있었다. 동화(번역, 창작), 동요, 동화극, 소설, 기행문, 평론에 이르기까지 아동문학과 일반문학을 아우르며 전력질주를 한 인물이다. 그러나 그는 지금까지 아동문학에서도, 일반문학에서도 소외된 작가였다. 늘 선두에 선 작가군 뒤에서 이름만 비칠 뿐 제대로 평가받지 못한 점을 상기할 필요가 있다.

근대 초기 각계각층의 신지식인들이 새로운 근대문물을 수용하고 조국의 독립을 위해서 민중을 대상으로 계몽하였던 것처럼 그도 그 속에 속했던 인물이다. 색동회 초창기 멤버로 활동하였고, 극단을 창단하여 전국 순회공연을 하였으며, 동화와 동화극과 같은 아동문학은 물론 일반문학의 장르까지 창작하는 열의를 가졌다.

고한승은 1902년에 경기도 개성에서 태어났다. 아동문학가, 신극운동가로 알려져 있는 그는 '고한승'이란 본명 외에 문단에서 활동할 때 '고따따, 고마부, 고사리, 고한용'이란 필명을 사용했다. 다른 작가들의 화려한 행적에 비해 그의 행적은 별로 알려져 있지 않은데, 다만 다른 작가들과 활동했던 경로로 그의 삶을 추적, 확인할 수 있다.

　그는 1919년 서울 중앙고등보통학교를 다닐 때 마해송, 진장섭 등과
《여광餘光》동인활동을 통해 문학의 길에 들어선다. 그리고 1920년 봄, 동
경유학생들과 함께 극예술협회劇藝術協會를 조직한다. 극예술협회는 한국
최초의 본격적인 근대극 연구단체이자 학생극회로, 창립 멤버는 고한승
을 비롯하여 김우진, 조명희, 유춘섭, 주장섭, 홍해성, 조춘광, 손봉원,
김영팔, 최승일 등 20여 명이었다. 학생들은 매 토요일마다 모여 외국의
고전 및 근대극 작품들—셰익스피어, 괴테, 하우프트만, 고골리, 체홉,
고리끼—에 이르기까지 연구 · 토론하였다.

　다음 해 여름, 극예술협회는 동경의 유학생과 노동자들의 모임인 동
우회에서 회관건립기금 모금을 위한 순회연극단을 조직해달라는 요청을
받게 된다. 극예술협회 멤버들은 제안을 수락, 전국 순회공연을 시작한
다. 극예술협회 단원들이 꾸린 동우회 순회연극단同友會巡廻演劇團은 단장
임세희, 무대감독 김우진, 배우 박봉서, 홍승로, 최석린, 황석우, 그 외
연사 남녀 유학생 30여 명으로 구성되었고, 공연에 드는 비용은 김우진
이 전담하였다.

　동우회 순회연극단은 동아일보사, 조선노동공제회, 천도교청년회, 불
교청년회, 대종교청년회 등 각종 사회종교단체들의 후원을 받으며 부산,
김해, 마산, 진주 등을 거치며 북상한다. 동우회 순회극단의 레퍼토리는
연극과 음악, 그리고 간단한 연설로 꾸며져 있었다. 음악 부분은 홍난파의
바이올린 독주와 소프라노 가수 윤심덕의 독창으로 엮어졌고, 연극 부분
은 조명희의 작품 〈김영일의 사〉(3막 4장), 홍난파 원작 신소설을 각색한
〈최후의 악수〉(2막), 그리고 아일랜드의 던세니 경 작품 〈찬란한 문〉(1막)
을 김우진이 번역해 세 작품을 공연했다. 이 공연에 들어간 전체 비용 역
시 연출과 무대감독을 맡았던 김우진이 부담했다. 이들 동우회 순회연극

단은 가는 곳마다 큰 감명을 주었고, 폭발적 갈채를 받았다. 신파극의 구 찌다데식(대본 없이 이뤄졌던 연극)과 연습 부족의 연극을 보던 대중에게 극예술협회의 멤버들은 정통 근대극의 맛을 보여준 것이다. 동우회 순회 연극단은 1921년 7월 8일 부산을 시작으로 8월 18일 종착지 함흥까지 만 40일 동안 전국 25개 도시를 순회했다.* 이들은 근대극을 소개하는 데 그 치지 않고, 국권 상실로 실의에 빠진 민족을 음악으로 위로하는 한편 민 족운동의 일환으로 문화선전을 하는 데도 공헌했다. 동우회 순회연극단 은 8월 18일 귀경하여 그날 밤으로 종로청년회관에서 해산식을 갖는다.

서구 사실주의극의 이식을 처음으로 시도한 극예술협회의 목적은 첫 째, 이론으로만 공부해온 것을 무대에서 실제로 공연해보겠다는 것과, 둘째, 고학생을 돕겠다는 것이었다. 이러한 목적을 가지고 시작한 순회 연극단은 민중들을 한데 결집시키는 민족운동과 계몽운동의 효과를 보 게 되었다.

동우회 순회연극단의 성공 이후, 국내에서는 고학생의 순회연극단들 이 매우 성행하였다. 기성극단이나 성인들의 연극단체도 아닌 극예술협 회가 저급한 신파극만 유행하던 1920년대 초 이 땅에 전통 서구근대극의 씨앗을 뿌렸으며, 소인극을 유행시키는 원동력이 된 것이다.

고한승은 1920년대 초 여러 극단에 창립동인으로 활동할 만큼 극예 술에 남다른 열정과 적극성을 띠고 있었다. 1921년 고한승이 주축이 된 개성의 연극단체인 '송경학우회'에 마해송과 김영팔이 찬조출연하기도**

---

* 동우회 순회연극단의 일정― 부산 7월 8일 개연 / 김해 9일 개연 / 마산 10일~14일 개연 / 진주 11일 개연 / 통영 12일~13일 개연 / 밀양 15일 개연 / 경주 16일~17일 개연 / 대구 18일~19일 개연 / 목포 20일~21일 개연 / 광주 22일 개연 / 전주 23일 개연 / 군산 24일~25일 개연 / 강경 26일 개연 / 공주 27일 개연 / 청주 28 일~29일 개연 / 경성 7월 30일~8월 3일 개연 / 개성 4일 개연 / 해주 5일~6일 개연 / 평양 7일~8일 개연 / 선천 9일 개연 / 정주 9일~11일 개연 / 청원 13일 개연 / 원산 14일~15일 개연 / 영흥 16일 개연 / 함흥 17 일~18일 개연.
** 이두현, 『한국신극사연구』, 서울대출판부, 1966, 104쪽.

한다. 같은 해 7월에는 송경학우회에서 〈백파의 설움〉, 〈과거의 죄인〉, 〈불쌍한 사람〉, 〈기도〉*를 공연하기도 한다. 또 1923년 그가 조직한 형설회 순회연극단은 6월 9일에 동경 스루가다이 불교회관에서 시연회를 가지고 7월 6일부터 8월 1일까지 동우회 순회연극단과 거의 같은 방향으로 순회공연을 가진 뒤에 곧 해산한다. 이처럼 고한승은 극예술을 통해 당대의 민중들의 설움과 고통을 함께하려 했고 무엇보다 문학과 문화의 접목을 통해 민중들과 호흡하고 계몽하려 했다.

그는 신극운동가이기도 했지만 그에 못지않게 아동문학에 지대한 관심을 가지고 동화와 동화극에 전념했다. 1923년 일본 동경에서 방정환을 중심으로 강영호, 손진태, 정순철, 조준기, 진장섭, 정병기 등과 함께 한국 최초의 어린이문화운동단체인 '색동회'를 조직하였다. 한국에서 어린이운동은 색동회가 발족되면서 시작되었다고 해도 과언이 아니다. 개벽사에서 펴내던 잡지 《어린이》는 사실 색동회의 기관지나 마찬가지였다. 그는 특히 이 잡지를 통해 많은 작품을 발표하였다. 주로 번역 · 번안동화와 아직 설화의 구성을 벗어나지 못한 동화를 창작하였다. 또한 신극에 대한 관심은 아동극으로 이어졌는데, 아동잡지와 신문에 동화와 동화극을 발표하고 직접 구연을 하러 다니기도 했다. 광복 직후에는 개벽사에 근무하면서 《어린이》지를 복간하였고, 《어린이》지 132호부터 137호까지 직접 편집, 발행하였다. 다양한 창작과 동화구연, 아동극 공연, 강연까지 다각도에서 두각을 나타내던 그는 1927년, 신문과 아동잡지에 발표했던 동화와 동화극을 모아 첫 창작집인 『무지개』**를 발간하였다.

---

* 장한기, 『한국연극사』(증보), 동국대출판부, 1986, 259쪽. 임영빈任英彬 작품인 〈백파白波의 울음〉, 〈과거의 죄인〉과 고한승이 각색한 〈불쌍한 사람〉을 공연했다.

** 고한승, 『무지개』, 이문당, 1927. 이 책에 수록된 동화와 동화극은 다음과 같다.
  동화 : 「백일홍이약이」, 「나비와 가락지옷」, 「바위의 슬픔」, 「국긔 소녀」, 「노래부르는 옷」, 「분옷이약이」, 「크리쓰마쓰선물」
  동화극 : 「해와 달」, 「집업는 나비」

그는 라디오 방송을 통해 동화구연 활동도 했는데, 당대 대중매체가 발달하지 않은 상황에서 라디오를 통해 흘러나오는 동화는 아동들의 관심을 끌기에 충분했을 것이다. '경성방송국에서는 소설가들이 련작소설을 쓰듯이 세계에 유명한 천일야화 중에서 가장 재미잇고 가장 긴 이약이 「흘러가는 삼남매」(중략) 방정환, 고한승, 리뎡호 삼씨 삼회에 난후어지난 칠일 밤 어린이 시간부터 하로걸터큼씩 방송을 하리라는데 재미잇는 첫 시험이기 쌔문에 「라듸오」 어린이 팬들은 다대한 흥미를 가지고 기대린다더라*'란 기사에서 보듯 이 방송은 대단한 인기를 끌었음을 알 수 있다.

그는 당대의 신지식인으로 지도자의 길도 걸었다. 1925년 경성 반도 소년회 · 불교소년회 · 시벗회 등의 소년단체의 지도자연합회인 '오월회'를 조직하고 방정환, 정홍교과 함께 대표위원으로 선출되기도 한다. 《시대일보》에 '소년지도자단결, 오월회 한달한번개회태도방침통일**'이란 제목으로 기사도 실었는데 소년지도대의 태도와 방침, 친목, 단결, 문제논의에 대해 언급하는 그의 글에는 당대를 주름잡던 신지식인들과 어깨를 나란히 하며 지도자의 길을 걸었던 투철한 사명감이 엿보인다. 이는 소년문제 강연회 활동과도 닿아 있다. '가극강연 성회. 새ㅅ별사의 순회반 소년문제 강연***'이란 기사는 이런 그의 활동을 확인시켜준다.

고한승은 작품을 통해 아동 독자들에게 근대문물, 근대정신을 심어주려고 했고 아울러 한국적인 전통이 깃든 문학작품을 창작하려고 노력했다. 그는 1920년대 초부터 사망하기 직전(1949년)까지 아동문학을 창작하고 아동문학지를 편집, 발행했으며, 전국을 순회하며 동화구연과 공

* 「JODK 연속동화」, 《중외일보》, 1927. 8. 9.
** 《시대일보》, 1925. 6. 3.
*** 《시대일보》, 1924. 6. 17.

연을 했다. 이런 일련의 활동을 통해 그가 근대 아동문학 발전에 기여한 바는 매우 크다고 하겠다. 그러나 적극적인 활동에도 불구하고 그는 그동안 한국 아동문학사에서 조명되지 못한 인물이었다. 그의 행적을 쫓고 작품을 발굴하여 재평가하는 작업은 단순히 그의 사적인 영화만을 위한 것이 아니라 한국 아동문학을 위해서도 매우 의미 있는 일이라고 하겠다.

2. 고한승의 아동문학*에 구현된 작가의식

1) 세계주의를 지향하는 번역물**

근대에 이르러 잡지나 신문에 번역물이 소개되는 일은 성인매체뿐만 아니라 아동매체에서도 쉽게 발견된다.

근대는 부르주아지의 자기모순으로부터 시작된 제국들의 정복이 전 지구적인 차원에서 진행되었고 물질적 생산뿐만 아니라 정신적 생산에서도 "모든 방면에서의 상호교류, 민족들 간의 보편적 상호의존"이 엄연한 현실이었던 시대였다. 제국들은 '식민채널'로서의 번역을 필요로 했고 식민국들은 '탈식민화의 채널'로서 번역을 필요로 했다. 그만큼 근대는 번역적 현상을 도외시하기 힘든 사정이 존재한다.***

한국의 근대 역시 이러한 역사적 정황 속에 예외일 수 없었다. 19세

---

* 고한승은 앞에서 언급했다시피 아동문학의 장르인 동화와 동화극, 동요뿐만 아니라 시, 시조, 소설, 수필, 평론, 칼럼도 발표하였다. 일반문학의 양이 아동문학의 양보다 적고 그 시대 그를 아동문학가로 칭한 점을 감안하여 여기서는 아동문학에 대한 해설을 위주로 한다.
** 여기에 실린 번역물은 동화, 우화, 전설이다. 작가가 이국적인 분위기를 그대로 살리기 위해서 번안보다 번역을 선택한 것 같다. 읽을거리가 많지 않았던 시절 이것은 독자들에게 풍성한 즐거움을 주었음을 알 수 있다.
*** 민족문학사연구소 기초학문연구단, 『한국 근대문학의 형성과 문학 장의 재발견』, 소명출판, 2004, 208쪽.

기 말부터 다종다양한 번역물이 나오기 시작하고 그중에서 역사·전기류와 실용문의 번역이 압도적인 양을 차지하지만 이러한 경향은 1910년 이후로 변화를 겪는다. 일본은 그때까지 널리 유통되던 번역서들 중 역사·전기류를 압수·발매금지했으며 더 이상 독립된 국가를 상상하도록 하는 번역을 용납하지 않았다. 그때부터 순문예와 관련된 번역물이 점차로 증가하기 시작했다.* 고한승이 서구의 작품을 번역하여 소개한 것은 1920년대부터였는데, 이 무렵 잡지와 신문에 발표된 대부분의 동화가 번역을 거친 순문예 작품이다. 1910년대 세계적인 인물담을 유행처럼 번역하던 것과는 확연히 달라진 이러한 정황은 위의 역사적 사실을 정확히 설명해주는 부분이다. 1920년대에도 세계적인 인물담이 소개되긴 하지만 그 전대보다는 문학성이 풍부한 작품 번역에 더 주력하고 있음을 알 수 있다. 이는 일제의 압박과 관련이 깊다. 문학작품, 특히 아동물은 보편적인 주제를 전하고 있기에 일제의 검열을 피하기 쉽다. 이는 당대와 비슷한 현실을 그린 작품들을 통해 아동을 대상으로 민족계몽운동을 할 수 있기 때문에 어느 한편으로는 고무적이라 평할 수도 있다.

그는 번역물 중에 우화와 동화, 전설을 중점적으로 소개하였다. 우화는 생물 또는 무생물을 빌어 도덕적 교훈을 일깨우는 이야기로서, 그 목적이 윤리적 설파에 있으며 교훈이 위주이고 흥미는 한낱 첨가물에 지나지 않는다는 점에서 좁은 의미의 메르헨이나 골계담 등과 다르다.** 우화는 처음부터 아동 독자들을 훈화하려는 목적을 띠고 있다. 간단한 구성과 단순하고 강한 주제를 갖는 우화는 아동 교육을 위한 적합한 장르라 할 수 있을 것이다. 때문에 우화가 현재까지 교육용으로 교과서에 지속적으로 게재되고 있는 것이다. 또한 우화는 창작동화가 아직 미숙하던

---

* 민족문학사연구소 기초학문연구단, 앞의 책, 209쪽.
** 이재철, 『아동문학개론』, 서문당, 1996(1983 초판), 150~151쪽.

근대 초기에 동화의 자리를 대신하기도 했다. 그는 서구의 전설도 번역하여 소개하고 있는데 서구 전설도 동화처럼 독자들에게 읽을거리를 제공하였다.

당대 유학을 다녀온 신지식층의 작가들은 서구의 많은 작품을 번역하고 소개하였다. 고한승도 이러한 작가 중의 한 사람이었다. 그가 어떤 의식을 가지고 아동을 위한 작품을 번역하였는지 작품을 통해 살펴보자.

(1) 번역동화

번역은 새로운 문명=근대로 나아가기 위한 탈식민화의 채널로 요청되었으면서도, 동시에 제국주의와 식민주의로부터 결코 자유로울 수 없는 딜레마 속에서 진행되었다.* 조선의 근대화가 일정 부분 일제를 통해 가능하게 되었다는 것은 부인할 수 없는 일이다. 선진문화, 문물을 번역하여 민중들이 알아간다는 것은 조선도 독립된 근대국가를 꿈꾼다는 것과 일맥상통한다. 그 때문에 일제는 조선의 번역물에 가혹한 검열을 가했고 조선은 근대국가를 동경하면서도 일제를 통해야 한다는 사실이 인정하기 힘든 문제였다. 이와 같이 번역은 이중성을 함의하고 있다. 당대의 번역은 서구의 문학을 일역하고 다시 조선어로 재번역하는 과정을 거쳤다. 고한승 역시 당대를 살아가는 신지식인으로 서구의 작품에 지대한 관심을 가지고 있었고, 번역물을 통해 독자들과 소통하려고 안간힘을 다했다.

「보석속에공주」는 서양 설화에서 흔히 볼 수 있는 공주와 미천한 신분의 남자가 결혼하는 이야기이고, 「우물귀신」은 나무꾼이 악처를 피해 우물에 갔다가 우물귀신을 도와주고 공주와 결혼하는 이야기와 우물귀신을 기지로 쫓아버리는 큰 줄기로 구성된 동화다. 이들의 공통점은 아

| * 민족문학사연구소 기초학문연구단, 앞의 책, 208쪽.

작품 제목	발표지	번역/번안	비고
보석속에공주	《어린이》, 제1권 제3호	번역	
우물귀신	《어린이》, 제4권 제6호	번역	
재판장의 쌀간코	《어린이》, 제5권 제3호	번역	이탈리아 동화
자동차 3등	《소학생》, 53호	번역	
국긔소녀	《신문예》, 1924	번역	프랑스

무런 이유 없이 행복해지는 것이 아니라 주인공이 적극적인 태도로 문제를 해결할 때 행복을 이룰 수 있다는 인생의 참의미와 교훈을 내포하고 있다는 점이다.

「재판장의 쌀간코」는 할머니가 억울한 사연을 재판관에게 호소하자 그에 대한 해결책으로 채찍을 준다. 할머니가 재판관 코를 때리자 파리도 죽는다는 다소 유머가 섞인 이야기다.

「자동차 3등」은 서양 작은 마을에 자동차표를 1, 2, 3등으로 차등을 주어 판다. 자동차가 넘어가기 힘들 고개를 만나자 1등표는 그냥 타고 있고 2등표는 걸어서 고개를 올라가고, 3등표는 자동차를 밀어달라고 한다. 동화 말미에 '여러분! 여러분은 1등 손님이 되시렵니까? 2등 손님이 되시렵니까? 혹은 다른 사람을 위하여 땀 흘려 일하고 힘들여 남을 도와주는 손님이 되시렵니까?'란 훈계 또는 생각거리를 붙여놓았다. 요즘 논술 교재에 흔히 붙어 있는 질문과 비슷하다. 그러나 현재의 시각으로 보면 3등표를 산 것은 경제적 여유가 없기 때문이지 남을 위한 배려와 희생정신 때문에 산 것처럼 보이지는 않는다. 단순히 손님이 내려서 자동차를 밀었다고 하는 내용만으로 3등표를 산 손님이 희생정신이니 배려니 하는 것은 설득력이 떨어지는 부분이다. 당대 사회는 일제 강점이란 특수상황이기 때문에 사리사욕보다는 민족의 독립, 즉 '대를 위한 삶이

선'이라는 사회통념 때문에 이런 교훈이 가능했을 것이다.

「국괴소녀」는 프랑스에 전쟁이 나서 모든 상황이 어렵게 되었다. 그 와중에 시민들은 국립기념일 축제를 못하게 되어 실망한다. 열두어 살 된 소녀들이 한 사람은 흰색, 한 사람은 푸른색, 한 사람은 붉은색으로 모자부터 구두까지 입고 거리를 활보하며 경축가를 부르자 시민들이 큰 감동을 받는다는 내용이다. 이 동화도 민족주의 의식을 고취시키려는 것이었고 당대 우리의 현실과 딱 맞아떨어지는 것이다. 번역물의 장점은 작가가 의도하는 대로 선별하여 독자들에게 소개함으로 해서 자연스럽게 민족운동을 할 수 있다는 것이다. 그도 이러한 점을 놓치지 않았고 다른 작가 못지않게 이러한 의도된 번역에 힘썼다.

(2) 우화

우화 역시 모두 번역이다. 우화는 아주 짧은 이야기로 교훈성이 강한 작품이다. 군더더기가 없고 단순하고 명쾌해서 아동을 대상으로 한 교육용으로 매우 적합하다.

작품 제목	발표지	번역/번안	교훈
가마귀와 공작새	《어린이》, 제4권 제2호	번역	허세에 대한 경계
사자와 톡기	《어린이》, 제4권 제10호	번역	토끼의 지혜
톡기의 꾀	《어린이》, 제5권 제1호	번역	토끼의 지혜
여호와 고양이	《어린이》, 제7권 제1호	번역	허세와 교만에 대한 경계

우화에 등장하는 캐릭터는 사람보다는 동물이 많기 때문에 일제의 눈을 피해 번안할 필요성이 없었을 것이다. 동물은 아동과 가장 친근한 캐릭터이고 짧은 이야기를 통해 가장 빨리 주제를 전할 수 있기 때문에 우화는 절박한 당대로서는 꼭 필요한 장르의 하나였을 것이다. 지혜는 당대

사회에서 지향하는 선으로, 현실을 직시하지 못하고 허세를 부리거나 교만한 자는 지양하는 악으로, 극과 극을 대비시켜 교훈을 극대화시키고자 했다. 초창기 동화창작이 활발하지 못하던 시절에 우화도 동화처럼 독자들에게 읽을거리를 제공하는 중요한 장르였음을 다시 확인할 수 있다.

(3)전설

그가 번역한 작품의 대부분이 독일 문학작품이다. 전설 역시 독일 작품이 주류를 이룬다. 독일의 전설은 우리의 전설과 그 특성이나 구성은 비슷하지만 주인공이나 배경, 서사가 이국적이기 때문에 아동 독자들에게 호기심을 불러일으킬 수 있고 아울러 색다른 문학의 즐거움을 제공할 수 있었다.

작품제목	발표지	번역/번안	교훈
원한의 화살	《어린이》, 제5권 제8호	번역	용기와 지혜
라인江 까의 형제	《어린이》, 제6권 제1호	번역	우애(형제애)
꼽추이약이	《어린이》, 제6권 제6호	번역	권선징악
저주바든 샘물	《개벽》, 50호	번역	남녀 간의 사랑

「원한의 화살」은 벨크 성의 오스트왈트가 산 속으로 들어가 돌아오지 않자 그의 아들인 에트벤이 손넥크 성에 갔다가 기지를 발휘해서 아버지를 구한다는 이야기다. 에트벤의 용기와 기지를 높이 살 만한 미담이다. 이 작품에서는 어려운 조선의 상황에서 생존하기 위해서는 진정한 용기와 불굴의 의지, 지혜가 필요하다는 교훈을 읽어낼 수 있다.

「라인江 까의 형제」는 형제가 아버지의 재산을 가지고 싸움이 난다. 아버지를 찾아가는 길에 우애 있게 살던 시절을 기억하고 반성하는 이야기다. 돈보다 형제애를 강조하는 것으로 물질적인 가치보다 정신적인 가치를 독자들에게 심어주려는 의도다.

「꼽추이약이」는 '혹부리 영감'과 비슷한 내용이다. 꼽추음악가 중 푸리델은 마음씨도 좋고 재주도 많은 사람이고, 하이쓰는 마음씨도 나쁘고 재주도 없는 사람이다. 하이쓰는 이런 푸리델을 늘 시기 질투한다. 푸리델은 그가 일하는 주인집 딸과 결혼하고 싶어하지만 아버지의 반대로 못하게 된다. 그가 실망해서 정처 없이 떠돌다가 으슥한 생선 파는 장터에서 요녀들이 축제하는 현장을 본다. 요녀가 바이올린을 주며 청하자 푸리델이 아름다운 음악을 연주해준다. 요녀는 고맙다며 꼽추의 몸을 고쳐주고 주머니에 보물을 가득 준다. 이 사실을 알고 주인집 아버지가 결혼을 허락해준다. 부러워하던 하이쓰가 일부러 생선장터를 찾아가서 보니 요녀들이 있었고 연주를 해주게 된다. 그러나 자꾸 연주가 틀리는 바람에 요녀의 노여움을 사서 지난번 떼어놓은 꼽추까지 붙여주게 된다. 착한 푸리델은 하이쓰를 안쓰럽게 생각하고 평생 먹여 살린다는 내용이다. 선악의 구도와 대조적인 인물은 설화나 전래동화에서 심심찮게 나타난다. 선한 의도를 가지고 행동하는 사람은 복을 받고 악한 의도를 가지고 행동하는 사람은 벌을 받는다는, 즉 권선징악의 주제가 부각된 작품이다.

「저주바든 샘물」은 무사가 무녀 예스테를 사랑하나 헤루테의 저주로 결국 죽음으로 마감하는 전설이다. 남녀 간의 사랑은 성인들뿐만 아니라 아동들에게도 늘 흥미로운 주제다.

고한승의 작품 중 번역물이 많다는 것은 당대 신지식인들이 근대화된 서구문명을 선망하고 있었던 것과 동궤를 이룬다. 창작동화의 양이나 질적인 면에서 아직 검증되지 못하던 시대인 점을 감안할 때 작가들이 번역물에 눈을 돌리는 것도 무리라고 할 수 없을 것이다. 또 번안물보다 번역물이 많다는 것은 세련된 서구의 작품을 그대로 보여주고 싶은 작가의 의도로 볼 수 있으나 우리식의 번안물이 적다는 것은 아쉬움으로 남는다. 그는 이러한 번역물을 통해 아동 독자들에게 세계의식과 더불어 보편적인 덕목과 문학적인 즐거움을 북돋아주고자 했다.

2) 다채로운 모험의 세계로 안내하는 창작동화

그가 창작한 동화는 아직 설화의 틀을 완전히 벗지 못한 작품이 많다. '옛날 옛적에—'로 시작하는 도입부나 같은 사건이 반복하는 것, 대조적인 선악의 등장인물 등 설화에서 흔히 볼 수 있는 틀을 그대로 고수하고 있다.

「백일홍이야기」와 「분꽃이야기」, 「나비와 가락지꽃」은 꽃 전설이나 꽃을 소재로 한 작품들이다. 「백일홍이야기」는 액자 구성을 하고 있는데 백일홍 전설을 실제 중심부에 삽입하여 꽃과 얽힌 애절한 이야기를 중심으로 구성하였다.

「노래부르는꽃」은 꽃을 소재로 하였으나 꽃 전설은 아니다. 선한 행동을 해서 복을 받는다는 권선징악의 구조는 일반적인 설화와 비슷하나 마력을 가진 꽃의 도움으로 복을 받게 된다는 내용이 좀 특이하다.

「나비와 가락지꽃」은 봄이 온 줄 알고 성급하게 지상으로 나온 가락지꽃이 얼어 죽을 위기에 직면했을 때 흰 나비가 품어주어 살게 된다는 내용이다. 이 서사는 아주 간단하지만 많은 교육적인 면을 내포하고 있다. 매우 자연친화적이고 생명을 존중하는 사상과 희생정신을 담고 있기 때문이다.

「의협한 호랑이」는 호랑이의 해에 창작한 작품이다. 그는 처음부터 '지금까지 들어보지 못한 호랑이 이야기'란 정보를 독자들에게 주고 시작한다. 약한 자를 도와주는 의협심이 강한 호랑이의 행동을 보여주어 독자들에게 참된 용기란 무엇인가를 깨닫게 하려는 의도를 내포하고 있다. 그러나 여전히 설화의 틀에서 벗어나지 못하고 있다.

「옥희와 금붕어」, 「아기의 꿈」, 「꿀벌의 마음」, 「크리쓰마쓰선물」은 유아들 수준에 맞춘 동화로 볼 수 있다. 주인공도 아기거나 나이가 적은 아동이 등장하고 이야기 구성도 무척 단순하고 교훈적이다. 현재의 유아들이 읽어도 손색이 없을 정도의 작품이다.

「옥희와 금붕어」에 등장하는 주인공 옥희는 아픈 아동이다. 그 때문에 밖에도 못 나가고 집 안에서 심심하고 지루하게 지내야 하는데 학교 선생님이 준 어항 속 금붕어 세 마리 때문에 생활에 활기를 얻는다. 금붕어는 옥희에게 상상의 날개를 펼칠 수 있게 도와준다. 어항 속의 금붕어는 곧 여신이 되어 옥희를 무지개 나라, 해의 나라란 환상세계로 안내한다. 여신들이 옥희를 그 세계로 오라고 노래를 부르는 부분이 있는데 이것은 결말에 옥희가 죽는다고 하는 복선을 깔아놓은 것이다. 환상적인 판타지 세계를 경험하고 왔을 때 금붕어들이 죽은 것을 옥희가 보고 충격을 받고 다시 병이 악화되어 죽음에 이르게 된다. 죽음은 현실과의 단절이고 경험하지 못한 것이므로 공포심을 유발할 수 있지만, 이 작품에서는 동화의 특성을 살려서 죽음조차도 아름답게 미화시키고 있다. 당시 판타지 기법을 쓰더라도 꿈으로 처리하는 것이 대부분인데 이 작품에서는 꿈에서 깨고 나서 판타지로 돌입한다. 이 작품은 아픈 아동에게 위로를 주고 상상력으로 무장한 판타지의 세계를 경험하게 하는 등 독자들의 흥미를 끌기에 충분한 작품이라 할 수 있다.

「아기의 꿈」은 물활론적 사고를 하는 유아들이 상상할 법한 이야기다. 아기가 정월에 각시인형을 안고 눕자 환상세계로 들어간다. 촛불 여신과 달의 여신이 서로 아기를 보호해준다는 명목으로 쟁탈을 벌인다. 결국 달의 여신이 촛불 여신을 이기고 아기가 놀라서 잠에서 깬다. 지금까지 모든 사건은 꿈으로 처리되었다. 아기가 현실에 돌아와보니 촛불은 다 닳아서 꺼졌고 창엔 대보름달이 방 안에 들어왔다. 이 작품은 독자에게 정월 대보름달에 대한 정보를 주려는 것과 호기심을 유발하는 판타지 기법을 사용하여 동화를 구성한 점, 즉 교육과 문학적 즐거움을 주려는 작가의 의도가 돋보인다.

「꿀벌의 마음」은 다른 동화들과는 달리 도입 부분에 '옛날─'로 시작하지 않는다. 꿀벌이 꿀을 먹으러 다니다가 거미줄에 걸린다. 천진난만한 아기가 꿀벌인 줄도 모르고 꿀벌을 구해준다. 오빠가 와서 아기에게 벌이라고 놔주라고 하자 놔준다. 꿀벌은 침을 놓지 않기를 잘했다며 고마워하고 꽃을 찾아간다는 내용이다. 자연과 인간이 교감하며 서로 배려하는 마음을 갖게 해주는 짧은 에피소드의 동화다.

「크리쓰마쓰선물」은 '조선의 유년주일학교 어린이를 위해 쓴 글'이라고 밝히고 있다. 영희가 크리스마스가 되어 비단옷을 입고 예배당에 간다. 예배당에서 행사를 마치고 집에 오는 길에 다 쓰러져가는 초가집을 보고 친구 순점이를 생각한다. 영희가 산타클로스 할아버지에게 순점이를 복달라고 기도한다. 산타클로스 할아버지가 나타나자 영희는 순점이가 엄마를 만나게 해달라고 부탁한다. 그것은 운명을 맡은 할아버지가 할 일이라고 하고 대신 영희와 순점이네 집에 가본다. 영희가 자신의 선물을 다 주자 순점이는 고맙긴 하지만 엄마가 더 보고 싶다고 속내를 드러낸다. 착하고 고운 마음을 가진 아이는 예수가 좋은 선물을 준다며 결론을 맺는다. 이 작품도 현실에 산타클로스 할아버지가 등장하는 판타지 기법을 사용하고 있으나 설화나 전래동화처럼 현실과 환상의 경계가 없다. 또 그의 동화의 특징은 작품 중간에 노래가 많이 나온다는 것이다.

아가아가 우지마라/쌕을주랴 밥을주랴/쌕도실코 밥도실코/내어머니 젖만주소//

내어머니 뒷동산에/진주서말 압동산에/산호세말 그진주가/싹이나며 오매드라//*

    그가 산문에 운문을 삽입하는 장치는 이 작품뿐만 아니라 다른 작품에서도 흔하게 볼 수 있다. 이것은 그가 아동극을 쓰고 신극운동을 했던 인물이란 점과 무관하지 않을 것이다. 이 작품은 기독교적인 색채가 강하게 드러나고 이타적인 행동, 친구 간의 우정을 교훈으로 내세우고 있다.

    「나몰라의 죽음」은 조선어를 모르는 중국 소년한테 생긴 해프닝이다. 소년이 혼자 서울 구경을 나와서 여기저기 기웃거리며 물을 때마다 사람들이 '나 몰라' 하고 대답한다. 비슷한 사건이 반복되면서 소년은 '나 몰라'가 사람 이름인 줄 착각하고 죽은 사람이 큰 부자인 '나 몰라'라고 생각한다. 서로 언어소통이 되지 않으면 전혀 다른 결과를 부른다는 것을 보여준다.

    「바위의 슬픔」,「네 힘껏 했다」는 희생의 숭고함을 전하는 동화다. 「바위의 슬픔」에 바위는 금강석을 가슴에 품고 있지만 새도 나비도 놀러 오지 않고 풀도 나지 않는 소외된 캐릭터다. 어느 날 꾀꼬리가 와서 바위와 놀아준다. 꾀꼬리도 다른 새들과 어울리지 못하는 소외된 캐릭터다. 소외된 캐릭터들끼리 서로를 위로하며 지낸다. 꾀꼬리가 사냥꾼이 오는 것을 알면서도 가지 않고 노래를 부르는 바람에 사냥꾼이 쏜 총에 맞아 죽는다. 사냥꾼이 바위의 벌어진 틈으로 들어간 꾀꼬리를 꺼내려다 금강석을 발견한다. 친구를 위한 꾀꼬리의 죽음은 세상을 유익하게 하고 다

| * 고한승,「크리쓰마쓰선물」,『무지개』, 이문당, 1927, 135~136쪽.

른 짐승이나 벌레도 더 이상 바위를 소외시키지 않는다는 내용이다. 이 작품은 이타적인 행동, 숭고한 희생의 의미를 되새기게 한다.

「네 힘껏 했다」는 어촌마을 근처에서 배사고를 당한 사람들이 구조를 요청한다. 다른 사람들은 용기가 없어서 아무도 구하러 들어가지 못할 때 한 소년이 들어가 어린 아이와 그 아이의 엄마를 구해온다. 소년도 무척 지치고 부상까지 입었으나 다시 물에 들어가 열두 명을 더 구해온다. 소년이 사람들에게 자신이 '힘껏 한 것 같으냐? 그렇지 못한 것 같으냐?'고 질문하자 '몸과 마음과 힘을 다해 힘껏 했다'고 대답하자 소년이 대만족을 하며 얼굴에 미소를 띠고 숨을 거둔다. 평안한 때에 이렇게 소년이 처참하게 죽음에 이르는 동화는 독자들의 호응을 받지 못할 것이다. 역시 일제 강점기란 상황이기에 민족애와 독립을 우회적으로 강조하고 있는 동화가 각광을 받을 수 있을 것이다. 작가는 나라의 독립을 위해 적당히 한다는 것은 용납할 수 없다고 주장하고 있는 것이다. 어떤 일이든 최선을 다해야 하겠지만 특히 이 작품처럼 다수를 위해서라면 개인적인 불행쯤은 감수해야 한다는 것이다. 즉 소년의 장렬한 죽음은 민족의 독립을 위해 치르는 숭고한 희생으로 간주하고 있다. 대를 위한 소의 희생은 안타깝지만 값진 것이라고 구현하고 있는 것이다.

창작동화는 번역동화보다 적극적인 작가의식을 엿볼 수 있다. 번역동화도 작가가 의도하는 대로 선택하여 소개하는 것이지만 창작동화는 작가의 모든 지식과 가치관, 세계관을 집약적으로 녹여낸 것이기 때문이다. 그의 창작동화를 통해 크게 세 가지로 작가의식을 유출해낼 수 있었다. 첫째는 유아들을 대상으로 한 동화에서는 순수한 동심을 구현한 것이고, 둘째는 전체를 위한 개인의 희생, 즉 민족의식을 고취하는 것이고, 셋째는 이타적인 행동을 지향하는 기독교적인 의식이다. 그는 아동의 심리적 특성을 이해하고 있었고 작품에 교육적인 면과 문학적인 즐거움을 주는 면을 구현하려고 노력했다. 그러나 교육적인 면이 더 강조된 것은 어쩔 수 없는 시대적 특성이라 할 수 있다.

3) 민족의식 고취를 위한 역사소설

고한승이 작가로서 활동한 때는 근대의식의 발아로 신교육의 보급과 외국 유학, 신문화운동이 확산되고 있었다. 이러한 정황과 함께 민족의 자주독립을 갈망하는 민족주의가 더 절실해졌다.

민족주의는 국민의 정신을 사로잡고 대중의 권력 비판능력을 차단하고 상실하게 만든다. 이것은 억압 기제로 발동할 수 있으나 분열된 의식을 통합할 수도 있다. 민족주의란 무정형적인 민족 감정을 기반으로 하여 대외적인 자주성, 경제적 자립, 대내적 민주주의를 그 기본 원리로 하고 있으나 그 내용이나 방법까지를 규정하는 것은 아니다. 그렇기에 민족주의는 다양한 형태와 유형으로 각 민족과 시대 상황에 부합하는 정치 이데올로기로 변형되어 시대적 요구를 수행해왔다.[*] 당대 민중들이 동시에 갖는 희망은 독립이었다. 독립을 성취하기 위해서는 모든 채널이 민족주의 의식을 고취하는 방향으로 설정되어야 한다. 그가 민족주의를 직접적으로 강조하고자 선택한 것은 역사소설이란 장르다.

《어린이》지에 역할모델로 삼은 인물은 '정포은'과 '박문수'다. 「정포은」[**]은 '연속 역사소설'이란 장르를 명시하고 있어 처음부터 민족운동 차원에서 의도적으로 기획했다는 것을 알 수 있다. 아동 독자를 대상으로 한 역사소설을 기획하고 연재한 것이다. 일제의 검열이 심해지면서

---

[*] 강진호 외, 『국어 교과서와 국가 이데올로기』, 글누림, 2007, 180쪽.
[**] 고한승, 《어린이》, 127, 128, 129, 130, 131호.

국내 역사적인 인물은 물론 외국의 역사적인 인물을 번역하거나 소개하는 것이 어려워졌다. 일제는 이러한 일련의 행위들을 조선인들로 하여금 독립을 꿈꾸게 하는 행위로 간주했기 때문이다. 그러나 그는 고려와 변절하고 위화도 회군하여 조선을 세운 이성계와 끝까지 고려를 위한 충정을 가졌던 정포은을 견주어 역사소설을 전개하였다. 현재의 역사소설처럼 독자들에게 재미를 주는 것은 볼 수 없으나 역사적 사건을 사실적이면서 진중한 태도로 묘사하여 소설을 일 회로 끝내지 않고 몇 번에 나누어 지면을 할애하여 게재한다는 것은 독자들에게 그만큼 전하고자 하는 메시지가 많기 때문일 것이다. 그는 정포은이란 역사적 인물을 통해서 독자들에게 민족의식을 강하게 심어주고자 했다.

「집행이 하나」*란 제목의 박문수 이야기는 소설로 보기는 어렵고 인물담 정도로 보면 될 것이다. 박문수가 어느 지역을 가면서 겪은 일을 소년에게 말했더니 아주 명쾌하게 알려준다. 박문수는 소년에게서 배울 점이 있다는 것을 발견한다. 이 작품은 보잘것없이 아주 짧은 에피소드지만 소년을 통해 지혜를 배울 수 있다는 것은 당시 신지식인들이 소년들에게 가졌던 민족에 대한 희망과 맞닿아 있다. 즉 소년의 계몽을 통해서 나라와 민족을 구하겠다는 비장한 의미가 내포되어 있다. 장절의 내용을 취하는 역사소설은 아니지만 이 작품 역시 민족의식을 고취하고자 한 것은 역사소설과 별반 다르지 않다. 작가는 소년들에게 지혜를 강조하고 있고 아울러 민족의 정신을 하나로 통일하려는 강한 의지를 보여주고 있다.

| * 고한승, 《어린이》, 제3권 제9호.

4) 아동 교화를 위한 동화극

동화극*은 넓은 의미로 보면 희곡 양식의 한 분야로, 동화를 내용으로 아동들의 이해력과 흥미를 고려하여 만든 극이다. 앞서 언급했듯이 그는 한국 신극운동에 선두주자로 활동하였고 그 결과 아동극 창작과 공연에도 적극적이고 왕성한 활동을 보여준다.

그의 동화극은 창작집인 『무지개』에 발표한 「해와 달」, 「집없는 나비」와 《어린이》지에 수록한 「말하는 미륵님」이 있다. 동화극은 동화와는 달리 배우의 연기력과 음악, 무용, 대사, 지문까지 색다른 요소를 포함하고 있다. 공연을 목적으로 하고 있기 때문에 작가는 처음부터 이런 모든 과정을 계획하고 창작해야 한다. 동화극도 동화와 마찬가지로 재미와 교육이란 면에서 완성도 높은 작품을 창작해야 하는 이중고를 가지고 있다.

「해와 달」은 '해와 달'이란 이야기를 작가가 나름대로 현대적 해석으로 각색하였다고 밝히고 있다. 제1장에서는 여신이 나타나 남매를 보호하겠다고 한다. 여신은 동화극의 재미를 위해 만들어낸 캐릭터다. 엄마를 잡아먹은 호랑이가 엄마인 척하며 아기를 또 잡아먹는다. 이것을 본 남매는 화장실에 간다며 도망간다. 제2장에서는 남매가 나무에 올라가자 호랑이도 올라간다. 올라가는 방법이 재미있는 대사로 되어 있다.

---

* 동화극은 최초의 어린이 극이었던 방정환의 조선동화극 「노래주머니」(1막 3장), 《어린이》(창간호)에서 처음 쓴 용어다. 1923년 3월 25일자 《매일신보》에서는 《어린이》창간호에 실린 「노래주머니」를 홍보하면서 이 작품은 '조선 동화극'으로 조선동화로 유명한 이야기를 아무나 하기 쉽게 연극 극본으로 꾸며놓은 것이라고 밝히고 있다. 이 해설을 토대로 추론해보면 널리 알려져 있는 동화를 극본화한 것이 '동화극'인데 특별히 우리나라의 전래동화를 극본화한 것을 '조선 동화극'이라고 칭하였다는 사실을 알 수 있다. 박영기, 「송영의 아동극 다시 읽기」, 『아동문학평론』(가을호), 2006, 230~231쪽 인용함.

누의 오냐 그래도 관게치안타. 대패로 밀고 기름을 발나보아라 쑥쑥
밋그러지지 올라오나……쉬—온다 온다!*

급박한 상황에서도 남매는 호랑이를 놀려주는 여유를 보인다. 이것
은 아동의 특성을 잘 살린 것이라 해석할 수 있다. 실제 배우들이 연기를
하면 청중들의 폭소를 자아낼 수 있는 부분이다. 결국 호랑이는 땅으로
떨어지고 남매는 하나님이 내린 금동아줄에 꽃방석을 타고 올라간다는
해피엔딩으로 막을 내린다.

동화극에서 중요한 것이 노래와 무용이다. 대사 못지않게 극에서 뺄
수 없는 요소다.

> (노래) 어엽븐누의 해됏네/착한오라비 달됏네/금동아줄에 꼿방석/한
> 울나라 올라갓네/아—하하 하하하/아—하하 하하하
> (손벽 친다)—중략
> 누의가 내외하느라고/수수쌍이가 붉은 것/호—랑이 피라네/아—하
> 하 하하하/아—아—하하 하하하/
> (손벽 치며 춤춘다)**

이렇듯 대사를 노래로, 무용으로 대치함으로 해서 극의 재미를 극대
화시킨다. 누구나 다 알고 있는 '해와 달이 된 오누이' 설화를 각색하여
동화극으로 발표한 것이다. 이 작품 역시 설화에서 주장하는 권선징악의
요소를 잘 보여주고 있으며 아동의 심리적 특성을 잘 살려 독자(관객)를
더 즐겁게 해준다.

---

* 고한승, 「해와 달」, 『무지개』, 이문당, 1927, 159쪽. 이 작품은 1924년 3월 《신문예》에 발표하였다.
** 고한승, 위의 책, 164~165쪽.

「집업는 나비」*는 순애, 영희, 옥희, 집 없는 소년, 장사꽃, 앵이꽃, 진달래꽃, 집 없는 흰나비가 등장한다. 전 1막으로 되어 있는데 아이들끼리 놀다가 집 없는 소년을 만나나 모두 재워주지 못하는 이유를 대며 외면한다. 다음으로 꽃들이 노래를 부르자 집 없는 흰나비가 등장한다. 꽃들은 서로 데리고 가겠다고 하며 쟁투까지 벌인다. 세 아이가 이것을 보고 크게 반성하며 집 없는 소년을 찾아 서로 데리고 가겠다고 한다. 결국 아이들이 소년을 하루씩 돌아가며 재워주기로 합의한다. 더구나 초콜릿과 슈크림 과자, 카스텔라를 소년에게 준다고 공략까지 한다. 문제가 해결되고 아이들이 즐겁게 노는 것으로 막을 내린다. 이기적인 마음을 가졌던 아이들이 꽃들의 행동을 통해 이타적인 마음으로 바뀌는 과정을 동화극으로 재현한 것이다. 독자들에게 이기심을 버리고 이타심을 가지게 하려는 주제의식을 담고 있다.

「말하는 미륵님」**은 복동(주인공, 열두 살, 가난한 집 소년)과 수길, 일남, 상봉(복동의 친구들)이 등장한다. 복동이네 어머니가 병이 들어서 산삼을 먹어야 하는데 구할 길이 없어 복동이가 미륵 앞에서 치성을 드린다는 것을 친구들이 알게 된다. 친구들은 복동을 놀려주려고 미륵인 척하고 복동에게 느티나무 아래를 파보라고 한다. 그러자 정말 산삼과 금덩이가 나온다. 친구들이 숨어서 보다가 지난 일을 반성하고 자신들의 과오를 고백하자 오히려 미륵님이 수길의 입을 빌려서 한 것이라고 고마워한다. 친구들이 복동이를 본받아 미륵님께 빌러간다는 내용으로 끝맺는다. 사실 땅을 파자 산삼과 금덩이가 있는 설정은 무척 작위적이다. 그러나 효심이 깊은 복동이가 복을 받는다는 권선징악적 메시지는 아동들에게 분명히 교육적이다.

---

* 고한승, 앞의 책. 1924년 6월에 《샛별》에 발표한 작품이다.
** 고한승, 《어린이》 복간호 5월, 123호.

위의 작품들은 고전문학에서 흔하게 볼 수 있는 인과응보나 권선징악의 메시지를 담고 있다. 악한 행동은 반드시 응징을 당하고, 선한 행동은 정신적으로든 물질적으로든 꼭 보상받는다는 교훈적인 내용이다. 성장기에 있는 독자들의 눈높이에서 이해하기 쉽게 구성하면서도 높은 도덕성을 강조하고 있음을 알 수 있다.

5)조국의 독립을 소망하는 동요

그는 《어린이》지에 「엄마업는참새」란 제목으로 동요 한 편만 남겼다. 평양에서 발간된 『1920년대 아동문학집』 고한승 편에 「엄마 없는 작은 새」와 「우는 갈매기」란 작품이 게재되어 있다. 《어린이》지의 「엄마업는 참새」는 이 책의 「엄마 없는 작은 새」와 동일한 작품이다. 다만 제목만 약간 수정하여 발표하였다. 출처는 똑같이 《어린이》(1923. 9.)에 발표한 것이다.

「우는 갈매기」란 작품은 그 출처를 《어린이》지 제1권 제8호(1923. 9.) 라고 밝히고 있으나 오류이고, 《어린이》지 제1권 제10호 11월호에 게재된 작품이다. 또 이 작품은 고한승 편에 있으나 《어린이》지에 작가가 명시되어 있지 않아 사실상 작가가 불분명하다. 그러나 두 작품 모두 엄마를 찾으려는 새의 마음을 노래하고 있으며 비슷한 어조를 띠고 있다.

> 엄마업는작은새를 엇지할가요/뒷동산풀밧헤다 혼자둘가요/아니아니
> 그것은 외롭습니다//
> 엄마업는작은새를 엇지할가요/푸른하날구름속에 날녀볼낼가/ 아니
> 아니 그것은 외롭습니다//
> 엄마업는작은새를 엇지할가요/좁고좁은장속에다 느어둘가요/아니아

니 그것은 흐겟지요//

　　엄마업는 불상한 작은참새는/솟밧속 수정궁 양털방석/그우에 오히
누여 잠울재우면/사랑하는엄 마새가 차저옵니다*

　　위의 작품은 표면상으로 엄마 없는 참새를 불쌍히 여기는 안타까움
과 엄마에 대한 그리움으로 볼 수 있으나 여기서 '엄마'는 조국으로도 해
석이 가능하다. 엄마가 없다는 것은 나라를 잃은 현 상황을 의미하는 것
이다. 그러나 언젠가 엄마가 돌아온다는 기대는 조국의 독립을 염원하는
마음을 그린 것이다.

　　「우는 갈매기」란 작품 역시 엄마를 잃은 갈매기가 등장한다. 엄마를
찾아다니는 애처로운 갈매기의 신세에 대한 노래이다.

　　둥근달 밝은 밤에 바다가에는/엄마를 찾으려고 우는 물새가/남쪽나
라 먼 고향 그리울 때에/늘어진 날개까지 젖어있고나//밤에 우는 물새의
슬픈 신세는/엄마를 찾으려고 바다를 건너/달빛 밝은 나라에 헤매다니며
/엄마엄마 부르는 작은 갈매기//**

　　여기서도 '엄마'는 역시 '조국'을 상징한다고 볼 수 있다. 엄마(조국)
를 잃고 찾아다니는 갈매기(아동)의 애달픈 사연과 처지를 비관하는 모
습이 잘 묘사되어 있다. 작가가 1920년대에서 바라보는 조국의 독립은
막막하고 암울하기 짝이 없었을 것이다. 그런 작가의 심정을 새에 이입
하여 애상미 넘치는 분위기로 일관하고 있다.

　　「엄마업는참새」란 작품 초반에는 엄마를 잃은 슬픈 참새의 심정을 잘

---

* 고한숭, 앞의 책, 23~24쪽. '日本東京 색동會'라고 밝히고 있다.
** 고한숭, 「우는 갈매기」, 『1920년대 아동문학집』, 문학예술종합출판사, 1993, 33쪽.

묘사하고 있으면서 후반에는 엄마새가 찾아올 거라는 기대와 희망을 준다. 반면 「우는 갈매기」란 작품은 엄마를 잃은 슬픔만을 묘사할 뿐 희망적인 메시지는 나타나지 않는다. 나라를 잃은 암담한 상황에서 아무리 소명감을 가진 작가라고 하더라도 계몽적이고 희망적인 메시지로 일관하기는 힘들 것이다. 이러한 사회적 분위기 때문에 1920년대 동요가 애상적인 정조를 띠었듯이 동시대를 살았던 그도 동요창작에 있어 같은 애조를 띤 작품을 창작했다는 것을 알 수 있다. 그러나 그런 현실이라도 독자들에게 희망을 주는 것이 그 시대 작가들의 숙명과 같은 것이었을 것이다. 많은 작품이 남아 있지 않아 그의 동요 세계를 깊이 조망할 수 없어 아쉬움이 남는다.

3. 빛나는 자리로 좌정해야 할 시간

지금까지 그의 궤적과 작품을 통해서 잃어버린 기억을 하나씩 불러냈다. 그 역시 다른 신지식인들과 마찬가지로 아동문학 창작과 아동계몽운동에 앞장 선 인물이었다. 그는 아동문학은 물론이거니와 일반문학에도 글을 발표하고 활동할 만큼 다재다능하였다. 당대의 다른 신지식인들이 조국의 독립과 민족을 위해 계몽운동에 힘썼던 것처럼 그도 이 길에 동참했다. 그는 특히 아동이란 대상에 지대한 관심을 가졌고 그 대상을 위해 외국작품을 번역하여 소개하였고 전국을 누비며 순회공연도 다녔다. 점점이 남아 있는 그의 발자취를 추적하다보면 그가 얼마나 뜨겁게 살다 갔는지 알 수 있다.

다른 작가들처럼 그의 아동문학과 관련된 평론이나 이론서가 있었다면 그의 작가의식을 더 자세히 살펴볼 수 있었겠지만 아쉽게도 그런 글은 찾지 못했다. 또 발표한 작품 중에도 번역물이 상당 부분을 차지한다. 이것은 근대의 선진화된 문명을 동경했던 당대 신지식인들의 특징 중의 한 가지다. 그러나 그가 민족주의 성향이 강한 작품을 선별, 번역해 소개한 점을 미루어보아 근대문명이나 세계주의만을 선망했던 작가가 아니라는 것을 알 수 있다. 전체 비율로 볼 때 한국의 정서를 담은 작품이 많이 소개되지 못한 점이 분명 아쉬움으로 남는다. 그는 창작동화에서는 순수한 동심을 살려내려고 노력했고, 역사소설에서는 민족의식 고취를, 동요에서는 조국의 독립을, 동화극에서는 아동교화를 하기 위한 내용을 담고 있다. 물론 그가 창작한 작품에서 설화나 전래동화의 틀을 완전히 벗지 못한 점이나 판타지 기법을 사용함에 있어서도 미흡한 점이 발견된다. 그럼에도 불구하고 그가 어떤 작가 못지않게 아동에 대한 사랑과 이해를 바탕으로 작품을 창작하였고 계몽했다는 점은 높이 평가해야 한다. 그는 특히 아동문학을 통해 교육적인 효과를 높이려고 했다는 점을 볼 때 효용적인 측면에 초점을 두었음을 알 수 있다.

현재 작고한 아동문학가의 이름을 딴 문학상들이 수상자를 계속 배출하고 있고 또 속속 문학상이 제정되고 있다. 그는 그런 작가들에 비해 아주 초라한 자리에 있다. 그 시절 그의 왕성했던 활동에 대해 누구도 말하지 않았다. 이제 한국 아동문학은 이런 오랜 침묵을 깨고 그를 위한 빛나는 자리를 마련해야 할 시간이다. 소외되고 잃어버린 이름이 아닌, 당당히 불러내야 할 아동문학가로 말이다. 어둡던 시절 아동문학을 위해 30여 년간 활동하고 아무런 보상이 없다는 것은 야박한 현대를 대변해주는 것 같기도 하다. 이제 수많은 밤을 새워 창작하고 전국을 순회하며 치열하게 살았던 작가, 고한승을 떠올리자. 그리고 긴 어둠의 터널을 지나 밝고 빛나는 자리에 좌정하도록 의자를 내주자. 그것이 한국 아동문학이 할 일이다.

1902년   경기도 개성(개성군 송도면 지정246번지)에서 출생.

1919년   서울 중앙고등보통학교 재학 시 마해송, 진장섭 등과 《여광》 동인으로 활
          동함.

1920년   봄, 동경에서 유학생들과 함께 한국 최초의 본격적인 근대극 연구단체이
          자 학생극회인 '극예술협회' 발족.

1921년   개성의 연극단체인 '송경학우회' 조직.

1923년   동경에서 '형설회 순회연극단' 조직.
          방정환 등과 함께 '색동회' 창립, 《어린이》지에 아동문학 관련 글을 다수
          발표함.

1924년   심대섭과 함께 《신문예》 창간호를 집필, 발행.
          한포 시민의 초청을 받은 샛별사의 '동화가극' 공연에서 마해송과 함께
          동화구연. '소년문제강연회'에서 강연.
          김거복과 성격 차이로 이혼.

1925년   김숙자와 결혼.
          경성 반도소년회, 불교소년회, 시벗회 등의 소년단체의 지도자연합회인
          '오월회' 조직, 대표위원으로 선출됨.
          현대소년구락부 주최로 경성도서관아동실에서 열린 '아동대회(동화대
          회)'에 이정호, 정순철과 함께 강사로 초청됨.

1927년   동화와 동화극집인 『무지개』를 발간.
          방정환, 이정호와 함께 경성방송국에서 세계에서 유명한 천일야화 중 가
          장 재미있는 이야기를 3일에 걸쳐 방송함— 'DK연속동화'.

1933년   《고려시보》 창간(매월 1회씩 간행, 창간호는 4월 15일 발간). 개성의 문필
          가 10인이 발족하고 고한승은 서무책임을 맡음.
          개성고려청년회의 주최로 '개성강연회' 개최. 동회관대강당에서 열린 개
          성인들만을 위한 강연회에서 '침종沈鐘에 대한 고찰'이란 주제로 강연함.

1934년   《별건곤》에서 주최한 '제1회 당선 유행소곡'에 '고마부'란 필명으로 〈나도
          몰라요〉란 작품으로 당선됨(1934. 2. 1.).

《별건곤》에서 주최한 '제2회 당선 유행소곡' 공모에 응모가요 총 1107편 중 제1석으로 〈베 짜는 처녀〉가 당선됨(1934. 4. 1.).

1949년   《어린이》지 132호부터 137호까지 편집 및 발행인으로 활동.

1950년   사망.

| 작품 연보 |

1923년　「옥희와 금붕어」,《동아일보》, 1923년, 1월 1일.

　　　　「백일홍이약이」,《어린이》, 제1권, 3월.

　　　　「보석속에공주」,《어린이》, 제1권 제3호, 4월.

　　　　「엄마업는참새」,《어린이》, 제1권 제8호, 9월.

　　　　「백일홍이약이·1」,《어린이》, 제1권 제10호, 11월.

　　　　「백일홍이약이·2」,《어린이》, 제1권 제11호, 12월.

1924년　「나븨와 장사옷」,《시대일보》, 3월 31일.

　　　　「나와 장사옷」,《어린이》, 제2권 제5호, 5월.

　　　　「로-헨그린」,《신여성》, 제3권 제8호, 8월.

　　　　「저주바든샘물」,《개벽》, 통권 50호, 8월.

　　　　「노래부르는옷(상)」,《어린이》, 제2권 제9호, 9월.

　　　　「노래부르는옷(하)」,《어린이》, 제2권 제10호, 10월.

1925년　「어미소와색기소」,《시대일보》, 1월 1일.

　　　　「아기의 꿈」,《어린이》, 제3권 제3호, 3월.

　　　　「집행이 하나」,《어린이》, 제3권 제9호, 9월.

1926년　「의협한 호랑이」,《어린이》, 제4권 제1호, 1월.

　　　　「가마귀와 공작새」,《어린이》, 제4권 제2호, 2월.

　　　　「우물귀신」,《어린이》, 제4권 제6호, 6월.

　　　　「사자와 톡기」,《어린이》, 제4권 제10호, 11월.

　　　　「귤닉는남쪽나라 제주도이약이」,《어린이》, 제4권 제12호, 12월.

　　　　「인육의 시로-紅恨錄愁」,《매일신보》, 12월 19일.

　　　　「촌사분상」,《매일신보》, 12월 1일.

1927년　「톡기의 죄」,《어린이》, 제5권 제1호, 1월.

　　　　「재판장의 쌀간코」,《어린이》, 제5권 제3호, 3월.

　　　　「순희는 어듸로?」,《어린이》, 제5권 제4호, 4월.

　　　　「원한의 화살」,《어린이》, 제5권 제8호, 12월.

　　　　「죽음의 舞蹈」,《별건곤》, 제10호, 12월.

1928년	「라인江ㅅ의 형제」,《어린이》, 제6권 제1호, 1월.
	「쏩추이약이」,《어린이》, 제6권 제6호, 6월.
1929년	「여호와 고양이」,《어린이》, 제7권 제1호, 1월.
1930년	「네 힘껏 해라」,《중외일보》, 4월 1일.
1931년	「전원의가을」,《고려시보》, 11월 1일.
	「들판에누어서」,《고려시보》, 11월 1일.
1934년	「그 무삼선물을!」,《고려시보》, 5월 16일.
	「나도 몰라요」,《별건곤》, 2월 1일.
	「베짜는 처녀」,《별건곤》, 4월 1일.
1935년	「고향의야상곡」,《고려시보》, 6월 16일.
	「明快한아츰」,《고려시보》, 6월 16일.
	「부정녀」,《고려시보》, 9월 1일.
	「哀傷의가을」,《고려시보》, 10월 16일.
1936년	「早春偶吟」,《중외일보》, 4월 14일.
1947년	「나 몰라의 죽음」,《소학생》, 제51호, 10월 1일.
1948년	「자동차 3등」,《소학생》, 제53호, 1월 1일.
	「말하는 미륵님」,《어린이》, 123호(복간호), 5월.
	「네 힘껏 해라」,《어린이》, 124호, 6월.
	「꿀벌의마음」,《어린이》, 125호, 7·8월.
	「정포은 1」,《어린이》, 127호, 10월.
	「정포은 2」,《어린이》, 128호, 11월.
	「정포은 3」,《어린이》, 129호, 12월.
1949년	「정포은 4」,《어린이》, 130호, 1·2월.
	「정포은 5」,《어린이》, 131호, 3월.

■ 고한승 저서

고한승,『무지개』(창작동화와 동화극집), 이문당, 1927.

■ 고한승 관련 저서

『1920년대 아동문학집』(고한승 편), 평양 : 문학예술종합출판사, 1993.

|연구 목록|

김종명, 「아동극소론」, 《가톨릭청년》(제4권 제6호), 1936.

_____, 「아동극소론」, 《가톨릭청년》(제4권 제7호), 1936.

_____, 「아동극소론」, 《가톨릭청년》(제4권 제9호), 1936.

김현주, 『한국 근대 산문의 계보학』, 소명, 2004.

김태준, 「이솝 우화의 수용과 개화기 교과서」, 『한국학보』, 1981.

류희정 편찬, 『한국아동문학전집 1』, 민중서관, 1965.

민족문학사연구소 기초학문연구단, 『한국 근대문학의 형성과 문학 장의 재발견』,
    소명출판, 2004.

박영기, 『한국 근대 아동문학 교육사』, 한국문화사, 2009.

신헌재 외, 『아동문학과 교육』, 박이정, 2007.

신현득, 「한국동요문학의 연구」, 단국대 석사학위 논문, 1982.

연세대 국학연구원, 『서구문화의 수용과 근대개혁』, 태학사, 2004.

원종찬, 『한국근대문학의 재조명』, 소명출판, 2005.

유원, 「한국의 동요와 동심문화의 탐색」, 『교육연구』 8, 1990.

이두현, 『한국신극사연구』, 서울대학교출판부, 1966.

이재철, 『아동문학개론』, 서문당, 1996(1983).

이화여대 한국문화연구원, 『근대계몽기 지식의 발견과 사유 지평의 확대』, 소명출
    판, 2006.

장한기, 『한국연극사』(증보), 동국대출판부, 1986.

최원식, 『한국계몽주의문학사론』, 소명출판, 2002.

한은숙, 「한국 어린이연극의 발달과정에 관한 연구」, 성균관대 박사학위 논문,
    2004.

황정현, 『동화교육의 이론과 실제』, 박이정, 2007.

류희정 편, 『1920년대 아동문학집』, 문학예술종합출판사(평양), 1993.

한국문학의재발견-작고문인선집

고한승 선집

지은이 ㅣ 고한승
엮은이 ㅣ 정혜원
기   획 ㅣ 한국문화예술위원회
펴낸이 ㅣ 양숙진

초판 1쇄 펴낸 날 ㅣ 2010년 12월 10일

펴낸곳 ㅣ ㈜현대문학
등록번호 ㅣ 제1-452호
주소 ㅣ 137-905 서울시 서초구 잠원동 41-10
전화 ㅣ 516-3770
팩스 ㅣ 516-5433
홈페이지 www.hdmh.co.kr

값 10,000원

ISBN 978-89-7275-540-1 04810
ISBN 978-89-7275-513-5 (세트)